U0447408

本书受"汉语海外传播河南省协同创新中心""河南省重点学科""甲骨文信息处理河南省特色骨干学科建设学科群"资助出版

画家的文学气象

朱德润文学创作研究

陈才生 著

中国社会科学出版社

图书在版编目（CIP）数据

画家的文学气象：朱德润文学创作研究/陈才生著. —北京：中国社会科学出版社，2022.5

ISBN 978-7-5203-9992-0

Ⅰ.①画… Ⅱ.①陈… Ⅲ.①朱德润（1294-1365）—文学研究 Ⅳ.①I206.47

中国版本图书馆 CIP 数据核字（2022）第 049041 号

出 版 人	赵剑英
责任编辑	顾世宝
责任校对	张 慧
责任印制	戴 宽

出　　版	中国社会科学出版社
社　　址	北京鼓楼西大街甲 158 号
邮　　编	100720
网　　址	http://www.csspw.cn
发 行 部	010-84083685
门 市 部	010-84029450
经　　销	新华书店及其他书店
印　　刷	北京明恒达印务有限公司
装　　订	廊坊市广阳区广增装订厂
版　　次	2022 年 5 月第 1 版
印　　次	2022 年 5 月第 1 次印刷
开　　本	710×1000　1/16
印　　张	16.5
插　　页	2
字　　数	271 千字
定　　价	89.00 元

凡购买中国社会科学出版社图书，如有质量问题请与本社营销中心联系调换
电话：010-84083683
版权所有　侵权必究

序

张大新

关于元代文学，明清以来近百年间学界的评价总体是偏低的，学术研究也相对薄弱，进入20世纪以后，格局有所改变，但重杂剧散曲轻诗文的现象尚未从根本上改变。查洪德先生曾撰文指出，诗歌"是元代文人表达情感的最主要的文学形式"，元代诗文作家和作品的数量远远胜过杂剧和散曲，且有一批可称名家的诗人，但"元代诗文的价值长期被忽视"，究其原因，"与对元代文献的掌握不够充分有关"①。正是在这一学术研究背景之下，朱德润的文学创作（主要是诗文创作）被学界忽略也就在所难免。

朱德润是元代颇有影响的画家、文学家，也是一位优秀的诗人和散文家。除画作《秀野轩图》等传世外，尚有《存复斋文集》十卷及《存复斋续集》等存世。自元至明及清，由于人们多关注其绘画的成就和地位，加上其作品抄本稀少，且讹舛、脱漏、增衍、错乱处颇多，阅读征引不太方便等原因，以致出现虞集所说的"以画事掩其名"②的状况。元代著名诗人黄溍对朱德润的诗歌曾有高度评价，称其诗书画"多能"，"非直今人之所难，求之古人固不易得也"③，是有一定道理的。从某种角度言，朱德润作品具有比较强烈的主体意识，更像纯粹的艺术创作。可惜的是，至今还未有人对其文学文本展开系统的研究。《画家的文学气

---

① 查洪德：《元代文学文献与元代文学研究》，《民族文学研究》2003年第3期。
② （元）虞集：《存复斋文集题词》，载（元）朱德润《存复斋文集》，明成化十一年项璁校刻本。
③ （元）黄溍：《存复斋集序》，载（元）朱德润《存复斋文集》，明成化十一年项璁校刻本。

象》一书因此显示出其开拓性的意义。

朱德润文集中的作品，就文体而言，类型繁杂，举凡表策、箴铭、哀祭、碑志、记赞、传状、序跋、书启、论说、辩议、原解等等，达数十种之多，《画家的文学气象》一书，对其进行了比较系统的研究。作者首先对其创作历程展开梳理，对其家族历史、入仕经历及退隐生活与其文学创作的关系进行了细致分析，从创作背景和心理动机的角度，探求其诗文作品的思想情感和主题意蕴，具有较强的说服力。另外，该书从文学角度将朱德润作品归纳为散文、辞赋、诗歌三类，分别进行专题研究，认为其散文体式多变、风格多样，呈现出人事物景与哲思理趣的结合，相生相映，杂而不越；认为其辞赋宗汉祖骚、感古伤今，因情立赋，以理辅情，情理兼胜；其诗歌反映民瘼、指斥时弊，取象细腻、生动传神。这些观点皆触及到了朱德润文学创作的核心和要义，独具只眼，见解深刻。作者通过具体的个案分析，高度评价了其作品的思想意义和艺术价值，尤其是对其新乐府诗和游记散文的研究，可谓透彻，让我们真正感受到了朱德润文学创作的艺术魅力，对其文学地位的重新审视提供了坚实而可靠的依据。

值得一提的是，该书对朱德润的思想亦进行了深入探索。朱德润虽然没有系统的理论文章，但其诗文中却渗透着他对元代社会政治、经济、文化、教育等问题的认识，认识的基点便是儒家礼教思想。对此，该书作者通过具体文章个案的分析，指出其道德观、为政观、教育观、艺术观、人才观等方面的特征，即尊儒、爱民、适意、忠君等，这对后人认识元代江南汉族士人的思想提供了有力的佐证。

从作家个案角度来透视元代文学的成就，在元代文学研究中尚不多见。要正确领悟作家创作的动机和深邃内涵，对其创作价值和地位做出中肯的评价，离不开具体深入的个案分析。对此，该书作者为读者提供了阅读认知的依据和空间。

以上是笔者作为先睹为快的读者的点滴感想，权且作为本书的一则序言吧。

目 录

第一章 引言：元代文学的心灵之光 …………………………（1）

第二章 从出仕到归隐
　　　　——朱德润生平考述 ……………………………（8）
　第一节 时代背景 ……………………………………………（8）
　第二节 家世出身 ……………………………………………（10）
　　一 进退自如的先祖 ………………………………………（10）
　　二 昆山金家庄 ……………………………………………（15）
　　三 奇异的出生 ……………………………………………（18）
　第三节 名流举荐 ……………………………………………（20）
　　一 姚式的培养 ……………………………………………（20）
　　二 高克恭的赏识 …………………………………………（22）
　　三 冯子振的劝导 …………………………………………（23）
　　四 赵孟頫的举荐 …………………………………………（25）
　第四节 平步青云 ……………………………………………（29）
　　一 壮志豪情 ………………………………………………（29）
　　二 破格任命 ………………………………………………（31）
　　三 高丽心绪 ………………………………………………（38）
　　四 走近拜住 ………………………………………………（40）
　　五 思退归隐 ………………………………………………（42）
　第五节 隐居岁月 ……………………………………………（45）
　　一 守志固穷 ………………………………………………（45）
　　二 骚客诗情 ………………………………………………（48）

三　孤寂怀忧 …………………………………………（50）
　　四　壮志难酬 …………………………………………（52）
　　五　画中情怀 …………………………………………（54）
　　六　两次复出 …………………………………………（57）
　　七　阳抱后裔 …………………………………………（59）

第三章　崇古典奥，尚理适意
　　　　——朱德润的散文创作 ……………………………（61）
　第一节　论说文 …………………………………………（63）
　　一　点评史事的"论"体文 ……………………………（64）
　　二　物事探微的"说"体文 ……………………………（66）
　　三　结构整饬的策论 …………………………………（69）
　　四　言词恳切的赠序 …………………………………（71）
　　五　评诗衡文的书序 …………………………………（73）
　　六　述事论理的记文 …………………………………（75）
　　七　歌功颂德的赞文 …………………………………（78）
　第二节　叙事文 …………………………………………（83）
　　一　记述人物生平事迹的传体文 ……………………（84）
　　二　记述游历见闻的记游文 …………………………（89）
　　三　记述古迹文物的状物文 …………………………（94）
　第三节　抒情文 …………………………………………（98）
　　一　"情往会悲，文来引泣"的祭文 …………………（98）
　　二　辞以情发的记、序、铭文 ………………………（101）
　第四节　结语 ……………………………………………（103）

第四章　宗汉祖骚，感古伤今
　　　　——朱德润的辞赋创作 ……………………………（106）
　第一节　以汉赋为宗的辞赋 ……………………………（107）
　第二节　以楚辞为范的骚赋 ……………………………（117）

第五章　遣志抒情，烛照现实
——朱德润的诗歌创作 (123)

第一节　纪录生活境遇，表达不遇之情 (123)
一　对仕途的向往 (124)
二　仕与隐的徘徊 (126)
三　恬静安闲的心境 (129)
四　对达士圣贤的敬仰 (132)
五　纵情山水，赞美友情 (137)
六　刺时论世，愤世嫉俗 (140)
七　孤独愁苦，顾影自怜 (142)

第二节　向往自由，寄情世外 (146)
一　状写山水之美，向往自由生活 (147)
二　状写仙道境界，表达世外之想 (148)
三　与仙共游，赞美永恒极乐 (153)

第三节　怀古咏史，月旦春秋 (157)
一　借物怀古 (157)
二　谈经论史 (160)
三　观画思史 (163)

第四节　关注时事，反映民瘼 (165)

第五节　朱德润的诗歌技巧 (172)
一　写景状物，意象纷呈 (173)
二　叙描结合，想象丰富 (176)
三　注重细节，生动传神 (178)
四　乐中写忧，景中含情 (180)

第六章　朱德润的思想 (183)
第一节　执守传统礼教的道德观 (184)
第二节　清正廉明、爱民利物的为政观 (190)
第三节　自律自适的人生观 (199)
一　修身养性，洁身自好 (199)
二　中和用世，贵在能适 (202)

三　回归自然，崇尚自由 …………………………………（205）
　　四　人生有命，循其自然 …………………………………（207）
　第四节　情由景生、万物心源的艺术观 ……………………（208）
　第五节　志存高远、殊途同归的人才观 ……………………（212）

附录一　朱德润史传资料 ……………………………………（215）
　题识序跋 ………………………………………………………（215）
　碑铭谱传 ………………………………………………………（229）

附录二　朱德润族谱资料 ……………………………………（238）

参考文献 ………………………………………………………（250）

后　记 …………………………………………………………（254）

第一章

引言：元代文学的心灵之光

朱德润是元代颇具影响的画家、文学家，其生平《元史》无载，清末柯劭忞著《新元史》将其归入"列传第134·文苑上"。据史料显示，延祐末朱德润以赵孟頫荐之沈王，以闻仁宗皇帝，召见玉德殿，授翰林应奉，兼国史院编修，寻授征东行省儒学提举，后因宫廷纷争，深感仕途渺茫，乃辞官归隐苏州。之后近四十年，日以读书绘画写作交友为乐。其作品，画以《秀野轩图》《秋林垂钓图》《浑沦图》等闻名，文有《存复斋文集》十卷及《存复斋续集》等存世。其文集渗透着作者对政治、经济、文化、人生和艺术的诸多思考，是元代社会文化研究的重要史料。其中散文体式多变、风格多样，代表作《雪猎赋》是《历代赋汇》所收元、明两朝"蒐狩"类仅有之篇。诗歌取象细腻、生动传神，有不少乃触及民间疾苦和社会现实之佳作，尤其是其"新乐府"诗，被称为"馆阁文臣难得一见"[1]，具有较高的文学价值。《御选元诗》收其诗56首，《元诗选》初集收其诗97首，元人虞集、周伯琦、冯子振都曾撰文给予高度评价。杨镰先生在《元诗史》中称朱德润文集是元人别集中"比较少见流传"的一种。

关于朱德润研究，目前国内外学者多集于其绘画成就及其与当时文人的交往上，如孙国彬的《试论朱德润与〈浑沦图〉》[2]、孙丹妍的《朱德润与曹知白——元代李郭传统山水画与文人画风》[3]、刘忠玉的《试论

---

[1] 杨镰：《元诗史》，人民文学出版社2003年版，第496页。
[2] 《美术研究》1990年第3期。
[3] 《紫禁城》2005年第S1期。

高丽王王璋与元中期时政及其与文人画家朱德润之交游》①、高阳的《朱德润〈林下鸣琴〉绘画风格》②、李天垠的《元代宫廷之旅——沿着画家朱德润的足迹》③，以及日本学者西上实的《朱德润与沈王》④，等等，而代表其文章成就和文学成就的《存复斋文集》《存复斋续集》，在有关朱德润的研究中却少人问津。究其原因，有如下几点：

首先，在文学史研究领域，元代文学历来未受到应有重视。由于元统治者重武轻文的取士制度，对汉学儒士的轻视，加上元代作家对形式技巧的片面追求，以及后世文人民族感情的因素，自明代开始便有"元无文"（王世贞《艺苑卮言》）之说。在20世纪30年代陈柱的《中国散文史》以及中华人民共和国成立后的各种《中国文学史》中，元代文学的内容少有提及。能够进入人们视线者往往只是所谓的元代"儒林四杰"，而他们的作品恰恰是元代取士重实贵用标准的产物，很难代表真正的文学。

其次，朱德润在元代及后世常以画闻，其文学创作少有人关注。自元以降，朱德润以画名世，在画界地位已定，评其画艺者云集，相对忽略了其诗文价值。

再次，朱德润为元代名士，曾参与政事，与政界、文化界多有交集，文字作品种类繁杂，人们很少对其作品文本深入探寻，造成诸多研究的不便。

最后，朱德润的文学作品高深博雅，古奥难解，且多有残缺，至今未有一个关于其诗文全集的校注本，更少有关于朱氏文本的深入探讨。

这一切都成为朱德润文学创作研究的重大障碍。

考之史料，最早对朱德润文学创作进行评价者应该是其同时代的虞集、俞焯、黄溍等人。虞集认为他"文章典雅，理致甚明。独惜以画事掩其名，然识者不厌其多能也"（《存复斋集题辞》），俞焯说他"理到而词不凡"（《存复斋文集序》），而黄溍则称其诗书画"多能"，"非直今人

---

① 《欧亚学刊》第五辑，中华书局2005年版。
② 《山海经》2015年第18期。
③ 故宫出版社2015年版。
④ 《美术史》1978年第3期。

之所难，求之古人固不易得也"（《存复斋集序》）。清代的《四库提要》认为，朱德润的《存复斋文集》"惟合沙俞焯序称其文'理到而词不凡'，差得其实。诗则浮浅少深致，益非其所长矣"。故《四库全书》未收入《存复斋集》，仅列目于"别集存目类"。可见，清代人在《四库提要》中对于朱氏的评价比元代人要低得多。

杨镰先生的《元诗史》是将朱德润诗歌列入文学史比较早且篇幅较多的一部著作。在该书第四卷"南方诗人"第六章"后期文臣中的诗人"中，有两千余字论及朱德润诗文。杨镰先生认为，朱德润的一些绝句感受细腻，对景物的描写"饶有风趣"，如《晓晴》《出郭》等诗，对朱"触及民间疾苦和社会现实"的作品如《无禄员》等持肯定态度，认为"可以读到在馆阁文臣难得一见的元代'新乐府'诗"。杨镰先生对朱德润的诗文的总体评价是"比较平淡，但并非无足可观"，诗集的主流是"应酬之作与闲适之音"。那么，杨镰先生所说的"可观"之文是什么呢，他特举两例：

> 如《异域说》（卷五）所记佛林国（即唐人杜环《经行记》中的拂菻国）事，可补中外交通史之缺；《跋大星记》（卷七）所记至正四年（1344）秋有大星降及船篷事，是有关UFO（飞碟）的珍贵史料。①

在此，杨镰先生对朱德润文学创作的认识有两点值得商榷，其一，他将朱德润的散文价值仅仅局限在奇闻怪传一端，显然不够全面，甚至仅抓住了枝末，未触及其文章主体。其二，认为朱氏诗歌的"主流"是"应酬之作与闲适之音"，考之朱氏诗集，显然不够准确。笔者在对朱氏作品的考察中认识到，问题并非这么简单。"应酬""闲适"之外，朱氏还有更多的体现情志之作。

李天垠的《元代宫廷之旅——沿着画家朱德润的足迹》一书主要从绘画角度探讨朱德润的生平创作历程。作者将画家的经历、书画创作置于元代大历史背景下，描述了元大都、元上都、江南地区的地理风貌与

---

① 杨镰：《元诗史》，人民文学出版社2003年版，第495页。

风土人情,对画家作品的形成及特点以及当时汉族士人的态度等进行深入探索,提出了独到的看法,是朱德润绘画研究少有的专著。值得一提的是,李天垠在该书第四章"不为人知的朱德润"中,专节介绍了"朱德润的文学兼及《存复斋集》研究"。李天垠认为,朱德润是"以诗书画见长的三栖人才",而且在诗文方面比其好友柯九思"功底更加扎实",这与他年轻时的努力、老师的指导及其特有的经历密切相关。沈王将朱德润引荐给仁宗,是以其儒者的身份,朱德润作为"征东儒学提举"亦是儒官。李天垠认为,历史上对朱德润的文学评价有欠公允,尤其是清代《四库提要》编者的评价,显然"过于苛刻抑或过于浮浅,没有注意到朱德润作品的深刻社会内涵"。朱德润的文风应当归为"唯美宏大"一类,其诗文创作大体可分为几种类型:第一种是他在归隐期间所写的向往闲云野鹤的生活的作品。第二种是重在叙事的酬赠之作。而其诗文中最引人注目的是他针砭时弊的作品,如《德政碑》《无禄员》《外宅妇》《富家邻》《官买田》《水深围》《前妻子》等,"文笔轻松诙谐",揭示的社会问题深刻,"即使是在数百年后的今天阅读,仍极具现实批判意义"①。

应该说,李天垠对朱氏文学创作的评价是比较中肯的,尤其是对其新乐府体诗的评价,可谓切中朱氏诗歌的核心。但由于该书重点在绘画创作的评述,对文学方面缺乏系统的考察,尤其是对朱氏散文的评价显然还不够全面。

杨晶瑜的论文《元明清三代狩猎赋综论》②重点探讨元明清时代狩猎题材赋作的特点和规律。作者认为,在元明清时期,赋体的发展远不如散曲和小说,但仍有少数名家和名作存在,并且在继承传统的基础上,呈现出与以往不同的时代特色。其中,作者论及元代的赋体创作,对朱德润的《雪猎赋》给予高度评价。作者认为,虽然蒙古族在入主中原之前停留在口头文学阶段,但建立元朝之后,对汉民族的文学传统并未采取拒斥的态度,而是广泛吸纳,并将赋体列入科考范围,成为中国历史

---

① 李天垠:《元代宫廷之旅——沿着画家朱德润的足迹》,故宫出版社2015年版,第112页。
② 《时代教育》2014年第4期。

上"唯一以古赋取士的朝代"。作者认为,狩猎在古代蒙古人中占有重要地位,史书中常与战争并提,元朝建立后,围猎逐渐变为大汗和各级王公贵族喜好举行的带有军事演习性质的娱乐活动。其间,随行大臣作赋以颂者自然不少,但流传下来并得到公认的好作品并不多,《历代赋汇》"蒐狩"类于元明两朝仅有一篇《雪猎赋》,可见其地位之重要。该作品除了体现出汉代大赋的结构特征外,在语言描写上也独具一格,比如对天子阵仗的夸张性描述以及对当朝统治者的讽谏笔墨,都十分出色。同时,作者认为,虽然元代将赋列入科考范围,但在文学上重实贵用,像这种狩猎类的题材从未出现在科考当中。朱德润凭借《雪猎赋》受到英宗的赏识,"实属侥幸"。

李新宇的《元代辞赋研究》[①]一书将朱德润列入元代后期赋家之列,在"元代辞赋作家作品一览表"中列出朱氏辞赋作品25篇,但除指出其《幽怀赋》属于"超世解脱"一类外,在书中并未有具体评价。

在朱德润研究的当代资料中,有些是未正式出版的学位论文,重庆大学叶潜的《朱德润研究》[②]应该是其中比较系统的一篇。该文从"朱德润的生平与艺术修养""朱德润的交游""朱德润绘画风格的形成与演变"三个方面对朱德润的生平创作进行了比较深入的探讨。认为朱德润是元代"李郭画派"的重要代表人物,其绘画与书法皆源自赵孟頫,并形成了自己的风格,但与"元季四家"相比,其艺术创新并不彻底,艺术成就也相差甚远。其艺术与人生充满了仕与隐的矛盾,其作品中的情感亦在此二者之间徘徊,因此往往顾此失彼,留下了太多的遗憾。在"朱德润的文学"一节中,作者对朱氏的文学评价基本上与李天垠的观点一致,但对清代《四库提要》编者的观点,作者持认同态度,认为"朱德润《存复斋文集》的内容,不免觉得浮华有余而深度不足。其诗词亦无清新之态,流畅而已,且含意颇多扭捏。与其好友虞集之诗相较,不免相形见绌。虞、俞二人之所夸,亦不免让人觉得只是文人互夸之虚词谀语。所以《四库提要》认为朱德润的《存复斋文集》'惟合沙俞焯序称其文"理到而辞不凡",差得其实。诗则肤浅少深致,益非其所长矣'。

[①] 李新宇:《元代辞赋研究》,中国社会科学出版社2008年版。
[②] 叶潜:《朱德润研究》,硕士学位论文,重庆大学,2005年。

《四库提要》作为后人之作，相较于朱德润的同时代人，其所评当更为恰当"。但作者将朱氏作品中对社会的揭露与批判归结于其"致仕较早，与民间接触较多"，似乎是只看到了问题的一个方面，并没有从主体意识角度进行深入挖掘。

就以上各家对朱氏文学创作的评价看，可以得出如下结论：其一，在元代文学重实贵用的大格局中，朱德润的文学创作有其独特之处，尤其是对社会矛盾的揭示和批判，是元代文学中的一大亮点。其二，朱德润的诗文作品繁多，且异美纷呈，过往论者往往难以顾及整体，有的甚至只取其一点，不及其余，实乃一大遗憾。其三，只有对朱德润的文学作品进行整体观照，系统考察，方可做出客观准确的评价。

这也是本书开展研究的重要原因。

其实，如果走进朱德润的文学世界，我们便会真正认识到这位被画名掩盖了文名的艺术家，并非如有人所说的"肤浅少深致"（俞焯语），或多应酬之作，而有其独特的艺术风格，对底层生活多有观察，对社会问题多有批判，对现实人生多有思考，应该说，他的创作对元代文学是有着独特的贡献的。

毋庸置疑，朱德润的文学创作中亦有许多为达官贵人所写的序跋铭赞碑祭唱和的诗文，这也许是历朝历代每一个文人都难以摆脱的写作经历，但与众不同的是，朱德润并非着意于奉承阿谀之词，总是在赞词之外，表达出自己对社会人生的情感好恶，对世界的人生感悟，借他人酒杯浇自家块垒，可谓别有怀抱。比如他写的《古鼎铭》《知止堂铭》《刘大本拙庵记》《招孝子辞并序》《赠钱刚中序》《祭郑信卿左丞文》等，都非单纯的应酬之作，而有着作者对社会人生的独特思考。这一点与许多文人单纯的人事应酬大不相同。

如果与其同时代的仕者相比，朱德润更像是一个儒生，有着更多的民间情怀。传统的儒学熏陶，使他即使退隐，文学创作思想亦在仕与隐间徘徊，并非彻头彻尾地效忠或反对。在他的作品中，渗透着作者对政治、经济、文化、人生和艺术的诸多思考，是元史研究的重要史料。他的诗体作品感古伤今、反映现实、取象细腻、生动传神，其中如《德政碑》《外宅妇》等已是文学史上的经典作品。散文类作品内容丰富、体式多变、语言典奥、风格多样，如《雪猎赋》《游江阴三山记》《秀野轩记》等亦是优秀的抒情之作，具有较高的文学价值。同时，在他的作品中，亦渗透着他对社会人生的体认和思考。本书对其作品的深度考察，在一定程度上拓展了元代社会政治文化研究的历史空间。

朱德润的作品，是一个情感丰富的世界。在与朋友相处时，他往往是积极上进的，充满了报效国家的豪情壮志，但当他在贫穷寂寞中独处时，又能看到其消沉低落的另一面。时而赞良乐盛世，时而愤世嫉俗，时而感壮志难酬，时而叹民生多艰。因此，如果说朱德润是一个归隐者，倒不如说他是一个不完整的入仕者，或不完整的田园画家。说到底，应该是一个传统中国知识分子的济世热情在他心中燃烧，不灭的理想化为火焰，使他的文学创作亦闪烁出亮点。从他的文字中，既能体会到一种儒者的崇高品格，又能感受到一个落泊乡野的文人的人生无奈，有时积极上进意气风发，有时消极低沉颓废空虚，它让我们看到了一个活生生的人，一个内心世界充满矛盾的思想者的真实情感状态。走近朱德润，也许能唤起我们对元代文学的重新认识，真切地感受到一位对社会有着深刻洞察的儒者的心灵。

朱氏文学创作，除得力于其学识才气外，主要来自其对义理的崇尚，对儒学的坚守，通过诗文传其性灵、表其心志，是其创作的根本动机。在其作品中，除了忠君爱国济时用世的主题外，亦常能看到其孝亲敬长、尊师重学的思想。考其生平行状，可知诗如其人，文如其人，文字"光明易直"，"使人读之而可晓，考之而有证"。故其诗之言性情，文之倡道义，多能直面现实，言必中当时之过；叙事言理，多能适体而作，"典雅而理致甚明"。① 一部朱德润文集，可以说是作者生活时代和思想情感的记录，真实地展现出元朝社会的世情风貌和世道人心，揭露了吏奸民猜的政治黑暗和民不聊生的悲惨生活，同时也让读者看到了作者矛盾复杂的儒者心路，渴望报国拯民的文人心志，及贫贱不移四顾茫然的隐者心迹。当然，还有其卓越的文章技巧和诗赋才华。因此我们可以说，朱德润是元代儒者人生遭际的一个写照，朱德润文集是元代文人性灵良知的一片灯影。

---

① （元）赵文：《青山集》卷五，《四库全书·集部·别集类》。

第 二 章

从出仕到归隐

——朱德润生平考述

第一节 时代背景

朱德润出生于1294年的苏州，当时是元朝至元三十一年。

这一年的2月18日（正月二十二日），发生了一件大事：大蒙古国的末代可汗同时也是元朝的开国皇帝忽必烈病逝。

34年前，即1260年，这位"思大有为于天下"的王者成为蒙古大汗。1271年，取《易经》"大哉乾元"之意，改国号为"大元"。1279年，南宋王朝的最后一股残余势力在崖山海域被元军彻底消灭，陆秀夫背着少帝赵昺投海自尽，元朝正式统一中国。

15年之后，忽必烈因酗酒病逝。此时，元朝的疆域已十分辽阔，北到西伯利亚，越过贝加尔湖；南到南海；西南包括西藏、云南；西北至今新疆东部；东北至外兴安岭、鄂霍次克海，总面积达1200万平方公里。《元史·地理志》载其版图"北逾阴山，西极流沙，东尽辽左，南越海表"，"东南所至不下汉、唐，而西北则过之，有难以里数限者矣"[1]。

元朝的国土划分为两大部分，一是由中书省直接管辖的首都附近的腹里地区，即今河北、山东、山西及内蒙古部分地区；二是由宣政院（初名总制院）管辖的吐蕃地区（今青藏高原），以及10个行中书省，分别为陕西、辽阳、甘肃、河南、四川、云南、湖广、江浙、江西、岭北

---

[1] （明）宋濂等：《元史》卷五十八《地理志一》，中华书局1976年版。

行中书省。此外，元朝曾于朝鲜半岛设立地位十分特殊的征东行省（又称征日本行省），行省丞相由高丽国王兼任，自辟官署，且税赋不入都省（不用上交中央政府），故与其他行省性质不同。

大元帝国时期，出现了多民族并立共存的状态。元朝政府为维护蒙古贵族在全国的专制统治权力，实行"民分四等"的民族政策，将国民分为四个等级：一等为蒙古人；二等为色目人（主要指西域人，是最早被蒙古征服的部族，如钦察、唐兀、畏兀、回回等）；三等为汉人（主要指淮河以北原金朝境内的汉、契丹、女真等族以及较晚被蒙古征服的大理人，东北的高丽人亦属汉人）；四等为南人（指最后被元朝征服的原南宋境内各族）。在重武轻文的取士制度中，汉族士子和儒生的地位更趋低下。"大元制典，人有十等：一官二吏，先之者贵之也，贵之者谓有益于国也。七匠八娼九儒十丐，后之者贱之也，贱之者谓无益于国也。嗟乎悲哉，介乎娼之下丐之上者，今之儒也。"① 但也不尽如此，那些愿意与蒙古贵族合作的上层汉人仍然可以得到较高待遇，如宋代皇室后裔赵孟頫，就曾官至一品荣禄大夫。而那些生存于社会底层的蒙古平民依然是被奴役的对象。

对于汉族文人而言，如果还有出头换气的空间的话，那便是在元廷仿效汉制统治中原的过程中，一大批儒臣受到了重用，比如刘秉忠（1216—1274），邢州（今河北省邢台市）人，博学多才，尤其精通《易经》及宋邵雍《经世书》，甚得元世祖宠爱，拜为光禄大夫，位至太保，参与领导中书省政事。又如姚枢（1201—1278），营州柳城（今辽宁朝阳）人，金朝末年，被杨惟中引荐北觐窝阔台汗，后出任燕京行台郎中，旋即弃官隐居于辉州苏门。忽必烈即位后，深受器重，以藩府旧臣预议朝政，官至翰林学士承旨。再如许衡（1209—1281），怀庆路河内（今河南省焦作市中站区）人，元宪宗四年（1254），应忽必烈之召出任京兆提学，授国子祭酒。至元六年（1269），奉命与徐世隆定朝仪、官制。至元八年（1271），拜集贤大学士兼国子祭酒。又领太史院事，与郭守敬修成

---

① （宋）谢枋得：《送方伯载归三山序》，"九儒、十丐"之说当来自宋郑思肖"一官、二吏、三僧、四道、五医、六工、七猎、八民、九儒、十丐"之说，见《心史·大义略叙》，广智书局1905年版，第160页。

《授时历》。元朝还建立了名为儒户的户籍来保护和优待读书人。延祐年间，自幼熟读儒籍、倾心释典的元仁宗，曾下令将《贞观政要》和《资治通鉴》等书摘译为蒙古文，令蒙古、色目人诵习。仿唐末旧制，于延祐二年（1315）诏行科举，尊崇朱熹之学，将儒家学说中的程朱理学定为官方思想，史称"延祐复科"。

值得一提的是，元代对儒学文士所持的态度是重实贵用的。《元史·列传·儒学》云：

> 前代史传，皆以儒学之士分而为二：以经艺专门者为儒林，以文章名家为文苑。然儒之为学一也，六经者斯道之所在，而文则所以载夫道者也。①

在元朝统治者眼中，儒也好，文也罢，皆应为道服务。元仁宗皇庆二年（1313），为重开科考，中书省奏请云："夫取士之法，经学实修己治人之道，词赋乃摘章绘句之学，自隋、唐以来，取人专尚词赋，故士习浮华。今臣等所拟，将律赋省题诗小义皆不用，专立德行明经科，以此取士，庶可得人。"帝然之，乃下诏曰："举人宜以德行为首，试艺则以经术为先，词章次之。浮华过实，朕所不取。"② 在这一政治背景下，元代经术之文盛行，抒情之作日稀。

此时的朱德润不到二十岁，正值朝气蓬勃、风华正茂的年龄，他熟读儒家经典，精通书学画学，游历于江南的秀美山川和繁华都市之间，饱受传统文化的熏染。正是相对宽松的政治文化政策和家族文化的影响，使他有了以文入仕的机会和报效朝廷的愿望。

第二节　家世出身

一　进退自如的先祖

朱德润（1294—1365），字泽民，斋号存复，又号睢阳山人、眉宇山

---

① （明）宋濂等：《元史》卷一百八十九《儒学一》，中华书局1976年版。
② 《元史》卷八十一《选举一》。

人、翁同山人、鸡林道人等，平江（今江苏苏州）人。

关于朱德润家族的祖籍地，《存复斋文集》卷六《朱氏族谱传序》开篇记载："昔周封曹末于邾，子孙去邑，以朱为氏。"这里，邾即邾国。战国时，邾国被楚宣王所灭，子孙去邑以邾为氏。邾挟就是朱姓的受姓始祖。此支朱氏分居沛国相县及吴郡吴县，子孙遍布苏北、江南。汉时朱买臣，三国时朱桓、朱据皆为吴郡吴县的分家。又，朱德润在《题长江图》一诗中写道："我家世沛国，少长吴淞墩。"可为一证。

据史书记载，前196年，汉高祖刘邦封其侄刘濞为沛侯，建立沛侯国，即沛国，是朱氏的郡望地。古代的沛国辖二十一城：相县、萧县、杼秋、丰县、沛县、临睢、太丘、建平、鄼县、谯县、郸县、铚县、竹邑、䣝县、符离、谷阳、洨县、虹县、向县、龙亢、公丘。沛国朱氏分衍出三大支：鄢陵朱氏，以朱濞为开宗始祖；昌侯朱氏，以朱濞的弟弟朱轸为开宗始祖；邑侯朱氏，以朱进为开宗始祖。至东汉末，朱姓已形成历史上影响深远的四大望族：吴郡朱氏、沛国朱氏、南阳朱氏、平陵朱氏。魏晋时期，原居北方河南、山东、安徽等地的朱姓族人逐渐向南迁移。唐至五代十国，朱姓族人在安徽、广东、湖南、福建等地区广为传播，出现了永城朱氏、昌平朱氏这样的名门望族。据永城《朱氏家谱》载：其开基始祖为朱贤正，官至金吾卫上将军；第二世为朱学礼；第三世为朱日泰。朱日泰有4个儿子，其中以朱仁轨、朱敬则兄弟最为显赫。另据《萧县县志》记载，朱德润家族的一世祖为唐朝的朱仁轨。朱仁轨，字德容，永城人，曾任太子洗马一职。其弟朱敬则乃武则天时期的宰相。在弟弟为官后，朱仁轨隐居养亲，死后私谥"孝友先生"。

在永城茴村东南，是闻名遐迩的宰相林，又叫朱家林，据《朱氏源流》记载这里是朱敬则和朱仁轨的坟墓。今人李俊山（永城博物馆馆长）曾在此发现朱仁轨墓的残碑，碑为明代嘉靖年间之物，碑文残存有200余字：

  重建孝友朱先生墓碑记……先生讳仁轨字德容永城人……先生而弥著自周至隋唐世……虽樵牧竖子遇者皆知敬……崇潘得与审理姑苏朱君希颜同……蔡之乱五世祖子荣避地自……嗣我明本支愈蕃则有若宪副公文发……所载只以高祖为睢阳人而不……寇景贤奉敕

恤刑河南，初入永城乃考邑乘诵墓……简命方殷乃遍莅郡邑理冤抑别幽滞……之门石亲题其额曰唐孝友朱先生墓……乎先生吾乡之善士也司寇江表……帝命优恤我一方宝天启祖孙之奇遇……以祖祀……南北异地而一……稽首……嘉靖四十一年岁次壬戌孟冬十……赐进士第奉议大夫刑部山西清吏司郎中奉敕河南审录裔孙姑苏朱景贤文林郎永城县知县李元芳同建

从残文可以看出，该碑是明刑部郎中苏州人朱景贤来永城茴村寻根问祖时与永城知县李元芳共立。其中提及"五世祖子荣"，曾在北京京城开封做官，在北宋末年战乱之际，由河南东部迁往昆山、苏州一带。这段历史在《存复斋文集》中的《朱氏族谱传序》中亦有记载：

四世祖直阁公子荣南奔渡江，年甫六岁，初抵瓜步津，舟人需渡钱无有，因为竹篙挂堕江津。俄而舟过丹阳，公亦登焉。周人惊讶，问所以得渡，公曰："附舟柂来矣。"众咸叹异。同渡僧允谦因携以诣吴郡守贾青。青故庆历相贾魏公之孙也，实与朱氏世契，乃俾托居于史元长家。及长，好读书，贫无以养，时贩缯自给。宝庆初，为江州文学，仕止朝奉郎、直秘阁。此朱氏渡南之始传也。

朱子荣是永城朱氏家族中收藏《睢阳五老图》的关键人物。据《睢阳五老图》上的题记记载，朱子荣在1131年成为朱氏家族第一个收藏该图的子孙而名扬江南，后因经济拮据在1135年转给毕世才收藏。南宋开禧元年（1205），朱子荣再次收藏《睢阳五老图》。毕世才的后人在《睢阳五老图》的题跋中记述了此事：

一日，毕公孙示子荣曾祖兵部画像，盖睢阳五老人，天下共知其贤。明年请以余地易归奉祀。毕氏再图其完，以旧本俾子荣。

从朱子荣之后，《睢阳五老图》一直归朱氏家族保管。明成化十五年（1479）江苏长洲人吴宽为《睢阳五老图》题跋记载："自朱子荣得卷后三百余年……"表明朱子荣及其后代一直是将该图作为朱氏家族的传家

宝而珍藏的。

朱氏始祖朱仁轨一生隐居乡下，侍奉父母，以读书为乐，并无太大成就，但他撰写的《诲子弟言》，却为朱氏后代奉为家训，比如：

> 终身让路，不枉百步；终身让畔，不失一段。夫辞让之心，人皆有之，推而行焉，于己既无大损，而又能革薄从厚，亦何惮而不为也。

这些至理名言，是否也成为朱德润成长中的修养基础，值得研究。

据《朱氏族谱传序》和元人周伯琦撰《有元儒学提举朱府君墓志铭》载，朱德润的九世祖为宋朝武将朱贯。

谈及朱贯，不能不提及上文述及的一幅古画，即《睢阳五老图》。

睢阳五老图（局部）

这是一组著名的北宋时期人物画像。所谓"五老"，指宋代五位闲居睢阳的高级退休官员，分别是：

杜衍——以太子少师致仕。
　　王涣——以礼部侍郎致仕。
　　毕世长——以司农卿致仕。
　　冯平——以虞部郎中致仕。
　　朱贯——以兵部郎中致仕。

　　五人当中，杜衍属宰相级官员，其他四位都曾是当朝的高级官员。他们退休后闲来无事，欲觅一风光秀丽之处作安生之所，共同相中了地处中原的睢阳（即今河南商丘）。于是，五位老人聚居于此，学唐白乐天香山九老故事①结社赋诗，自得其乐，过着闲云野鹤般的生活，在当时诗坛引起轰动。

　　一位丹青高手为之感动，兴致勃勃地为五人各画了一幅像，题名《睢阳五老图》，并让五人分别在图上赋诗。此画手卷体式，绢本设色，绘制精美，尤其是人物形象各具神态，细腻逼真，栩栩如生。不久，五老图名声大噪，誉满京城。许多当时的文豪巨匠纷纷在画上题诗作跋，如欧阳修、晏殊、范仲淹、文彦博、司马光、程颢、程颐、苏轼、苏辙、黄庭坚等，俱有墨迹在焉。至南宋，亦有一大批著名人物在图上题跋，如朱熹、范成大、杨万里、洪适等四十余人。这种集名人诗书画于一体的艺术形式，在中国绘画史上可谓独一无二。无论是从其本身的绘画艺术，以及历代名人在图上的题诗题跋，还是从其所承载的厚重历史文化，以及所弘扬的尊老敬贤美德，都使《睢阳五老图》在历史长河中放射出璀璨的光芒。

　　五老中的朱贯（961—1049），字贯道，沛国（古沛国，今安徽濉溪与河南永城一带）睢阳人，是永城茴村朱氏家族的后裔。茴村古称槭林或槭村，亦有民间相传称为槭城。朱贯官至兵部郎中，卒赠司农少卿。他在退休后曾有《睢阳五老会诗》一首，表达对五老会的看法：

---

　　① 唐朝诗人白居易曾在香山（今河南洛阳龙门山之东），与胡杲、吉旼、刘贞、郑据、卢贞、张浑、李元爽、禅僧如满等八位耆老集结"九老会"。他们志趣相投，远离世俗，忘情山水，耽于清谈。当时白居易曾请画师将九老及当时的活动描绘下来，这便是"香山九老图"。

各还朝政遇尧年，鹤发俱宜预道冠。
乍到林泉能放旷，全抛簪绂尚盘桓。
君恩至重如天覆，相坐时亲畏地寒。
九老且无元老贵，莫将西洛一般看。

他认为，睢阳五老在朝时为宋朝的兴盛建功立业，下野后能寄情山水，忘却功名。因此，他们与香山九老是有所不同的。

朱贯这种进退自如的乐观态度，以及忘情山水、自得其乐的自在情怀，在朱德润的人生道路上，曾经产生过哪些影响？他后来弃官归隐是否与先祖的人生态度有关，值得研究。

朱德润人生的前半段，苦求功名，后半段归隐山水，实乃其先祖朱仁轨与朱贯人生轨迹的综合。

另外，朱德润在诗文中推崇的朱熹正是朱敬则的第七世孙唐末户部尚书朱光启的后人。据《紫阳朱氏建安谱》（朱熹家谱）载，该谱以茶院府君为婺源支一世祖，以八世韦斋公朱松为入闽始祖。朱熹别号紫阳，故其嫡系苗裔采用"紫阳"为堂号。

二　昆山金家庄

苏州，古称吴，又叫阖闾大城、姑苏、平江、茂苑、吴门、东吴等，这些名字广义指苏州，狭义仅指苏州古城区，城中有着"三纵一横一环"的河道水系和"小桥流水、粉墙黛瓦、古迹名园"的独特风貌。先后为春秋吴国、三国东吴（前期）政权的都城。西汉武帝时为江南政治、经济中心。据《洪武苏州府志》（第一卷）记载："隋文帝开皇初，废郡以州治。九年平陈，改吴郡曰苏州。以姑苏山为名也。"到唐代，苏州已是江南唯一的开放型州府。宋时，全国经济重心南移，有"上有天堂，下有苏杭"之称，而苏州则"风物雄丽为东南冠"。至元朝，苏州属于江浙行省管辖。

朱德润的故乡就在苏州城东七十里外的昆山。

昆山，古名娄邑，地处上海与苏州之间，北与常熟、太仓两市相连，东与上海嘉定、青浦两区交界，西与苏州古城区接壤，南部水乡古镇周庄与吴江毗邻。春秋战国时期先属吴，后属越，继又归楚。吴王寿梦曾在这里豢鹿狩猎，故又名鹿城。

在中国历史上，昆山地域经数代置废分合，变化较大。单是宋代就数易其属。北宋太平兴国三年（978），吴越国除，改苏州为平江军，昆山属平江军。政和三年（1113），升平江军为平江府，昆山属平江府。南宋嘉定十年（1218），析两浙西路平江府昆山县东部春申乡、临江乡、安亭乡、平乐乡、醋塘乡共5乡，置嘉定县（以年号为名）。到元朝，至元十三年（1276），升平江府为平江路，昆山属平江路。元贞二年（1296），因户口增多，升昆山县为昆山州，仍属江浙行省平江路。这便是朱德润生活时期的昆山。

这里地处长江三角洲的太湖平原，境内河网密布，东去三十六里，便是娄江，元时叫娄港，水上运输皆由此出入，以故舟车辐辏，人烟稠密。由于气候温和湿润，遍地生长着竹、松、梅、桑、琼花、广玉兰等植物，有"百里平畴，一峰独秀"的玉峰山，有碧波荡漾的阳澄湖、淀山湖，有古镇锦溪、周庄，是一个充满人文气息的江南水乡。

朱德润就居住在昆山淀山湖镇的古村落——金家庄。

这是一个四周环水的渔村。据说在唐代中叶，为逃避战祸，一位名叫金燮的长者带领移民登岛拓荒，开辟了这块处女地。宋代南迁杭州以后，兵部郎中朱贯的后人也来到江南，其中就有朱德润的先祖朱子荣。朱子荣及其后人为避战乱灾害，几经迁移，面对动荡不安的社会，多以习儒为业，倡导以德服人，居于乡野村外，流连山水书画。以仁德、信义、忠孝等为做人根本，对子弟言传身教。到朱德润时才选择在金家庄隐居。金家庄甲子桥西桥堍北侧一带，是朱德润的故宅。

关于朱德润的父亲，《新元史》卷二百三十七《文苑上》"朱德润"条中有"父环，长洲儒学教谕"的记载，昆山文化发展研究中心发布的昆山朱氏族谱中亦沿用此说，以朱子荣为一世，朱环为二世。但朱环之名似有疑问，《存复斋文集》卷六《朱氏族谱传序》中有如下记载：

> 考琼，字廷玉。襁褓中随父祖间关淮楚，得复归吴。年二十五，儒司荐为无锡县学教谕，又调长洲学谕。岁余，谓人曰："今世仕禄不足养廉，将学而取诸人乎？抑自营以资其生乎？"遂闭门与诸生讲

授,三十年不出城府。专经之暇,至百家、子史、阴阳、卜筮之书,靡不周览。闻人有能学如不及,穷老益坚,至弗遑暇食。遂与世事日薄,一室馨然,陶器琴书外无长物,岁久,人持去亦不较。性疏坦,每游林泉佳处,遇樵人牧子,即与忘情谈笑终日。清贫晏如也。三山刘宗师,赠号明复先生。晚究《易》传,作先天、后天、八卦互属之图,明动静隐显屈伸之理,占岁时丰荒、雨旸、祥祲,悉有征验。至顺元年岁庚午秋,积雨后屋岸崩,忽谓德润曰:"明年岁在辛未,干金支火,火弗胜水,民其灾乎?然吾大限亦与岁君并,吾其弗支矣。"曰:"来儆汝:高材博学,身之劳也;令闻广誉,忌之招也。谦之《象》曰:'人道恶盈而好谦。'节之《象》曰:'节以制度。'不伤财、不害民,凡人欲之过者,本于奉养之厚也,先王制其本以节之,复天理也。然久于其道者,其惟恒乎?以之修身,其惟复乎?汝其志之。吾家世儒冠,先世渡江以来,遭家多故,不绝如线。百年丘陇,汝其保之。汝母兆在坐甲向庚,前望有水,在艮之坤,有剥复之象焉。顺而止之,所以观象,七日来复,利有攸往。若顺而守之,其有复兴者乎?但陇抱阴,防阴险忌,然吾择之审矣,宜弗逾此。噫!造物者生我,我亦与造物游耳。葬祭之礼,汝其勤之。"德润泣拜曰:"敢不惟大人之言是听!"至冬,得寒疾。明年春正月,卒。年五十八。

该序为朱德润所作,重点记述了其父朱琼在去世前的言谈。其名何是何非,待考。而对父亲生平经历和品格,朱德润在《存复斋文集》卷八《葺先人旧庐》一诗中曾有记述:

  先人昔处世,行义如鲁黔。衰年当薄俗,历此忧患深。敝庐隔风雨,高歌忘古今。蔬食乐晨夕,得肴良盍簪。床头置《周易》,牖下莓苔侵。临文析疑义,言论众所钦。皇天不少假,悲风起长林。
  穷栖岂择木,高林羡莺迁。初无荣名慕,偶逐世累牵。蓬蒿绕屋后,鸟雀罗庭前。呼童置糗羹,磁器聊具完。清风拂帘幕,白日照前轩。固穷难屈节,守道乐自然。好恶自誉毁,敬止终无愆。

诗中的"先人"当指朱德润的父亲。从诗中可知,作者要修葺亡父的房屋,睹物思人,他想到了父亲的生平。饱经忧患,安贫乐道,不慕荣华,以读易为乐,这是朱德润对其父的人生评价。朱德润从小生活在一个恪守传统思想的儒士家庭。

三 奇异的出生

关于朱德润童年时代的生活,史料无载,倒是他的出生在多处资料中留下奇异的传说。

据明代阳山草堂主人岳岱①《阳山志》载:

> 元季,昆山朱氏卜葬此山,梦朱衣人谓曰:"吾陆绩也,墓,吾墓也,君能让之,尔后有兴。"于是土中果得旧椁,避而葬焉。由是世为吴中缙绅之族,代不乏人,至今盛科,目者皆称之。

这段记述充满了传奇色彩,令人读之遐思不已。但岳岱并没有交代昆山的朱姓人是谁,让人感到意犹未尽。

其实,早在岳岱之前二百年,元代文学家虞集为朱德润母亲吉氏撰写的《朱宜人吉氏墓志铭》中,这个故事已讲述得十分详细:

> 至元甲午十二月,吉宜人将就馆,而施夫人疾病,叹曰:"吾妇至孝,天且赐之佳子,吾必及见之。"既而疾且亟,治后事。其大父卜地阳抱山②之原,使穿圹以为藏,施夫人曰:"异哉,吾梦衣冠伟丈夫来告云:'勿夺吾宅,吾且为夫人孙。'"既而役者治地深五尺许,得石焉。刻曰:"太守陆君绩之墓。"别有刻石在傍,曰:"此石

---

① 岳岱:字东伯,自称秦余山人,又号漳余子,先世以军功隶苏州卫,至其父,始好读书,辟草堂于阳山。性狷介,好游,历尽宇内名山。能诗,善画。嘉靖二十四年(1545)作《寒林峻岭图》。

② 当为阳山支脉。阳山位于苏州市西北郊,虎丘区中部,呈南北走向,主峰箭阙峰海拔338.2米,为苏州境内第二高峰(仅次于穹窿山笠帽峰)。阳抱山在阳山西侧。在朱德润时代已有鲁肃墓、陆绩墓等留存。朱德润去世后亦葬于此。1928年,李根源赴阳抱山访考朱墓,记述道:"墓在北三梓堂,穴已山亥向,地为朱家产,先生墓志铭,二千余言,彭定求撰。"

烂，人来换。"石果断矣。其祖命亟掩之，而更卜兆。施夫人又梦伟衣冠者复来曰："感夫人盛德，真得为夫人孙矣。"德润生，其大父字之曰"顺孙"，而施夫人没。①

岳岱《阳山志》中所说的那个朱姓人，就是朱德润的祖父。

上文提到的陆绩，乃汉末庐江太守陆康之子。字公纪，吴郡吴县（今江苏苏州）人。据记载，陆绩六岁时，随父亲陆康到九江谒见袁术，袁术拿出橘子招待，陆绩往怀里藏了两个。临行时，橘子滚落地上，袁术嘲笑道："陆郎来我家作客，走的时候还要怀藏主人的橘子吗？"陆绩回答说："母亲喜欢吃橘子，我想拿回去送给母亲尝尝。"袁术见他小小年纪就懂得孝顺母亲，十分惊奇。后人将此事列入"二十四孝图"，并有诗云：

> 孝悌皆天性，人间六岁儿。
> 袖中怀绿橘，遗母报乳哺。

陆绩成年后，博学多识，星历算数无不涉览。孙权征其为奏曹掾，常以直道见惮。后出为郁林太守，加偏将军。在郡不废著作，曾作《浑天图》，注《易经》，撰写《太玄经注》。

人们认为陆绩的梦中显灵是吉夫人的孝顺所致。

明朝诗人吴宽②曾有缘观赏过朱德润的画像，甚有感触，他留言说：

> 诵其诗，读其文，而不识何如其人；观其画，玩其书，而不识其人何如。古貌长身，今既获识。元之泽民，汉之陆绩。③

---

① 《存复斋文集·附录》，载陈才生校注《朱德润集校注》，中国社会科学出版社2021年版。
② 吴宽（1435—1504）：字原博，号匏庵、玉亭主，世称匏庵先生。明南直隶长洲（今江苏苏州）人。成化八年（1472）状元，授翰林修撰，曾侍奉明孝宗读书。孝宗即位，迁左庶子，预修《宪宗实录》，进少詹事兼侍读学士。官至礼部尚书，卒赠太子太保，谥文定。其诗深厚醲郁，自成一家，著有《匏庵集》。
③ （明）吴宽：《观元朱泽民画像赞》，载《存复斋文集》，涵芬楼秘笈本。

吴宽认为，朱德润"古貌长身"，与传说中容貌雄壮的陆绩倒是颇为相合。

朱德润的母亲吉夫人十分重视子女的文化教育。由于朱家祖辈从军者多，她担心自己的孩子不重视儒学，经常教诲子女们说："惟朱氏睢阳五老兵部公之后，门户不轻矣，非学其何以自立乎？"正是在这样的教育下，朱德润成为当时著名的画家和诗人。

在虞集笔下，吉夫人还具有济弱扶贫、仁义善良之心。元大德丙午年间，南方出现饥荒，许多人家出现交换子女相食的现象。吉夫人听说她的邻居也有此类事发生，于是用自己的首饰把那些孩子们换了过来，给他们食物吃。等到收成好了，那些孩子也渐渐长大，她又把他们归还了回去，并且将其中的女孩子选择善良人家嫁了出去。

由于良好的家庭教育，朱德润亦成为朱氏家族孝行的楷模。元人周伯琦在《有元儒学提举朱府君墓志铭》中称：

> 君性果，孝事亲，先意承志。其父尝疾，君忧惧钵心，一夕鬓斑白。手治饮膳，医药必尝而后进。居丧以哀戚闻。君固贫守义，室如悬磬，处之裕如。[①]

他孝顺父母，安贫乐道。这些行为在家族中广泛流传。

第三节　名流举荐

朱德润的少年时代，得益于师从，亦受益于名流的赏识。正是由于获得前辈的举荐，他才有了平步青云的机会。

一　姚式的培养

在朱德润的人生道路上，姚式是最早影响到他的一位老师，也是对他影响最大的一位老师。

[①] 《存复斋文集·附录》。

姚式，字子敬，号筠庵。元归安（治今浙江湖州）人。其生年无考。据邓文原《巴西集》中《故太中大夫刑部尚书高公行状》记载，高克恭在刑部任职时，姚式已逾五十（"公每念子敬贫且年逾五十，自刑部白之都堂"），而高氏是于大德八年（1304）出任刑部侍郎，后升刑部尚书。高克恭后改任大名路总管，同一文中亦说道："（高克恭）守大名……上（武宗）在渊潜，君取花石，担负辇输，民不知扰，尝赐绮縠以旌其能。"① 最迟在武宗即位的至大元年（1308），高氏已在大名路总管任上，如此，姚氏的出生年月不晚于宋理宗宝祐五年（1257）。那么，朱德润"皇庆中，仆因受学于雪川姚子敬先生"时，姚式已超过五十五岁了。姚式约卒于泰定初年，享年七十余岁。

姚式青年时代跟随寓居乌程（治今浙江湖州）的敖继翁②治学，曾被举荐为绍兴路儒学教授。善书画，能诗。性格旷达豪爽、恃情使性，在元朝南方文人中，以"人品高胜"名世，与张复亨、赵孟頫、牟应龙、萧子中、陈无逸、陈仲信、钱选等八人交往甚多，合称"吴兴八俊"，常"放乎山水之间，而乐乎名教之中，读书弹琴，足以自娱"③。赵孟頫曾有诗曰："我友子姚子，风流如晋人。白眼视四海，青眼无一尘。"④ 又曾说："姚子敬天资高爽，相见令人怒、不见令人思。"⑤ 同为赵氏"畏友"的邓文原也说："瑰词藻思，玉楮之珍；峨冠被褐，长揖缙绅。藐视云浮，不见戚欣；邂逅朋簪，酒酣气振。俗子颜汗，唾若垢尘。"⑥

姚式虽有官职，但视之如草芥，而喜欢闲云野鹤般的自由生活。邓文原曾记述其与高克恭交往，"一日，公（高克恭）问：'人生至贵者何？'子敬方引度以对"，可见姚式对隐居生活的向往。

朱德润跟随姚式学习敖继公的仪礼之学，特别是儒家经典《周礼》，

---

① （元）邓文原：《巴西集》卷下，《四库全书·集部·别集类》。
② 即敖继公，生卒年不详，字君善，福建长乐人。据《宋元学案·艮斋学案》，敖继公尝擢进士，因对策忤时相，遂不仕。大德中荐为信州教授，未任而卒。其人深通经学，著有《仪礼集说》十七卷。赵孟頫尝师之。
③ （元）赵孟頫：《送吴幼清南还序》，《松雪斋集》卷六，《四库全书荟要·集部》。
④ （元）赵孟頫：《送姚子敬教授绍兴》，《松雪斋集》卷三。
⑤ （明）董斯张：《吴兴备志》卷十三，《四库全书·史部》。
⑥ （元）邓文原：《祭姚子敬文》，《巴西集》卷下。

还学习诗词文章和书法。姚式的书法师法二王①,《吴兴备志》也记姚式"时为小楷极清"。朱德润对二王传派的钟情实源于此。

朱德润学于姚式,除了诗文书画外,在品格上亦受到姚式的重大影响。他在年轻时致仕而归,中途数次谢绝征召,晚年虽限于时局一度入仕,但当生活略一平静便立即归隐,以及作品中流露出的佛道思想,似乎都可从姚式身上找到脉络。所不同的是,姚式经历过宋元交替的动乱年代,性格更加极端,而朱德润则显示出更多的温文儒雅、敦厚淳敬之风。

姚式在吴兴时,以品格闻名于世。戴表元《剡源集》卷五《敷山记》中记载:"予未识子敬时,凡从吴兴来者夸子敬不容口。"可见姚式在当地文化群体中颇具影响。正是姚式的声誉和良好的社交关系,使朱德润很早就跻身于吴兴、杭州一代的文人圈。这为他后来步入仕途并很快荣登高位奠定了良好的基础。

二 高克恭的赏识

朱德润钟情于画,并不限于姚氏。《存复斋续集·题徽太古所藏郭天锡画卷后》中记载:

> 皇庆中,仆因受学于霅川姚子敬先生,先生谓"艺成而下,足以掩德",戒以勿勤画事。适彦敬高侯至②,见仆弄翰,语先生曰:"是子画亦有成,先生勿止之。"由是日新月染,不觉堕于艺成。

显然,在姚式看来,过于追求画艺会掩盖君子的品德,而朱德润天资聪慧,长于记忆,这才是他应该发扬的地方,如果他能将大量的精力

---

① (元)吴师道:《礼部集》卷十八《赵明仲所藏姚子敬书高彦敬诗》:"书自杨凝式,上溯王大令。"《四库全书荟要·集部》。

② 皇庆(1312—1313),元仁宗年号。据叶潜硕士论文《朱德润研究》考证,高克恭生于南宋理宗淳祐八年(1248),卒于至大三年(1310),时朱德润17岁,不可能见到高氏。应该是作者年代记录有误。朱德润25岁以前,一直在吴兴、杭州一带活动,师从姚式。高克恭在大德三年(1299)前在江浙、江淮一带经年为官,后召入大都为工部侍郎,后转翰林直学士,仍经常出入苏、杭一带,与姚式常有交往。故如果朱德润与高克恭相见,只能在他17岁之前。

用于儒学，必有望通过科举考试入仕。但姚式的这一想法在一位老朋友的劝说下改变了，这位朋友便是时任江南行台治书侍御史的高克恭。

高克恭（1248—1310），《清河书画舫》作名士安。回族。字彦敬，号房山道人。大都（今北京）房山人。由吏入仕。世祖至元二十五年（1288）累迁为监察御史，后历任中书省都事、兵部郎中、江淮行省郎中、山南廉访副使。成宗大德元年（1297）授江南行台治书侍御史。历工部、吏部、刑部侍郎，升刑部尚书。卒，谥文简。画艺师二米，擅山水、墨竹，尤精云山。是元初文人画家群的领军人物之一，时有"南有赵魏北有高"之说。有《云横秀岭图》《春山晴霭图》等传世。

高克恭是姚式入仕的得力举荐者，与姚式关系非同一般。据元人邓文原记载，高克恭曾"举江南文学之士敖君善、姚子敬、陈无逸、倪仲标于朝，皆官郡博士"。而且对姚式格外垂青，"每念子敬贫且年逾五十，自刑部白之都堂，曰：'荐贤非秋官职，然不敢以辟嫌后贤士。'宰相从其言，将官之七品，吏部厄以铨法，不果行，疾革，语及，犹太息"。①

高克恭在江南任职数年，晚年又寓居钱塘（今浙江杭州），广交江南名士。从朱德润的记述中可见，高克恭在姚式面前表现出对他的极大关切。

当时的朱德润，身材高大，眉清目秀，记忆力超群，书读一遍便能记下来。酷爱诗文，擅写书札，长于画山水人物。有古代文人之风。高克恭看到这位年轻人专心绘画的情景，便劝姚式不要加以阻止。以高氏在当时画界的地位和官场的影响，他的勉励无疑具有很大的分量，朱德润从此对绘画更加热心，并"善得高侯旨趣"，画艺大长。

三　冯子振的劝导

在朱德润的成长历程中，对其有所启发的师长还有一位，那便是元代著名文学家冯子振。

冯子振，字海粟，自号怪怪道人，又号瀛洲客，是元代湘籍最负盛名的文学家之一。为人博闻强记而才气横溢，以文章称雄天下，所作诗、词、曲、赋、文皆负名声。官集贤待制、承事郎。所作《居庸赋》五千

---

① （元）邓文原：《故太中大夫刑部尚书高公行状》，《巴西集》卷下。

余言，《十八公赋》四千余言，传诵一时，世称杰作。扬州《汉寿亭侯祠碑记》，由苏昌龄起句，冯子振脱草，赵孟頫书写，后世誉为"三绝"。曾一时兴发，写就梅花诗百首，后收入《四库全书》，即著名的《梅花百咏》。明代著名文学家宋濂（1301—1381）在《〈居庸赋〉跋》中说："海粟冯公以博学英词名于时，当其酒酣气豪，横厉奋发，一挥万余言，少亦不下数千，真一世之雄哉。"贯云石序《阳春白雪》时，亦赞其词"豪辣灏烂，不断古今"。他的书法在当时亦颇有名气，宋濂称其"遗墨之出，争以重货购之，或刻之乐石，或藏诸名山，往往有之，则为人之宝爱可知矣"。

冯子振五十七岁时，居留吴门（即平江，今江苏苏州）。一日，他到朋友邓静春寓所作客，见到了已经二十岁的朱德润。当时，朱德润取出两三年前画就的两幅《长松怪石图》大轴请他指教。在冯子振眼中，这个年轻人不仅画艺精湛，而且充满自信，他的才华给冯子振留下了深刻印象。

三日后，朱德润画了一张小幅画赠送冯子振。那画山平水远，意境优美。冯子振对朱德润的勤勉十分赞赏，认为其画艺"亹亹逼近前辈"。之后，他欣然约邓静春一起到朱德润的家中去探望。见到两位前辈光临，朱德润自然十分高兴，他拿出自己珍藏的寒食节的饼让他们看。冯子振在夸赞朱德润的兴致的同时，认为他对节日的认识还不多，并劝他多出去走一走，以广见闻。冯子振在后来写给朱德润的序中说：

> 泽民生书生家，嗜古之习甚深，而古人格力是中，不可多得。使居通都冠盖之会，长裾曳履，走朱门大第，得悉窥古人之大全，大小李将军不足多也。阊阖城故是大郡，然大年小景，……有月落乌啼、江枫渔火之寒夜，而无烟销日出、一声欸乃之潇湘；有香径弩基、玉钗金镞之荒凉，而无荆州鹤泽、呼鹰射雁之感慨；有包山洞庭、满林霜橘之点染，而无离骚清绝、澧兰沅芷之才情。纵复云岩眠松，平地偃蹇，裁一干两干而止。使泽民移其极目千里之远，揽薄游八百里之松林，岂但浓鬣老髯、千霜万雪之遒劲浩荡胸次，彼牛羊低草、天苍苍野茫茫之画卷于此捉勒一盼，固自潇洒日月也。予老矣，因泽民好尚清致，乃叙吾所见以激发之。士别三日便当刮

目相待，泽民寓家吴下，能以吾言小作参请，此别三日，已非吴下阿蒙矣，况李将军乎？

该文当是为朱德润离开吴兴，去大都求取官职时所写。冯子振认为，朱德润此时绘画属于"清致"一格，然"清致"有余，放达不足。他的画中，有"月落乌啼、江枫渔火"的清寒夜景，却没有"烟销日出、一声欸乃"的潇湘的悠远；画出了"香径弩基、玉钗金镞"的荒凉，却没有"荆州鹤泽、呼鹰射雁"的豪情；他可以点染出"包山洞庭、满林霜橘"的明艳，却缺少"离骚清绝、澧兰沅芷"的情怀。即使画"云岩眠松，平地偃蹇"，也往往是稀疏的"一干两干"而已。冯子振认为，如果他居住在四通八达的都市，出入于权贵之门，能够看到古代诗画的全貌，他所学习的大小李将军也就不算什么了。要突破局限，关键还在于增加阅历和开阔眼界。如果他的视野能达到千里之远的地方，胸怀八百里之松林，笔力自然遒劲老道，胸次自然浩荡无边，那种"潇洒日月"、苍茫辽阔的画卷也就可以看到了。这一番分析，形象而生动地点出了朱德润绘画的局限。

也许是听了冯子振的劝导，1319年，朱德润25岁，开始离乡游学。

四　赵孟頫的举荐

在朱德润的青年时代，由于元朝长期科举废弛，儒士难以通过科举步入仕途，于是，在大规模的游仕之风盛行的同时，游学之风亦广泛流行。文人儒士走出家门，到国子学、各级儒学以及地方书院、义塾等处学习，希望通过这一方式增加知识，扩展见闻，获得改变自己处境的机遇，或者为改变自己的处境创造条件。蒙古政权在文化教育方面的控制与管理比较宽松，对游学之士，官学不仅不禁止，而且会提供各种有利条件，包括饮食和住宿。而到京都国子学游学更为学子所向往，作为全国最高学府，那里不仅有许多知名学者任教，而且是高官显贵子弟汇聚之处，既能学到知识，亦可广交朋友，为以后的仕途创造条件。故元人陈高曾写道：

朝廷稽官以建国学，其师儒皆极天下选。下至公卿、大夫、士之子，与凡民俊秀，咸入而学焉。弦诵之教必勤，肄习经传之旨必极，讲明周旋揖逊必中规矩，祭式献酬必正仪式，月考季试必严其程度，属词角艺必课其殿最。故其入而学焉者，率有以化质而成才，由是四方英敏之士，不远数千里鼓箧而逊志焉。其出跻脾仕、立勋业者，往往而见。盖国家所以造育人才之地，而子弟之欲就其业者不可以不游也。①

这也是朱德润赴京师游学的重要原因。

但要真正进入国子学并非易事，一般百姓进入，"必由三品朝官举，而后补其员"②，朱德润是否进入国子学未见记载。

在朱德润赴京游学的过程中，对他入仕起到重要作用的一个人物是赵孟頫。

赵孟頫（1254—1322），字子昂，号松雪道人，又号水晶宫道人、鸥波。吴兴（今浙江湖州）人。宋末元初著名书法家、画家、诗人，宋太祖赵匡胤十一世孙、秦王赵德芳嫡派子孙；其父赵与訔曾任南宋户部侍郎兼知临安府、浙西安抚使。至元二十三年（1286），江南行台侍御史程钜夫"奉诏搜访遗逸于江南"，将赵孟頫等十余人引见于元世祖忽必烈，忽必烈赞赏其才貌，惊呼为"神仙中人"。两年后任集贤直学士。后累官翰林学士承旨、荣禄大夫，名满天下。元仁宗赞其堪比"唐李白、宋苏子瞻"，并称其"操履纯正，博学多闻，书画绝伦，旁通佛、老之旨，皆人所不及"③，极为器重，极尽礼遇。

对于赵孟頫这样的先朝宗室，在宋亡之后又在元朝做官，有人是看不惯的，比如黄潛就有诗相斥：

赵松雪，宋宗室。画唐马，称第一。至今笔踪俨若生，张弓弹雀意气横。会将文墨动元主，拜官翰林贵无比。诗辞婉丽字风流，

---

① （元）陈高：《不系舟渔集》卷一一《送章氏二生游国学序》，《四库全书·集部·别集类》。
② （元）王沂：《伊滨集》卷十五《送张宗德序》，《四库全书·集部·别集类》。
③ 参见《松雪斋文集》附录（元）杨载《赵公行状》，载《四部丛刊正编》，台北商务印书馆1979年版。

千金未许易片纸。金莲醉动玉堂仙，父子归来共被眠。锦缆牙樯非昨梦，岂无十亩种瓜田。李潭州，文丞相，口血模糊尸铁强。一瓣香，为有此，何人慷慨崖山死。董狐有笔直如弦，元宋分明两青史。

　　至正十年十月一日，余过金华访隐，值雪，坐草堂上。有客自青城来，亦同居客邸。夜坐闲谈，出此挟弹图命题。雪寒笔冻，书不成字，见者掩口。黄溍题。①

黄溍亦在元朝做官，但他出生后两年，南宋就灭亡了，故对南宋并无什么记忆与感情，他把自己当成了元人，出仕元廷并不存在什么节操问题；而赵孟𫖯则不同。黄溍认为赵孟𫖯在宋朝做过官，而且是宋宗室成员，转而仕元，有失节操，故从内心看不起他。朱德润比黄溍小十四岁，已是更晚一代的后学，且还未入仕，正需要先贤的扶持，故对赵孟𫖯失节与否并不介怀。

在朱德润童年时，赵孟𫖯在江南的影响已如日中天。赵孟𫖯的《双村平远图》《水村图》当时已在江南画界广泛流传，元人题跋达五十余则，其中就有姚式不同时间的两则。朱德润从师姚式，在画艺上自然也受到赵孟𫖯的影响。姚式与赵孟𫖯年龄相当，从赵氏收录于《松雪斋集》②中的《送姚子敬教授绍兴》之诗句"结交三十年，每见意自新"判断，两人早年皆师从敖君善，是"同学故人"，两人交往密切，常有唱和之作。

从至元二十四年（1287）至延祐六年（1319），赵孟𫖯出仕23年，其间有六次回到吴越一带，这正是朱德润的少年青年时代。因姚式等师长的介绍，朱德润与赵孟𫖯的相识也应该在这一时期。据李天垠考证，他与赵氏有所交往的时间应为1312年五月至1313年春、1319年的下半年。其中最为关键的一次是延祐六年（1319）的那次见面。那年四月，因夫人管道昇病发，赵孟𫖯得旨还家，于二十五日离开大都。五月十日，管夫人逝于临清舟中，赵孟𫖯父子护柩还吴兴。同年冬，仁宗遣使催他回朝，赵孟𫖯因病未能成行。也就是在那一年，朱德润在上京师游学之

---

① 《式古堂书画汇考》卷四十六《春郊挟弹图》，《四库全书·子部·艺术类》。
② 该集最晚成书于大德二年（1298），时赵孟𫖯45岁。姚氏最少已42岁。

前,拜访了赵孟頫,赵孟頫将他举荐给了正在杭州巡游的高丽王王璋。

王璋(1275—1325),蒙古名益知礼普花,高丽王朝第26任君王,元世祖忽必烈的外孙。大德二年(1298),王璋为高丽王的第二年,身为王后的元朝公主宝塔实怜失宠,元廷为之不满,以"专擅"罪名废其王位,召至大都,做宫中宿卫达十年。十年后,王璋的父亲高丽忠烈王去世,元廷又重新封其为高丽王,然王璋对王位早已意兴阑珊,即位一个月后即返回大都,将王位传给了其子王焘。他"构万卷堂于燕邸,招致大儒阎复、姚燧、赵孟頫、虞集等与之从游,以考究自娱"①,沉迷于儒学,寄情于山水,是王璋生活的主要内容。

延祐六年(1319)六月,王璋南游江浙,与赵孟頫相逢于杭州,十月,二人在平江路嘉兴州为大报国圆通寺记碑撰文,赵氏撰写碑文,王璋篆碑额。在这次交往中,赵孟頫将老友姚式的学生朱德润举荐给了王璋。

李天垠认为,赵孟頫与王璋之间有着深厚的友情,赵孟頫的推荐"对朱德润的发展起到了举足轻重的作用","也许朱德润正是在杭州面见王璋的时候,得到其赏识,于是才促成了这次进京之行"②。

从以上记述可见,在朱德润从学姚式期间,吴兴、杭州一代已经形成一个关系密切交往频繁的文人群落,或曰文人圈。在元廷开始重视汉人儒生、扩大汉人入职的时候,他们相互举荐,纷纷入仕于大都,朱德润可谓生逢其时。与那些科举无路报国无门的儒生相较,他是多么的幸运。比如在当时书画界颇有名气的郭畀(1280—1335),字天锡,又字佑之,别号北山,开沙(今属江苏镇江)人。曾为镇江儒学学录。他为了转成学正,曾四处活动,到处请托、求荐、修改履历、通关节,甚至还包括行贿,曾数次求见赵孟頫未成,最终得见时,手拿龚璛所书的推荐信,但赵孟頫因蒙汉之别而小心翼翼,不轻易荐人,因此,郭畀未能如愿。③ 朱德润能得到赵孟頫如此青睐,一方面是姚式的影响,另一方面是

---

① [朝鲜]郑麟趾:《高丽史》卷三三《忠宣王》,西南师范大学出版社、人民出版社2014年版。
② 李天垠:《元代宫廷之旅——沿着画家朱德润的足迹》,第50页。
③ 参见郭畀《郭天锡手书日记》,古典文学出版社1958年版。

他本人广泛结交名士的结果。

第四节 平步青云

一 壮志豪情

元代的科举取士,至仁宗时方兴。在此之前,儒生入仕,只有一条狭窄的"茂才异等"之路,由名人权贵推荐给朝廷。因此,年轻学子走出家门,云游四方,拜访名师,或结交权贵,成为改变自身处境的一种重要方式。

朱德润从学姚式时,经常参加文人聚会,广泛结交名儒雅士,相与唱和,互赠书画,已经是崭露头角的"青年才俊"。这种声望,为他赴大都游学奠定了比较深厚的人脉基础。

1319年,朱德润25岁,时值延祐六年,这年九月,他与柯九思同行,前往大都①。其诗作《延祐六年九月廿二日渡扬子江》道出当时情景:

> 驱车丹阳麓,津吏迎晚渡。
> 击鼓动连艘,楫急浪花舞。
> 水深蛟龙蛰,日落鸥鸟度。
> 金山山畔楼,双塔逾青楸。
> 黄金铸古像,岁月逐江流。
> 谁云限南北?停桡歌壮游。②

诗写渡过长江时所见。一个渡口的黄昏,津吏在指挥船只,但闻鼓令声声,船队并发,桨急浪涌,水激流深,落日晚照,鸥鸟飞翔。金山山畔楼房矗立,双塔高耸超过了楸林。黄金铸就的古像诉说着岁月的流逝。谁说长江之水将南北分开了呢?任何阻碍也挡不住壮年的游历。诗作表达了作者当时风华正茂意气风发的气概。

---

① 《祭柯敬仲博士文》中有"延祐之六祀,予挟册而观光,而同君游京国"的记述。
② 《存复斋文集》卷之八,明成化十一年项璁校刻本。

当朱德润到达山东临清①地界时，有《临清渡呈马伯庸学士》一诗亦道出当时心境：

> 山回冈峦低，春色遍林莽。
> 途行者谁子？负笈临清渡。
> 草长歧路蔓，荒榛夹荇楚。
> 远游将何之？云寻孔文举。
> 得非一鹗荐，辱挝渔阳鼓。
> 昔晋祁大夫，公明耀今古。
> 为君用午狐，亲仇不猜阻。
> 黜陟在贤愚，恩怨那足数？
> 此道久寂寥，千载谁踵武？②

临清是京杭大运河上的重镇，朱德润经过此处时，给马伯庸写了此诗，也是一封晋见信。马伯庸，即马祖常，色目人，仁宗延祐二年（1315）登进士第，授应奉翰林文字，时任监察御史。

这里的"途行者"，自然是朱德润本人。诗中先写当时景色，山路曲折，峰峦叠嶂，林莽着绿。荒草灌木丛生，道路难行。自己远游要去哪里？无非是去找一个像孔融和祁黄羊那样能荐举自己的人。但他认为，人生的沉浮升降全在自己的能力，所以不会有任何抱怨。走上这条道路就意味着长久的寂寞，自古至今有多少人在这样做呢？

汉代的孔融在《荐祢衡疏》中说："鸷鸟累百，不如一鹗。"他举荐人才，非常重视真才实学，不欣赏夸夸其谈的人。他觉得祢衡人品才能兼备，便上表举荐他。后遂以"鹗荐"比喻推举有才能的人。祁黄羊是春秋时晋国大夫，举荐人才，外举不避仇，内举不避亲。时人称之。朱德润将二人列出，自然是希望马祖常能像上述两位贤者一样对自己施以

---

① 山东省西北部，漳卫河与古运河交汇处，与河北省隔河相望，是山东西进、晋冀东出的重要门户，举世闻名的京杭大运河从市区穿过。元代，临清府县分治，临清万户府，属枢密院直辖，全称"临清御河运粮上万户府"，治所在今天津大直沽；临清县属中书省濮州。漕运总司设在河西务，分司临清。

② 《存复斋文集》卷之八。

援手。

另外，朱德润的诗作《十四日泊安陵》描述的是渡过黄河行至安陵地界时的见闻：

> 广川六百里，驿道上皇州。
> 紫极星辰近，黄河日夜流。
> 村明深夕火，滩泊过年舟。
> 明发乘车去，逢人说浪游。①

应该是春节之时，诗人行于赴京城的路上。天色已晚，车停于安陵镇（今属河北景县），离京城已经不远。诗中描写了冬日夜晚的村景，天上星光灿烂，黄河水声不断，村庄灯火明亮，人们都在准备过年，小船安静地停泊在河岸。作者惊叹于这一次浪漫的游历。

二　破格任命

朱德润游学京都的时候，正当元仁宗时期。这对他人生道路而言，亦是发生转机的一个重要因素。

元仁宗即孛儿只斤·爱育黎拔力八达，生于至元二十二年（1285）四月九日，元世祖曾孙，太子真金次子答剌麻八剌次子，元成宗侄。他早年从太常少卿李孟学习儒家典籍，大德九年（1305），出居怀州。十一年（1307），成宗死，与其母回大都奔丧，与右丞相哈剌哈孙合谋，诛谋自立的安西王阿难答与中书左丞相阿忽台，拥立统军北边的长兄怀宁王海山为帝，是为元武宗。武宗即位后他被立为皇太子（实为皇太弟），领中书省、枢密院，相约兄终弟及，叔侄相传。爱育黎拔力八达后受太子詹事王约辅导，王约屡劝其勿露锋芒。至大四年（1311）正月，武宗崩，皇太子爱育黎拔力八达继位，汗号普颜笃汗，是为元仁宗。之后他大张旗鼓地进行改革。诛武宗幸臣三宝奴、脱虎脱、乐实等人，取消尚书省，罢建元中都，停用至大银钞，进用汉族文臣，减裁冗员，整顿朝政，改变了成宗、武宗时期的衰败之势。

---

① 《存复斋文集》卷之八。

朱德润走近元仁宗，正是这一时期。其中起桥梁作用的，是前面提到过的赵孟頫的好友沈王王璋。

王璋是元武宗、仁宗的姑父，三人的关系可谓亲密无间。据史料记载：

> 武宗、仁宗龙潜，与王同卧起，昼夜不相离。大德十一年，王与丞相答罕等定策，奉仁宗，扫内难，以迎武宗，功为第一。封沈阳王，推忠揆义协谋佐运功臣、驸马都尉、勋上柱国、阶开府仪同三司，宠眷无出右者。仁宗为皇太子，王为太子太师。①

相似内容，亦见于《高丽史》中：

> 武宗、仁宗龙潜，与王同卧起，昼夜不相离。大德十一年，忠烈王三十三年，皇侄爱育黎拔力八达太子及右丞相刺罕、院使别不花与王定策，迎立怀宁王海山。左丞相阿忽台、平章八都马辛等谋奉安西王阿难达为乱，太子知其谋，先一日执阿忽台等，使大王都刺、院使别不花及王按诛之。五月，皇侄怀宁王即皇帝位，是为武宗。②

王璋在武宗、仁宗兄弟与右丞相哈刺哈孙联合挫败阿难答等图谋自立的内乱中，立有大功。

王璋与仁宗皆崇慕儒学。在仁宗即位前后，有关儒学贤士的进用，皆由王璋引荐，因此，"一时名士，姚燧、萧㪍、阎复、洪革、赵孟頫、元明善、张养浩辈多所推毂，以备宫官"③。

仁宗即位后，王璋荐士的行动并未终止，应该是1320年，仁宗即位第九年的正月初一（正旦），因王璋的推介，朱德润在玉德殿受到了元仁宗的召见。

---

① ［高丽］李齐贤：《益斋集》卷九上，商务印书馆1936年版，第118页。
② ［朝鲜］郑麟趾：《高丽史》卷三三《忠宣王》。
③ ［高丽］李齐贤：《益斋集》卷九上，第118页。

对于达官贵人而言，皇帝召见如家常便饭，但对一介布衣，则如入云端仙界。朱德润作为一个年轻的学子，刚刚走出家门，对皇宫的一切都感到陌生而新鲜。玉德殿在清灏门外，殿饰白玉，中设佛像。按照元朝规制，正旦这一天，朝廷要在此举行百官朝贺皇帝、内外命妇朝贺太后的礼仪活动，太子、亲王以及他们的妃子也要分别向皇帝、太后进行朝贺，同时，太子亦要接受百官的朝贺。面见仁宗时，朱德润有感而发，当场赋诗一首：

  簌簌冰霜晓未销，鸡人侵早戴红绡。
  六宫箫鼓迎春旦，一簇衣冠贺岁朝。
  宝扇斜行金辇至，丝帘高卷翠烟飘。
  太平宰相先行酒，盛礼应知绝百僚。①

应该说，仁宗对这位来自苏州的青年才俊十分欣赏，他们之间具体谈了些什么已不得而知，留下记载的便是朱德润很快被任命为应奉翰林文字同知制诰，兼国史院编修官。前职为从七品，后职为正八品。皇上的礼遇不言自明。虽然当时元廷已颁布有诸多举贤拔才的政令，但对年仅26岁的年轻人而言，如此破格录用，实属罕见。

据文献记载，元朝初建时，曾有许多诗人顺应新朝，他们接受现实，希望能被朝廷看中，一展抱负，可惜难有机会，于是沦落江湖，发愤世嫉俗生不逢时之感，成为一个诗派——江湖派。比如著名诗人汪济，就是其中的代表。汪济号饭牛翁，江东人，出身书香门第，曾以宋代诗人汪藻自比，戴表元称其"汪太中"。诗多苦寒困厄之色，受江湖派影响明显。宋末为秀才，入元曾多方干谒求仕，希望以诗才受到新朝权贵的赏识，然屡试不售，心怀怨怼，牢骚满腹，以致在诗中写道：

  旧险南山白石闲，凭君传语报平安。
  饭牛扣角心还在，骑鹤缠腰兴未阑。

---

① 《大明殿正旦口占》，《存复斋文集》卷之九。

"饭牛"典出春秋宁戚"饭牛而歌"。宁戚为了在齐国谋得官职,在车下喂牛时,击打牛角而悲唱"商歌",被齐桓公看中。后以"饭牛扣角"表示自荐求官、希望得到赏识之意。诗句借用岑参《逢入京使》诗句,化用"骑鹤下扬州"意境,在裘弊金尽的困境之中,他仍然在苦苦等待机遇。他曾自称"白发苍苍一老翁",显然年寿颇高,但机会还是没有光顾。

与元初梦想以诗才求仕的汪济相比,朱德润是幸运的。王璋的赏识,使朱德润在大都如鱼得水,结识到许多名士,其中就有高丽人李齐贤。

李齐贤(1288—1367),字仲思,号益斋、栎翁。韩国古代"三大诗人"之一。他不但是高丽时期卓越的诗人,也是韩国文学史上优秀的词作家,还是韩国古代民歌整理者、翻译家。著作有《益斋乱稿》(十卷)、《栎翁稗说》(四卷)、《益斋长短句》等。1313年,王璋让位后,留居大都,构置万卷堂,以书史自娱,感到"京师文学之士,皆天下之选,吾府中未有其人,是吾羞也",因召李齐贤来中国以为侍从。李齐贤1315年来中国,1341年回国,在中国生活了26年。在华期间,他遍交名士,与姚燧、阎复、赵孟頫、元明善、张养浩等过从甚密,以为知己。由于年龄相仿,朱德润与之相交甚密,两人的诗文中亦多有提及。如李齐贤在《和郑愚谷题张颜甫云山图》中有"昔与姑苏朱德润,每观屏障燕市东"诗句,《存复斋文集》中亦多有二人唱和、赠别之作。如作于1323年四月的《送李益斋之临洮》:

> 绿阴满京畿,送子之临洮。
> 临洮何茫茫,流出长城壕。
> 长城岸阻玉关陀,于阗葱岭河凉高。
> 羌氏儿郎走带箭,哀笳风起斗击刁。
> 良人西征二三载,宝幢车马声尘遥。
> 如今不用酒泉郡,岂必坐使朱颜凋?
> 葡萄苜蓿味虽美,异方土俗殊乡里。
> 避地犹当似管宁,受封应得论箕子。
> 愿从列骑拥旌旄,归来燕处华堂里。

却话人情翻掌难，曾浥征袍泪如洗。①

当时，李齐贤自京师启程准备前往西藏探望王璋，朱德润题诗相赠。诗中表达了对王璋的深切怀念和对李齐贤的依依不舍之情。

再如《别后怀权赞善李仲思二宰》：

采采凌冬花，夹道多荆菅。
驱车蹈前辙，我仆衣裳单。
良集既已定，敢辞行路难。
怀人在东南，岁晏路漫漫。
轩车来何晚，凝睇登巑岏。
苍天虽咫尺，安得生羽翰？
幽居竟晨莫，旅食惟加餐。
夜寒飘风寂，水涸零露漙。
相思不得寐，起舞影蹒跚。
天垂四野静，落月金团团。②

权赞善，指王璋的随从权汉功。赞善，官名，是"赞善大夫"的省称，始置于唐，在太子宫中掌侍从、讲授。诗句言冬日寒冷，道路崎岖，表达了对朋友旅途劳顿的关心与思念。

延祐七年（1320）正月初五，皇上在大明殿接受百官朝贺，朱德润跟随王璋前往。这是他第一次进入皇宫的正殿，大殿呈工字形布局，殿基高于地面十尺，分三层，每层四周皆绕以雕刻龙凤的白玉石栏，栏下有石鳌头伸出，一切都给人以富丽堂皇而神秘之感。面对皇上与百官，感受着朝贺的盛典，朱德润感慨万千，他当即赋诗：

翠戟珠旛拥玉墀，重瞳光彩射罘罳。
班齐高唱千官列，表奏俄通万国辞。

---

① 《存复斋文集》卷之十。
② 《存复斋文集》卷之八。

> 宝鼎香浓帘影动,彤庭春暖乐声迟。
> 侍臣赐宴更衣坐,谁解簪花第一枝?
> 丝竹声传鼓似雷,宝装驼象列三台。
> 从官绯紫东华入,阿母旌幢兴圣来。
> 绣凤铺裀氍叠暖,金龙缠柱扆屏开。
> 大官献纳盐梅味,独有双成捧玉杯。①

作品描写了宫中仪式的盛大与豪奢,展示出歌舞升平圣朝伟业的宏大气派。仁宗对朱德润诗才的印象更加深刻。

在得到王璋的举荐和朝廷的赏识的同时,朱德润结识了许多画界名流和朝中权贵,在大都的名声与日俱隆,明代王世贞有《题王朋梅为朱泽民画水阁图》诗中写道:

> 孤云夙世一画师,丹青自结元君知。
> 行逢镇东两斗奇,泚笔为写无声诗。
> 檐牙四绾天棘丝,角影倒插寒涟漪。
> 空青排闼月满卮,醉睡不记东君谁。
> 二仙仙去亭何之,有图仿佛犹堪追。
> 即令此图垂亦矇,是水可亭亭可居,
> 不朽况有诸贤辞。②

从诗中可知,他与当时的宫廷画家王振鹏交往甚密。"空青排闼月满卮,醉睡不记东君谁"二句道出两人的诗酒流连如痴如醉的情景。

在《存复斋文集》中,有《大长公主群花屏诗》十二首,分别就芙蓉、月季、黄葵、蔷薇、山茶、白茶、八仙、蜀葵、栀子、牡丹、石榴、白菊等屏风画意赋诗。从诗中可以推断,朱德润也参加过大长公主祥哥剌吉组织的聚会。

大长公主即孛儿只斤·祥哥剌吉(1284?—1331),又作桑哥剌吉

---

① 《大明殿口占》,《存复斋文集》卷之九。
② (明)王世贞:《弇州续稿》卷九,《四库全书·集部·别集类》。

等，元朝公主，元世祖忽必烈太子真金（追尊裕宗）孙女，答剌麻八剌（追尊顺宗）与答己所生之女。她的哥哥是元武宗，弟弟是元仁宗，元文宗是她的侄儿兼女婿。祥哥剌吉的祖父真金太子推崇汉文化，祥哥剌吉亦受家风熏陶，自幼诵习经史。祥哥剌吉下嫁弘吉剌部首领琱阿不剌，生子阿里嘉室利与女卜答失里。大德十一年（1307）六月元武宗继位后封其为"皇妹鲁国大长公主"，封其夫驸马都尉琱阿不剌为鲁王，赐永平路为封地。至大三年（1310）其夫去世，祥哥剌吉没有随蒙古收继婚习俗，再嫁丈夫的弟弟桑哥不剌，而是遵从汉人习俗，一直守节。其侄元文宗继位后，又封其为"皇姑鲁国大长公主"，其女卜答失里为皇后，加封徽文懿福贞寿大长公主。她多次受到丰厚赏赐，资财雄厚，超过元朝历代公主。

大长公主喜收藏历代书画，且颇具才识。至治三年（1323）三月，祥哥剌吉在大都天庆寺举行雅集，邀请各族儒臣文士饮酒赋诗、鉴赏书画，成为元代文坛的一大盛事。时人袁桷曾作《鲁国大长公主图画记》一文记录天庆寺雅集之状况："至治三年三月甲寅，鲁国大长公主集中书议事执政官、翰林、集贤、成均之在位者，悉会于南城之天庆寺。命秘书监丞李某为之主，其王府之寮寀悉以佐执事。笾豆静嘉，尊罍洁清，酒不强饮，簪佩杂错，水陆毕凑，各执礼尽欢，以承饮赐，而莫敢自恣。酒阑，出图画若干卷，命随其所能俾识于后。礼成，复命能文词者叙其岁月，以昭示来世……"① 朱德润的《大长公主群花屏诗》是否作于此时，已不可考，但可以判断，他参与过大长公主召集的文人聚会。这表明他在大都的文人圈中已经具有相当的名气。

1320年正月中旬，王璋侍奉皇上同游江南，朱德润随从前往。在王璋的船上，朱德润第三次见到仁宗。当时，"上注视久之"②。对这位才华横溢的年轻才俊，仁宗甚为重视。

半月之后，正月二十七，仁宗驾崩。五月，英宗继位。

宫廷巨变，带来了朝政与人事的重大变故。沈王王璋由于与帝王所

---

① （元）袁桷：《清容居士集》，《四库全书·集部·别集类》。
② （元）周伯琦：《有元儒学提举朱府君墓志铭》。

宠幸的近臣不和而遭排斥①，延祐七年（1320）十二月，王璋先被逮捕、后被发配到吐蕃（今西藏）去礼佛②。次年六月，王璋"复请降香于江南"，太皇太后答己为了保护他，应其所请，命其"驰芳于鄞之天童寺"③，朱德润也陪同前往。

朱德润陪侍左右，给心绪烦乱的王璋带来了巨大的心理安慰，于是保举他为"征东儒学提举"④。

朱氏此职，主要是负责管理高丽地区的文化教育。可能是英宗并未与王璋完全撕破脸皮，也可能是他对这一偏远地区低级官吏的任命并不在意，加上朱德润曾做过他的老师，对王璋的保举，并没有表示反对。故朱德润比较顺利地得到这一官职。

三 高丽心绪

对朱德润而言，这次外派公差仅是抄写佛经之类的工作，算个闲差，他并非心甘情愿，正如他在《居庸南口呈王继学参议诸公》中所写：

> 秋山蒙鸿林麓稀，行人思逐秋水飞。
> 崖高石滑东行迟，野花吹香锦鸪啼。
> 悬崖丹蹬路险巇，远贻华发亲堂思。
> 一官胡乃高句丽，去长就短物性违。
> 人生出处各有时，昔为窈窕藏金闺。
> 今作妖嫚倚门姿，画图强学丹青师。
> 仙耶隐耶是与非，武陵何处桃花溪。

---

① 李天垠认为，王璋被贬有三方面原因：一是朝廷复设征东行省之议忤英宗；二是得罪了在元廷的高丽宦官任伯颜秃吉思；三是皇太后答己干政，受到英宗打击。作为答己心腹的王璋亦在劫难逃。参见李天垠《元代宫廷之旅——沿着画家朱德润的足迹》，第67页。

② 参见薛磊《元朝与高丽政治关系中的重要人物——高丽忠宣王王璋》，《内蒙古社会科学》（汉文版）2004年第5期。

③ 王璋在南方居至1324年（泰定元年）方重返大都，次年病逝。

④ 镇东行省最初乃元朝为征伐日本在高丽所设的征伐型行省，后转变为对高丽的控制机构。通常由高丽王兼任丞相，高丽王通常也是唯一的宰执官员，他可以保举行省的下级官吏。

渔郎思归我焉归？黄鸡白酒山东西。①

显然，作者的心中充满了矛盾。山高路远，背井离乡，最重要的是英雄难有用武之地，只能勉强做一些违心的事情。想要归隐又不知隐向何处，只有借酒浇愁。

关于朱德润赴高丽的史料很少，有人甚至认为他根本就没有前往赴任，但从其作品中，我们可以看到他在高丽的一些痕迹。比如他的《呈刘侍中博士》一诗：

> 书车同文轨，志教披八埏。
> 辞家数千里，奉命登朝鲜。
> 中原道义邦，而使我独贤。
> 山川何寥廓，羸马脂其鞭。
> 无由振长策，肯使服短辕？②

"辞家数千里，奉命登朝鲜"句，非常明确地点明了他的这次远行。"长策"与"短辕"，到如此遥远的地方做一个他所认为的"闲职"，心中何其矛盾！郁郁不得志之感溢于笔下。

朱德润在高丽滞留约有半年，行迹少有记载，从其诗赋中可以窥到他当时的心境，比如《临东赋》：

> 骋六骏于广莫兮，岂修途之可量？及前贤之方驾兮，又何塞乎吾行？慨时俗之淫薄兮，曷淳风之浑庞。纷鸡虫之得失兮，孰澄清之是遑？耿予怀之退邀兮，写秋风之沅湘。□天定之或存兮，虽王傅其何伤！倘鸦鸾之可辨兮，愿俟时乎吾将。信弛张之有道兮，聊随宜而徜徉……挂扶桑之弯弓兮，临东方之启明。③

---

① 《存复斋文集》卷之十。
② 《存复斋续集》，《涵芬楼秘笈》第七集影印旧刊本。
③ 《存复斋续集》，《涵芬楼秘笈》第七集影印旧刊本。"□"为原文脱字、脱句标识，后同，不注。

作品意象开阔，大气磅礴，表达了不畏艰险、驰骋广漠的远大志向。一方面写出世俗淫薄、小人当道，另一方面写出不为世情所惑、不为外物所动的决心。作者相信张弛有道，只要等待时机，相机而行，一定能实现自己的理想。

1322年春，朱德润回国。

四　走近拜住

时值农历二月，中国的北方大雪刚停，英宗皇帝到柳林狩猎，驻扎于寿安山。在英宗的近臣泰思都、三旦班等人的引荐下，朱德润受到皇上召见。他在召见中献上自己画的《雪猎图》，以及所写的万言《雪猎赋》。皇上十分惊奇。当时，国家重视佛教，让书法好的人用金泥来书写佛经。皇上命他参与此事，亦是看重他的书法。书成之后，佛经被置于英庙之中。

此时的元廷，由于元英宗的执政，任用拜住①为相，励精图治，大胆起用汉族地方官员和儒士，如张珪、吴元珪、王约、吴澄等，发布《振举台纲制》，要求推举贤能，选拔人才，罢徽政院等冗官冗职，精简机构，节约财用，行助税法并减轻徭役，颁行《大元通制》，以推行汉法，加强法治。这一系列改革性措施，使朱德润似乎看到了希望。他在诗中道出此一阶段的心境：

> 忆初垂髫时，读书义微茫。
> 岂知礼法贵，衣冠自虞唐。
> 岁月忽云迈，壮年无寸长。
> 幸逢尧舜君，讴歌乐时康。
> 穷达固有命，为学当自强。②

---

①　札剌亦儿·拜住（1298—1323），成吉思汗开国功臣木华黎之后，名相安童之孙。元英宗之重臣。好儒学，通汉族传统礼仪。曾拜右丞相。君臣着手改革，推行新政，起用儒士，访求人才；罢徽政院及冗官冗职；行助役法，减轻徭役；岁减江南海运粮二十万石；制定和颁行《大元通制》。由于其改革措施触动了守旧贵族的利益，导致至治三年（1323）在南坡之变中与元英宗一起被杀。

②　《读书》，《存复斋文集》卷之八。

另外,他在写给拜住的诗中亦表露出希望能得到重用的心迹:

岳宗镇下土,降神生贤辅。
巍巍千寻高,伟作天一柱。
触石起浮云,济民洒甘雨。
木茂鸟翔集,溪深鱼游聚。
佳氛凝四时,胜境环百武。
行乐虽已众,陈迹历可数。
仲尼登东山,诸葛吟梁父。
人生驹隙耳,忠孝事明主。
曷以写勋名?丹青耀千古。①

此时的元朝,英宗在拜住的辅佐下,推行了一系列改革措施,使朱德润于沉闷灰暗的气氛中看到一线光明。于是向拜住表白,赞美他是一代良相,希望他任人唯贤,使自己能得到重用。

但不久之后,元室突发事变。至治三年(1323)八月五日,英宗大驾从上都②向大都出发,夜晚驻营于距出发点三十里的南坡店。御史大夫铁失与知枢密院事也先铁木儿、大司农失秃儿、前中书省平章政事赤斤铁木儿、前云南行省平章政事完者、铁木迭儿子前治书侍御史锁南、铁失弟宣徽使锁南等发动政变。趁英宗熟睡时,闯入皇帝行幄,以阿速卫兵为外应,先杀拜住,铁失手弑英宗于卧床之上,史称"南坡之变"。

朱德润寄希望于英宗和拜住的愿望如同泡沫一般破灭了。

---

① 《寿安山呈拜相》,《存复斋文集》卷之八。
② 亦称上京、滦京和夏都,位于今内蒙古自治区锡林郭勒盟正蓝旗政府所在地东北约20公里处、闪电河北岸,始建于公元1256年,它是中国大元王朝及蒙元文化的发祥地,忽必烈在此登基建立了元朝,故被称为"龙飞之地"。初称开平府,后加号上都。它与有冬都之称的大都都是元朝的政治中心。自忽必烈始,元朝实行巡幸制,每年农历四五月份,元朝皇帝会离开大都,经过二十多天路程到上都避暑。每年八九月份,天气转凉,再从上都回到大都。皇帝在上都期间,政府诸司都分司相从,以处理重要政务。此外,皇帝要狩猎行乐,还要举行蒙古诸王贵族的朝会和传统的祭祀活动。

五　思退归隐

政变后,铁失等人扶持英宗的堂叔也孙铁木儿为帝,这便是历史上的泰定帝。

南坡之变发生后,面对宫廷内部的黑暗和政治斗争的残酷,朱德润感到前程暗淡,心灰意冷。他对朋友说:"吾挟吾能,事两朝而弗偶,是宰物者不吾与也。其归饮三江水,食吴门莼乎?"为求自保也罢,对前程失望也罢,总之他对官场已意兴阑珊,很快辞官南归。当时在大都的很多师友,如康里巎巎、虞集、袁桷等劝说挽留,但他去意已决,毅然决然地踏上了返回苏州故里的归程。

曾经有人认为,朱德润辞官归里乃不愿仕元的表现。其实不然。李天垠认为,朱德润生于元朝,与钱选、龚开、郑思肖等宋代遗民的"感怀先朝,立志保节"、拒不仕元大不相同。他与许多出生于元代建立之后的中国南方汉族人一样,"已经不认为自己与前代有什么联系,而认为自己就是元人"①。何况,在朱德润的先人中,六世祖朱椿年早在金熙宗时,就被授予国子校勘文字,这是一种负责书写实录的官职。海陵王完颜亮天德三年(1151),朱椿年转任太常寺检讨官,负责掌管国家的宗庙礼仪事务。因此,如果将朱德润辞官与不愿仕元联系起来,有违逻辑。

笔者认为,虽然朱德润官品不低,但所忙事务无非书经之类,似乎并不能满足他壮年报国的心志。这从他当时的一些诗作中可窥端睨,如《次韵贡仲章学士〈题仙山图〉》:

> 浮生三十余,失志堕尘鞅。
> 南吴与北燕,所历如翻掌。
> 山中猿鹤期,别路成榛莽。
> 瑶草霜未凋,灵芝日应长。
> 久阑东王公,御气九霄上。
> 缥缈星霞裾,虚室绝华想。

---

① 李天垠:《元代宫廷之旅——沿着画家朱德润的足迹》,第103页。

欲从道无因，写此寄清旷。①

该诗亦可谓对朋友贡奎所说的心里话。作者感到自己整日混迹于尘世之中，欲有所发展又无门可入。在当时等级森严的社会，这种报国无门的苦闷与无奈也只有借诗以言之。

"何时心无萦？静看山云入。"（《写怀次贺伯京提举韵》）也许是对自己数年来一事无成抱负难施的绝望，使他断绝了仕途发展的念想，促成了他的归隐之举。

另外，在元代社会，文人不仕或隐居于山林或寄居于市朝似乎已成风气。由于元朝实行比较严格的民族等级制度，在蒙古、色目、汉人之外，最晚归顺的南方汉人处于最低的阶层，因此，隐居不仕这种情况在南方士子中出现尤多。且以比朱德润稍早或同时代的颇具时名者为例：

陈栎（1252—1334），字寿翁。休宁（今属安徽）人。七岁通举子业，南宋亡，科举制被废除，于是慨然发愤精习朱子之学。元仁宗延祐初复兴科举，主管部门强使他参加省试，中选，但他并未进京赴试礼部，而是回乡，在家中教授学生，足不出户。大儒吴澄对他十分尊重，但凡江东士人想就学于他的，皆介绍到陈栎门下。学者称陈栎为"定宇先生"。

陆文圭（1252—1336），字子方。江阴（今属江苏）人。幼颖悟，读书过目成诵，南宋咸淳六年（1270），以《春秋》中乡选。宋亡，隐居讲学于江阴城东，学者称之为"墙东先生"。元仁宗延祐初恢复科举，主管部门强使之就试，一再中乡举，但均以老疾不应征召，不赴礼部试。泰定、天历间应聘设教于容山。

何中（1265—1332），字太虚，一字养正。乐安（今属江西）人。少颖拔，以古学自任，师从前朝进士张叔方、朱光甫、罗士鼎，弱冠以能诗知名。曾受到程钜夫、元明善、姚燧、王构及同郡揭傒斯等人的推重，但除了在书院主持讲席，一生从未入仕。

韩性（1266—1341），字明善。绍兴（今属浙江）人。宋代名臣韩琦

---

① 《存复斋文集》卷之八。

之后，祖籍安阳（今属河南）。在北宋末年就已徙居江南。七岁读书，日记万言；九岁通经。成年时，博览群籍，尤长于性理之说。在家乡享有清誉，吏卒仆役都称他为"韩先生"。受业其门的四方学子接踵而至。前辈遗老如王应麟、戴表元都折辈与其交往。韩性一生不求仕进，多次受到举荐，皆却之不赴。

丁复（约1272—约1338），字仲容，号桧亭。天台（今属浙江）人。早年有诗名。元仁宗延祐初年，北游京师，公卿大夫奇其才，与杨载、范梈等一同被荐授馆阁之职。丁复自认为当权者很难赏识自己，便不等正式批复，翩然离京而去。于是绝黄河，憩梁楚，过云梦，窥沅湘，陟庐阜，浮大江而下，寓居于金陵，终生不仕。买宅于金陵城北，南窗原来有两棵桧树，便名诗集为《桧亭集》（或《双桧亭诗》）。

杜本（1276—1350），字伯原（或称原父），号清碧。祖籍京兆（今陕西西安），祖上从宋高宗南渡，寄寓台州，最终徙居镇江（今属江苏）。博学多识，以诗名。但平日作诗从不留底稿，人问其故，笑曰："亦尝念之。然观《艺文志》所载古人文集，何啻千百，今其存者，百无一二，又有幸与不幸焉。故不必存也。"杜本颇关心经世致用之学，曾上《救荒策》于行省，被力荐于元武宗。召至京师，与何失定交，适逢元武宗死，又归隐于武夷山中。元文宗在江南潜邸已闻其名，即位之后再征，辞而不就。

陈樵（1278—1365），字君采。东阳（今属浙江）人。承继家学，号称天下之书无不读，读无不解。早年师从李直方。李直方在宋末举进士不第，入元后隐居教授，躬耕自给，以高寿终。陈樵受其影响，学成之后，隐居不仕，以种药、著书为乐。头戴华阳巾，裁鹿皮为衣，自号"鹿皮子"。受到当朝文士如虞集、黄溍、欧阳玄的器重，时有书信往还。他一生足迹未出里门，但名气传遍东南，许多人还专程前往其隐居地拜访。

吴镇（1280—1354），字仲圭，号梅花道人。嘉兴（今属浙江）人。室号"梅花庵"，自署"梅花庵主"。以画名世。其书法仿晚唐杨凝式，画源于五代画僧巨然，每作画必题诗，时人称为书、画、诗"三绝"。早年与其兄师事毗陵柳天骥，曾垂帘卖卜于市朝，据说"言禨祥多中"。一生隐居未仕，足迹很少出于乡里，被称为"天隐君"。

岑安卿（1286—1355），字静能，号栲栳山人。余姚（今属浙江）人。十岁就学，几年后能诵《四书》《五经》。有人劝他应举，他说："以吾一日之艺，而决终身之出处，吾兹不为。"其兄弟并登进士，他却隐居不出。家宅东南有栲栳峰，他常登顶坐览，不但移家山下，还以"栲栳山人"为别号。以诗名于世。江浙行宣政院院判榜题他的居室为"栲栳精舍"。至治三年（1323）以后，曾数次被地方当局举荐，皆辞而不就。后至元、至正间又屡被举荐，仍以年迈力辞。一生沦落不偶，晚年放情山水。"每诗文成，辄委稿"，"不欲以此求人知"。

此外还有刘诜、许谦、周权、吴元德、黄镇成、成廷珪、吴莱、张仲深等。

就年龄而言，这些隐者比朱德润长十岁到四十岁，应该为朱氏所熟悉，他的退隐不能说与他们有直接关系，但在社会环境和心理基础方面应该是受到这些前辈的影响的。

朱德润曾有《祖二疏图赞》一文，其中写道：

汉宣之世，贤哉二疏。夹辅储官，训以诗书。谓彼天道，久盈必亏。知止不殆，退休是宜。帝锡南金，朝臣祖道。车出都门，乡邦称老。乐我友朋，燕我亲戚。君子见几，不俟终日。①

结尾两句："君子见几，不俟终日。"可谓作者人生态度的总结，即发现不好的苗头就应该马上退隐。从诗中，我们或许能窥到朱德润归隐的一些思想痕迹。

第五节　隐居岁月

一　守志固穷

归隐之后，朱德润闭门读书，研究古文经典，最初的生活过得恬淡而惬意，美丽的金家庄，在他眼中就是一个远离尘嚣的世外桃源。淀山湖的自然风光，亦给予他无限的灵感。他吟诗，作画，在幽静的独处中

---

① 《存复斋续集》。

赏月、抚松、访友、观湖、听琴、论经……诗作《沙湖晚归》便是此时隐逸生活的真实写照，诗中写道：

> 山野低回落雁斜，炊烟茅屋起平沙。
> 橹声归去浪痕浅，摇动一滩红蓼花。①

再如《柴门月》，写出了归隐中的寂静与安谧：

> 团团荆扉月，影转如缕金。
> 夜深启门坐，清光满长林。②

诗写隐居生活的静好。月光透过柴扉，光影如金，诗人坐于门前，望着清光笼罩的树林，享受着大自然的安详与静谧。《泊梁溪》描述了诗人的一次闲散的醉游：

> 轻篙挂蓑笠，野岸泊扁舟。
> 醉里不成睡，一天风雨秋。③

梁溪乃无锡境内的一条重要河流，源于无锡惠山，北接运河，南入太湖，长三十里。相传东汉时著名文人梁鸿曾偕其妻孟光隐居于此。在一个风雨之日，诗人乘坐小船，披蓑戴笠，游于梁溪，面对风雨山水，饮酒成醉，船泊梁溪岸边，难以入眠，因以成诗。再如《渔钓》写文人钓鱼的雅趣：

> 林阴多宿雨，藻密聚寒鱼。
> 野客忘渔钓，停桡昼读书。④

---

① 《存复斋续集》。
② 《存复斋续集》。
③ 《存复斋续集》。
④ 《存复斋文集》卷之八。

野客，指归隐之人，此处当指诗人自己。作者钓鱼徒形，读书是实。应该是一个暮秋之日，林密多雨，水藻密集，小鱼甚多，本是垂钓的好时候，但钓者手捧书卷读之不辍。一个细节描绘，文人适情尽性的雅趣毕现。

隐居的生活平静恬淡，也十分清贫。这从他的诗作中可窥一斑。如《蔷瓮冰》中写道：

> 杵冻虽受辛，和羹非灌畦。
> 醉中嚼寒玉，未敢论醯鸡。①

这是作者对咸菜瓮子表层结冰发出感慨。当他吃力地捣开瓮口之冰时，突然想到了《庄子》中的"抱瓮灌畦"②的故事，忽生感慨，自己抱瓮，非为灌溉，而是要腌制咸菜和着粥用。腌制的咸菜多好啊，上面的冰梢嚼在嘴里味道如同寒玉。别人可能会嘲笑我见识浅陋，就像瓮中的小虫一样，我却自得其乐。这种颇具自嘲色彩的描写，形象地道出作者甘于贫困的隐居生活。

《写怀》一诗亦当为作者归隐后所作：

> 江乡五月雨，溽气方郁隆。
> 轩窗面南开，潇洒吾庐中。
> 有志乐经史，无心较穷通。
> 嗤彼名利徒，交攻不相容。
> 家给知礼义，非谓食万钟。
> 薄宦识衣冠，非待禄位崇。

---

① 《存复斋文集》卷之八。
② 子贡访问南方的楚国，回来时又准备到晋国去，经过靠近汉水南岸的一个地方，见一老者正在灌溉田地。他的灌溉方法很落后：先开好一条通到井底的坡道，然后抱着一个水瓮，一步步走到井里去，取了水，再抱到田里去浇。这样一趟趟地来回走，费力大而功效极低。子贡对他说："老人家，您为什么不用汲水工具来灌溉呢？例如有一种叫'桔槔'的，利用它来灌溉，一天能浇一百畦，又快又省力，您难道不知道吗？"老头听了，很不高兴，勉强笑道："谁说我不知道呢！但是，我不愿意用那种玩意儿。我这样干了快一辈子了，还不是过来了？再说，我也习惯了。"

>　　南俗尚富贵，此道非华风。
>　　君看物候变，岁晏惟青松。①

该诗表达了作者高洁的志向和安贫乐道的精神追求。

二　骚客诗情

归隐之后，在读书研经之外，朱德润的交游活动明显增多，不时有与朋友相约出行的记录，如元代中晚期的著名画家黄公望、王蒙、倪瓒、吴镇及著名文人陈基、周景安等人，还有像刘道士、马清风道人等方外之人，都曾出现在他的诗文之中。他们流连于山水间，或谈诗讲经，或说禅论道，或铺纸泼墨，寄情于山水之间，畅游于天地之境，态度萧然神往，胸襟气象超旷，达到了"在官则适于公，在暇则适于野"的境界。

柯九思，比朱德润大四岁，是朱氏最要好的朋友之一。天历元年（1328），他得到尚未即位的仁宗的赏识。仁宗称帝后被擢为典瑞院都事。未几，特授奎章阁学士参书，迁鉴书博士，内府所藏法书、名画咸令鉴定，赐牙章，得通籍禁署，宠顾日隆。至顺二年（1331），御史希宰相旨，劾之，遂罢官，归寓平江（今江苏苏州）。归隐后的柯九思心情抑郁。据柯德《春花秋花草堂笔记》载，后至元五年（1339）柯九思曾回转故乡仙居，"每忆大都，皆不堪往事"。一道士请他作画吟诗，他以"山不入目不能画，水未入怀不能吟"为由婉言谢绝。至正三年（1343）十月，柯九思暴卒于苏州，年仅五十四岁。作为昔日挚友，朱德润不胜感伤，特撰有《祭柯敬仲博士文》以祭之。据朱德润祭文记载，两人青年时代就有交往。延祐六年（1319），曾同游大都，书生意气，对未来充满了憧憬与向往。至治末年，朱德润辞官，在京不得志的柯九思也随其一起回江南。两人途中畅谈古今，酒盏诗画，志同道合，雅趣盎然。柯九思曾有《题朱泽民临李营丘寒林图》诗：

>　　高林曾记旧黄昏，下笔生春昼掩门。
>　　剑器低昂动山岳，翠蛾谁解忆王孙。

---

① 《存复斋文集》卷之八。

诗作描述了朱德润专心绘事刻苦勤奋的情景。

柯九思之后，还有一位于九思（1268—1341），大都（今北京市）人，蒙古名伯颜，字有卿。元成宗大德元年（1297）累官诸暨知州，七年迁知奉化，有政绩。元仁宗皇庆元年（1312）除两浙盐运副使，历江浙理问官、杭州路总管。元英宗至治二年（1322）除海漕万户。泰定帝泰定三年（1326）迁绍兴路总管。元文宗天历二年（1329）升湖南宣慰使，致仕居杭州。在《存复斋文集》与续集中，朱德润有数篇文章提及此人，称其为友。泰定三年（1326），于九思除绍兴路总管，朱德润写有《送于九思之绍兴路同知任序》相赠，文章借为于九思赴绍兴路赴任送行谈为政之道，表达他对从政的看法以及对朋友的期望，他认为政治、法治皆不如德教、礼教重要。德教与礼教注重人的情感，乃法治难及也。因此他希望自己的朋友在精简机构使民安耕之外，能够"行乡饮""去妓乐"，使民知让性淳，希望朋友能"率而行之"，成其善政。

至正元年（1341）冬，于九思在西湖积庆山买了一块地，建设中，发现石鱼，乃筑亭于上，名石鱼亭。朱德润为之写有《石鱼亭记》一文，记述其事，并由此引申发论，认为"狎于情者惰其志，安于小者忘其大"。时值当年岁末，应该就是在此后不久，于九思去世。

《密阳朴质夫庐墓图记》讲述的是朱德润与一位高丽人的交往：

> 至正六年冬十月既闰，密阳朴仲刚持翰林应奉官张仲举书来访仆，且称朴生性行淳谨，有志于学，今淮西监宪斡公克庄之门人也。子幸怜其贫，遂其请。仆顿首曰："张君以雅道荐友，敢不唯命？"自是，朴生日踵门而问学，且求讲《朱氏集注》《论语》《大学》。居数日，朴生又将为淮西之行，因状其父质夫守庐王母之墓。墓在高丽王京之东密阳郡，其地可耕可钓，请仆图而记之。①

该文讲述的是至正六年（1346）冬十月，也就是在朱德润归隐二十二年后，高丽人朴仲刚来从其学，并请他为其父庐墓作图一事。从朴仲刚的身上，朱德润看到了中国传统文化中的孝道，于是欣然允之。

---

① 《存复斋续集》。

三　孤寂怀忧

在数十年的隐居生活中，朱德润并非始终如一地心如止水，清贫而平静的生活背后，是他孤独而忧虑的心境。在《次韵陆友仁写二首》之一中，作者表达出强烈的壮志难酬的心绪：

> 钟声警晨思，枕底宿梦醒。
> 盥罢出庭户，众木高亭亭。
> 细雨绿渐暗，清飙满中庭。
> 朱弦作还辍，雅音谁我听？
> 安得附黄鹄，携子凌苍冥？
> 糠秕酿糟粕，众子醉未醒。
> 道义混薄俗，荆榛绕闲亭。
> 不见仲山甫，夙夜忧王庭！
> 不见桓叔夏，歌筝良可听！
> 古人不可见，默坐心冥冥。①

世风浇薄，举世未醒，道义又有何用，没有贤臣良将，忧国忧民之心曲又有谁听？

他对社会和底层人的生活有着深深的忧患意识。如《茅屋霜》：

> 十月寒气肃，编茅补阴漏。
> 青女莫散威，初阳在林岫。②

青女是指神话传说中的霜雪之神。诗中所展现的是，十月秋寒，茅屋蒙霜，为防严冬，人们编茅补漏。作者相信，冬寒之威很快就会过去，朝阳已经从远山的林梢出现了。作者对未来的生活充满了希望。这里诗中的主人公可以是乡村百姓，也可能就是他自己。还有《和虞先生榆林

---

① 《存复斋文集》卷之八。
② 《存复斋文集》卷之八。

中秋对月》之二：

> 月高星藏光，天静四山出。
> 炊烟敛林墅，群作向昏毕。
> 物情初无干，浮生自啾唧。
> 征途行复止，镜发玄又白。
> 人生身抱器，志老剑在室。
> 百年生谁存？一士死不没。
> 兢兢凌霜干，幽花当春发。①

该诗表露了作者虽欲忠心报国但抱负难以实现的无奈。又如他的《除日》：

> 日行三百六十五，今夕方除岁云暮。
> 人生忧乐百年期，又见日除当此度。
> 养和适情宜及时，古今中寿七十稀。
> 自非金石不可永，刀圭谁保长生期？
> 彭宣老聃亦何之？不须更作送穷诗②。
> 客闻此辞莫伤咨，尊前且醉黄金卮。③

他对当时的社会感到悲观失望，感叹时风冷漠，渴望淳朴的民风。"慨时俗之淫薄兮，曷淳风之浑厐？纷鸡虫之得失兮，孰澄清之是遑？"④

---

① 《存复斋文集》卷之八。
② 唐韩愈《送穷文》李翘注："予尝见《文宗备问》云：颛顼高辛时，宫中生一子，不着完衣，宫中号为穷子。其后正月晦死，宫中葬之，相谓曰：'今日送却穷子。自尔相承送之。'"按照此处记载，这"送穷"的日子，应该在正月的最后一天，即"晦日"，实际各地"送穷"的日子并不一致。有的地方为正月初五，有的地方为正月初六。唐姚合有《晦日送穷》三首："年年到此日，沥酒拜街中。万户千门看，无人不送穷。""送穷穷不去，相泥欲何为。今日官家宅，淹留又几时。""古人皆恨别，此别恨销魂。只是空相送，年年不出门。"宋石延年亦有《送穷》传世："世人贪利意非均，交送穷愁与底人。穷鬼无归于我去，我心忧道不忧贫。"
③ 《存复斋文集》卷之十。
④ 《〈沅湘图辞〉为嵲子山太监作妙甚好辞》，《存复斋文集》卷之三。

朱德润归隐三十年，名声越来越大。在诗文创作方面，也进入一个高峰期。

至正九年（1349），黄溍赴京时路过苏州（姑苏驿），朱德润请其为《存复斋集》作序，黄在序中写道：

> 盖昔之善画者不必工于诗，工于诗矣又不必皆以文名于世，故虽郑虔以画、书、诗号称"三绝"，而文不与焉。荀卿子谓艺之至者不两能，泽民之多能匪直今人之所难，求之古人固不易得也。①

这一评价可谓高矣。

四　壮志难酬

朱德润虽然归隐故里，但他对元代统治阶层并无反感，社会出现的种种问题亦令他时刻担忧，一个文人应有的良知使他对当时的社会充满了忧虑。这在他的《次韵陆友仁写二首》之二中可窥一斑：

> 糠秕酿糟粕，众子醉未醒。
> 道义混薄俗，荆榛绕闲亭。
> 不见仲山甫，夙夜忧王庭！
> 不见桓叔夏，歌筝良可听！
> 古人不可见，默坐心冥冥。②

诗中出现的仲山甫，一作仲山父，是周太王古公亶父的后裔。早年务农经商，在农人和工商业者中都有很高威望。周宣王元年（前827），受举荐入王室，任卿士（相当于后世的宰相），位居百官之首，封地为樊，从此以樊为姓，为樊姓始祖，所以又叫"樊仲山甫""樊仲山""樊穆仲"。《诗经·大雅·崧高》说仲山甫和申伯是国家的栋梁。（"维申及甫，维周之翰。"）《诗经·大雅·烝民》是专门颂扬仲山甫的诗歌，说他

---

① 《存复斋文集·附录》。
② 《存复斋文集》卷之十。

品德高尚，为人师表，不侮鳏寡，不畏强暴，总揽王命，颁布政令，天子有过，他来纠正，等等。（"仲山甫之德，柔嘉维则。令仪令色，小心翼翼。古训是式，威仪是力。天子是若，明命使赋。王命仲山甫，式是百辟。缵戎祖考，王躬是保。出纳王命，王之喉舌。赋政于外，四方爰发……"）仲山甫的突出政绩是进行经济体制改革，即废除"公田制"和"力役地租"，全面推行"私田制"和"什一而税"，鼓励农民开垦荒地，大力发展商业等。这些改革的成功，造成了周宣王时期的繁荣景象，史称"宣王中兴"。显然，仲山甫是作者心中向往的一个人物。诗中出现的桓叔夏，即桓伊，东晋谯国铚县（今安徽宿州西）人，字叔夏，小字子野（一作野王），与谢玄、谢琰大破秦军于淝水，稳定了东晋的偏安局面。官至都督江州荆州十郡豫州四郡军事、江州刺史，喜音乐，善吹笛，当时称为"江左第一"。《神奇秘籍》所载琴曲《梅花三弄》，据说就是根据他的笛曲《三调》改编的。诗言世风日下，人心不古。哪里还能看到像仲山甫那样的良臣，日夜思虑着国家的安危，没有了桓叔夏，筝曲已不堪入耳。诗作表达了作者对当时社会的一种批判，悲观失望充溢于诗中。

这种忠君见用之思，不时地出现在他的诗歌中，如《和柯敬仲博士〈幽兰诗〉》：

其一

阳和遍岩谷，猗兰发初芳。
幽姿不自媚，随风忽飘香。
宁辞雨露恩，感此岁月长。
愿随郎官握，得上中书堂。
不惭山泽姿，高贵比金张。
灵芝在宣室，岂独怀沅湘？

其二

孤根托山阿，奕叶留清芳。
春花竞红紫，未敢并幽香。
攀缘上乔木，不及丝蔓长。
愿结君子心，永焉贮高堂。
缔彼金石交，辞君罗绮张。

雅道出岩谷，良时非楚湘。①

这两首诗歌赞兰草，但却处处表露着作者的心迹。"愿随郎官握，得上中书堂。""愿结君子心，永焉贮高堂。"反复诉说着他渴望得到有力者提携之意。

五 画中情怀

就整体而言，朱德润的一生是充满矛盾的一生。尤其是在他归隐之后，其心绪始终在仕与隐之间徘徊。他自认为是个修身、齐家、治国、平天下的传统儒士，杜门屏迹，研究经籍，增益学业，不求闻达。但他思想中又交织着道家的无为而治、顺其自然。他向往自由放达的田园生活，对社会和时代又心存期待，关注现实，渴望济世，虽然隐于乡野，但又与文人仕宦有频繁交往。这种仕与隐的矛盾，不仅从他的文学创作中可以看到，从他的绘画作品中也可以窥其端倪。

元代画家黄公望在论及当时画风时曾说："近代作画，多宗董源、李成二家。笔法树石，各不相似。"（《写山水诀》）董其昌在《沐画禅室随笔》中说："元季诸君子画惟两派，一为董源，一为李成。成画有郭河阳为之佐，亦犹源画有僧巨然副之也。"可见元代的水墨山水画，从传统继承关系上，大体可以归纳为两个系统：一派主要取法五代的董源、巨然，另一派主要学习李成、郭熙，两派共存，成为元代画坛的两大主流。"李郭画派"在表现技法上常常采用"大山堂堂"的全景式构图，用笔尖颖粗重，以此表现北方石多土少，寒冷干燥的景致，加上"攒针""蟹爪"树法，以表现"气象萧疏，烟林清旷""巨嶂高壁，多多益壮"②之景。这一传统在元代仍得到流传。而"董巨画派"则崇尚写实，常用"平远"之法，状描烟波荡漾、细雨迷蒙的江南景色。而值得注意的是，这两种风格在朱德润画中都有表现。

在朱德润辞官后的早期，其画作立意基本上属于归隐一类。比如

---

① 《存复斋文集》卷之八。
② （宋）郭若虚：《图画见闻志》卷一《论三家山水·山水门》，载《中国书画全书》第一册，上海书画出版社1993年版，第469、482页。

浑沦图

《秋林垂钓图》册页，采用作者惯用的一角一点构图，右下角为老树虬枝，怪石嶙峋，一隐士于江中孤船垂钓。在笔法上既有"李郭画派"的遒劲刚强，又有"董巨画派"的悠远婉约。

再以《浑沦图》为例。《列子·天瑞》曰："气形质具而未相离，故曰浑沦。浑沦者，言万物相浑沦而未相离也"。《浑沦图》之意当由此而来。该图作于元顺帝至正九年（1349），采用侧重局部的一边式构图，与北宋郭熙的全景式构图全然不同，显然是借鉴了南宋马远、夏奎的风格。左侧用"李郭画派"的方法画松石，以粗笔、中锋线条勾勒山石，枯松如龙，枝似龙爪，藤蔓盘缠松干，游丝飘扬向空，用笔劲健洒脱，墨色沉着苍润。其右用淡墨画有一直径九厘米的圆圈，似日似月。景物虽简而内含玄奥，寓意深刻。表现出一种宇宙观，即如作者题画所言："浑沦图，浑沦者不方而圆，不圆而方。先天地生者，无形而形存。后天地生者，有形而形亡。一翕一张，是岂有绳墨之可量者耶？"这种写意与写实交相运用相互融合的温润雅秀的画风，在当时是不多见的。当然，画风不仅仅是技巧问题，它与作者的情感思想应该有一定的联系。至正九年（1349），是朱德润再度出山的前一年，此画自然意味深长。

《松下鸣琴图》是朱德润的中期作品，表现的主题是林泉高士雅聚，显示的却是林树高昂充满生气，云山连绵气势磅礴，仿佛在云里雾里一般生气弥漫，画中的高士也谈笑风生气宇轩昂，这种充满生机的场面不禁让人想起郭熙的《早春图》。

《秀野轩图》表现的是同类的主题，风格却不相同。该画为朱德润七十一岁时所作，为其晚期绘画作品的代表。据题记所言，秀野轩是周景安读书之所，地处浙江，"平畴沃野，草木葱蒨"，轩旁则"幽溪曲涧，

松下鸣琴图

秀野轩图

佳木秀卉、翠辂玉映于栏楯之间",是一处理想的幽居之所。有论者认为,它的画风呈现出"李郭画派"与"董巨画派"的双重特征。作品在构图上采用平远法,以花青和墨而写,笔法秀雅苍润,设色清雅明快。前景画山坡平缓,中有雅轩一座,二高士对坐晤谈,另有行人往来溪桥,境界清旷幽美。表现出雅士幽居的主题。就其山石坡树而言,显然已脱"李郭"一派。中景画隔岸望山,土多树郁,一片江南风光。皴法类于卷云又类于披麻,似芥叶的树加上圆苔点子,以浓笔挥出,笔随意生,心随意化,李郭与董巨风格合二而一。远景则显现出淡墨挥洒、飘渺悠远的特色。在笔墨上,除在右边松树还可略微找到郭熙遗法外,已经渗入

"董巨"柔和的披麻皴、点苔皴和拖曳沙渚等技法,意境也由《林下鸣琴图》的高旷、激昂、雄阔变为幽寂与宁和,其主题也如作者所说,是以"亦足以乐天真而适与焉尔"。但在渗与"董巨"笔墨上,却并不彻底,朱德润在中景上所用的类似披麻皴的短条子皴,显得杂乱而模糊,充满了强烈的不安与躁动,整幅画面在纯净与萧散下面又隐藏着自相矛盾的骚动,从前景的宁静与中景的烦乱中,能隐隐感觉到作者心中那种不安于时的躁动。这与他的前期作品《松涧横琴图》相比又有不同。后者显示的是浓郁的隐居情怀,低垂的树,平缓的山,萧疏而荒寒的气氛,落寞而寂寥的人,而《秀野轩图》则渗透着一种矛盾与不安。论者说,这与画家的个人气质、生活经历和人生哲学有着密切的关系。朱德润的思想常常在归隐与入仕之间徘徊,因此,在绘画上也往往于"李郭画派"和"董巨画派"之间游移,它们相互融合又相互抵消,这种绘画中的矛盾也正是他思想矛盾的体现。

六 两次复出

正因为朱德润有上述复杂的思想,所以身处乡野田园,而忠君报国之心并未消退。一旦元朝政权遭遇危机,他还是会毅然复出。在他后半生里,就曾有过两次短暂的从政经历。

至正十年(1350),他在其《山行图序》中说:

> 秋既暮,仆以执事试院客钱塘。同院诸公约为孤山之行,于是,携具于西湖之舸,出柳洲寺港,过雷峰塔,直抵孤山之下……日且晏,仆归而记于□。诸君子倘有教我,尤幸甚焉。同游者,龙游县丞程子正、信州录事傅子初、玉山监邑寿仁辅、信州幕参赵叔明、省掾黄仲宾、主簿程起宗、吴江州判铁公毅偕朱德润,凡八人焉。①

又《义山县义学记》中有云:

> 十年秋,德润以执事试院客钱塘,玉山邑人具言寿侯复兴学政,

---

① 《存复斋续集》。

俾德润书而记之，将刻诸石。德润以先儒设教之所废而复兴，实后学之所幸，顾义不敢辞，因书以为记。①

两文记述的是朱德润受邀出任试院执事官之事。执事试院是指在考试时进行管理的职务，品级为八品。试后即止。朱德润任此职时已五十六岁。

至正十一年（1351），汝州、汴梁等地动乱，波及江淮地区，许多郡县失守。据元周伯琦《有元儒学提举朱府君墓志铭》记载，江浙行省平章政事三旦八统兵东征，起用朱德润为照磨官，实为军事参谋。朱德润情绪激昂地说："四方震扰若此，忍坐视乎？"于是应命。他为三旦八出谋划策，劝其对起义军中的胁从者宽大处理，使很多人幸免于战乱。后被委派治理湖州路长兴县，他约束官军，招徕流民，使当地恢复安宁。朱德润因病离任时，长兴百姓争相挽留。

至正二十五年（1365）六月十七日，朱德润感到身体不适，很快离世。享年七十二岁。七月，他被葬于吴县阳抱山祖坟，安葬在其祖母及母亲的墓旁。

周伯琦与朱德润交往将近五十年，应该说比较了解朱氏为人。他在其墓志铭的结尾写道：

> 惟圣有言，不试故艺。懿兹朱君，材良气厉。受知两朝，宠遇荐被。飞不尽翰，隐然名世。间出遗余，凋瘵以济。或晦或显，一质以义。索居食贫，有介其植。彼哉竃膳，孰愚孰智？陆守在汉，践履卓异。曰孝曰贞，君亦何愧？去之千年，清淑复萃。旁薄两间，屈信一气。曰予不信，视此伟器。勒铭墓门，慰君之志。

周伯琦认为，与东汉末年"践履卓异"的陆绩相比，朱德润"曰孝曰贞"并无愧色，可谓"去之千年，清淑复萃"。文章高度评价了朱德润的"材良气厉"，认为他是一代"伟器"。

---

① 《存复斋续集》。

七　阳抱后裔

自朱德润的祖父朱子荣一代始，阳抱山已成朱氏一族的地产。自元至明及清，这里长眠着朱氏家族的十多位成员。从一座座墓碑上，可以看到朱氏一族在仕与隐间的残留痕迹。

朱德润去世之后，其次子朱复吉，曾任翰林典籍、工部照磨等职，后因事"谪戍西夏"，又被庆王聘为府僚。他享年七十六岁，临终前将珍藏三百余年的传家宝《睢阳五老图》传给了时任户科给事中的弟弟蒙吉。

朱德润的五世孙朱文，曾任云南按察副使，葬在先祖朱德润墓旁，碑上有大学士王鏊所撰墓志铭。

五世孙朱质，官苏州卫指挥佥事。

六世孙朱希周（1473—1557），原名朱璞，字懋忠，号玉峰。深受家庭熏陶，发愤读书。性恭谨，不喜夸饰，学唯务实。明弘治九年（1496）三月十五日，朱希周参加殿试，一举夺魁。为丙辰科状元。时年二十三岁。授修撰，进侍讲，充经筵讲官。参修《明会典》，主持编修《孝宗实录》。后官南京吏部右侍郎。（明成祖迁都北京，以南京为陪都，设有像北京一样的衙门。但南京各衙门的长官没什么权力。）五年后，被召回北京，出任礼部右侍郎。嘉靖元年（1522）因故得罪世宗，次年，朱希周又任有职无权的南京吏部尚书。嘉靖六年（1527），辞官返故里，隐居近三十年，无一日不读书。这期间，公卿大臣荐举他复起的达三十余人次，他皆不以为意，淡然自守。卒于嘉靖三十六年（1557），享年八十四岁。死后，朝廷追赠太子太保，谥恭靖。

六世孙朱希召（字懋化），官贵州都指挥都事。

明末，朱氏后裔朱用纯（1627—1698），是著名理学家和教育家。清顺治二年（1645），其父朱集璜在守卫昆山城抵御清军时遇难。他的心灵因此受到很大震动，决心要像父亲那样，坚持民族气节，绝不屈膝事敌。于是他不求功名，潜心治学，不仕清朝。他上侍奉老母，下抚育弟妹，播迁流离，备极艰辛。待局势稳定，才返回故里。因敬仰晋人王裒攀柏庐墓，故自号柏庐。居乡教授学生，以程、朱理学为本，提倡知行并进，躬行实践。他深感当时的教育方法使学生难以学到真实的学问，故写了《辍讲语》，语颇痛切。曾用精楷手写数十本教材用于教学。生平精神宁谧，严于律己，对当时愿和他交往的官吏、豪绅，以礼自持。清康熙十八年（1679）他坚辞不应博学鸿儒科，后又坚拒地方官举荐的乡饮大宾。他所著的《朱子治家格言》（一名《朱子家训》），讲求道德修养、行为规范，劝人勤俭治家，安分守己，几百年来传颂全国，至今在东南亚各国影响极大。其中"黎明即起，洒扫庭除""一粥一饭当思来处不易，半丝半缕恒念物力维艰"等句，脍炙人口。康熙三十七年（1698），朱用纯患上重病，临终前嘱弟子："学问在性命，事业在忠孝。"朱用纯终年七十二岁，墓葬在阳抱山北麓三梓堂内。

　　一座并不算高的阳抱山，自元至清，历经三个朝代数百年风雨沧桑，安葬着昆山朱氏家族的十多位族人，这在苏州墓葬史上是罕见的。从墓主人的经历可以看到，在朱氏后人中，无论从政，还是归隐，忠孝始终是他们传家的根本。就朱德润而言，他自认为是个修身、齐家、治国、平天下的传统儒士，但思想中又交织着道家的无为而治、顺其自然的思想。因此，仕与隐的矛盾成为朱德润文学创作中经常反映出来的一个重要主题。

第 三 章

崇古典奥，尚理适意
——朱德润的散文创作

自明代王世贞言"元无文"始，元代散文便成为批评界颇受争议的一个文学存在。早在20世纪30年代，陈柱的《中国散文史》即对元代散文略而不谈，40年代刘大杰的《中国文学发展史》也以元曲作为元代文学的代表，认为元代散文并不重要。20世纪末邓绍基主编的《元代文学史》，虽然对元代散文有了较为客观的认识，但基本是将诗歌和散文放在一起来论述，对元代散文的主体性的突出仍然不够。郭预衡的《中国散文史》对元代散文有了专门的介绍，但也只有一章内容，而且只侧重作家个案研究，整体研究明显不足。与此相对，钱基博的《中国文学史》和郑振铎的《插图本中国文学史》都对元代散文给予高度重视。当代学者隋树森在《文史知识》1985年第3期发表《元代文学说略》，认为元代各体文学都是有发展的，散文也不例外，不应忽视。李修生、刘知渐等人也撰文指出元代文学研究在肯定戏曲文学价值的同时，也应重视元代散文的重要价值。从以上研究背景可以看出，人们对元代散文的评价存在颇大的争议，而解决争议的最佳方法还是回到元代散文创作的文本中去，通过具体作品的个案分析，方可得出比较可靠的结论。

史家认为，元代散文创作的变化和盛衰，大抵以元仁宗延祐年间（1314—1320）为界。陈基《孟待制文序集》说"国朝之文凡三变"，中统、至元年间是元代开国初期，当时"风气开阔，车书混同"，文坛上呈现一片新气象，作家胸怀开阔，都想有所作为。到了延祐年间，社会承平，生活安定，作家"历金石以激和平之音，肆雕镂以篆忠厚之璞"，文章写得"峭刻森严",自然有时也被人目为浅近。殆至天历,作者"摆落凡近,宪章往哲"。这就是陈基所说的元代散文三个时期不同的特点。在此基础上,当代学者张梦新将元代散文的发展分为前、中、后、末四个时期,前期主要是中统、至元时期,中期主要为延祐时期,后期主要是泰定、天历时期,末期主要是元统、至正时期。[①] 但纵观历史,以延祐为界,当是一个比较公认且比较清晰的划分。此前的散文作家有郝经、戴表元、袁桷、姚燧、姚枢、任士林、吴澄、赵孟頫、杨奂、王恽、程钜夫等,这些人多数是宋、金遗民。文章古朴,时有怀念故国之思。中后期作家有吴澄、邓文原、马祖常、元明善、虞集、吴莱、黄溍、欧阳玄、柳贯、陈旅、苏天爵、杨维桢等人,他们大都生活在元代由盛转衰时期,于和平雅淡之中,时有离乱困苦之叹。相比较而言,中后期散文中封建道德的忠孝节义思想,比前期更加浓郁。总的说来,元代散文抒情写景者少,多为经世致用、歌功颂德的论说文字,且缺乏自由抒发个人思想感情的作品,苏天爵搜罗元代诗文编选的《元文类》,即体现了这一特点。

按照张梦新的分期,朱德润的创作应该是贯穿了元代中、后、末三个时期,与有"儒林四杰"之称的虞集、黄溍、柳贯、揭傒斯基本上同属一个时代。就散文创作的整体看,中、后期,相对而言,元朝政局稳定,社会承平,文学作品亦多歌舞升平之作,正如《四库全书总目》所言:"大德、延祐间为元治极盛之际,故其著作宏富,气象光昌,蔚为承平雅颂之声。"[②] "其文大抵雍容不迫,浅显不支,虽流弊所滋,庸沓在所不免,而不谓之盛时则不可。"[③] 以"和平中正"为宗,不为"迫切愤激之语"[④]。故欧阳玄称:"中统、至元之文庞以蔚……至大、延祐之文丽而贞,泰定、天历之文赡以雄。"[⑤] 而到了末期,即元统、至正时期,由于朝廷腐败,农民起义纷起,社会矛盾加剧,文风趋向纤秾浮艳,觅隐作家日益增多,文学几近凋谢。应该说,朱德润是在由盛转衰过程中能够

---

① 张梦新:《元代散文简论》,《杭州大学学报》1990年第4期。
② (元)袁桷:《清容居士集》,《四库全书·集部·别集类》。
③ (元)蒲道源:《闲居丛稿》,《四库全书·集部·别集类》。
④ (元)倪瓒:《清閟阁集·秋水轩诗序》,《四库全书·集部·别集类》。
⑤ (元)欧阳玄:《圭斋集·潜溪后集序》,《四库全书·集部·别集类》。

自持谨守坚持创作且形成个人独特文风的一位。

中国古代散文的文体之辨,自秦及元,混沌驳杂,或诗文并举,或骈散对举,或文笔两分,或韵散结合,多为形式之分,诸子与词章并存,实用与审美交织,真正以"事出于沉思,义归乎翰藻"为准绳裁文别体者,并未出现。朱德润散文基本上沿袭了前人的这种文章规范,一方面崇古、典奥、严谨、规范,另一方面又呈现出体式多变、尚理适意的文体特征。为明晰起见,笔者依照现代散文范畴,从论说、叙事、抒情三个方面,对其散文成就分而述之。

第一节　论说文

论说文是现代散文概念,在古代统属"论"体。《后汉书》记载班彪"著赋、论、书、记、奏事合九篇"①,《三国志》记载王粲"著诗、赋、论、议垂六十篇",显然,早在汉代,"论"体一说已经出现于个人著作当中。魏晋以后,随着人们对论体文的认识加深,开始有人对论体文中的差异进行研究,比如任昉将文体分为84种,单是"论"类就有多种。刘勰《文心雕龙》列出20篇来阐释文体,其中《论说》篇专论论体文。至宋代,真德秀在《文章正宗》中将文体分为"辞命""议论""叙事""诗赋"四类,认为"议论之文,初无定体","凡秉笔而书,缔思而作者"皆为议论文,② 真氏所选录的议论文,包括对策、奏疏、史传论赞、赠序、书信等21种,远远超过刘勰所说的8种,几乎涵盖了抒情、叙事、诗赋之外的所有文章,应该说对议论文的界定更加宽泛。元代的文体写作就是建立在宋代学人对文体界说的基础之上的。

在朱德润文集中,论体文体现为论、序、说、策、疏、记等多种,体式不一,然"秉笔而书,缔思而作"、借物喻理、借事明理、叙议结合的论说方式则是一致的。

---

① (南朝宋)范晔:《后汉书》,中华书局1965年版,第132页。
② (宋)真德秀:《文章正宗》,影印文渊阁四库全书本,第1355册,第6页。

一　点评史事的"论"体文

在中国古代文体理论中,"论"也许是最能体现论说散文品格的文体之一。刘勰说:"论也者,弥纶群言,而言精一理者也。""原夫论之为体,所以辨正然否。穷于有数,究于无形,钻坚求通,钩深取极;乃百虑之筌蹄,万事之权衡也。故其义贵圆通,辞忌枝碎,必使心与理合,弥缝莫见其隙;辞共心密,敌人不知所乘:斯其要也。"[1] 朱氏文集之"论"即此意义之论。通过缜密圆通的"论",作者对历史上的人物事件表达自己的看法。如《申生论》:

>骊姬构难于晋,嬖献公,谋于宗卿,赂其幸臣,使太子申生竟罹不辨之祸。由是二公子出奔,逐群公子。晋室之衰,实基于此。初,姬以申生贤且长,国人所归,故速之死。然申生虽亡,奚齐亦灭,二公子蹭蹬而归,重耳卒以霸国。二十年间,斯民涂炭,晋之社稷不绝如线,而惠、怀无亲,秦嬴失节,晋之宗盟,于是乎乱。当时使申生从士蒍、梁余之言,如二公子者出,幸而天假之年,得返晋国以主社稷,不忝宗祧,则亦何害于名义?倘使二公子皆如申生,不过获一孝恭之名,晋之有国,其能国乎?女孽之祸甚矣,自古国乱家亡,靡不由兹。嗟夫![2]

文章依据的是左丘明《国语》中所记春秋时骊姬设谋杀太子申生的一段史实。骊姬是晋献公妃子,以美色获晋献公专宠,参与朝政。为达到改立亲生儿子奚齐为太子的目的,曾多次向晋献公进谗言,害死了夫人齐姜所生的儿子申生,使公子重耳、夷吾逃亡国外,是谓骊姬之乱。文章由此生发开去,认为由于女孽而致晋室之衰,惠怀无亲而致国乱,假如申生当时也逃走的话,晋国就不会像当初那样亡国了,也就没有二十年间生灵涂炭的历史了。作者又做出假设,假如晋公子重耳和夷吾也

---

[1] (南朝梁)刘勰:《文心雕龙·论说第十八》,载范文澜注《文心雕龙注》,人民文学出版社2006年版。

[2] 《存复斋文集》卷之五。

像太子申生那样死去，倒是博得一个孝名，但晋国还成其为国吗？因此，忠孝不能两全，取大而舍小才是正确的选择。文章短小，却有理有据，在指出晋国衰亡原因的同时，道出"女孽"的危害。这是一篇典型的史论。

《盗杀韩相侠累论》一文，是就战国时侠客聂政之姊发论，该文依据的是《战国策》卷二十七《韩策二》中的一段史实：

> 聂政直入，上阶刺韩傀。韩傀走而抱哀侯，聂政刺之，兼中哀侯，左右大乱。聂政大呼，所杀者数十人。因自皮面抉眼，自屠出肠，遂以死。韩取聂政尸于市，县购之千金。久之莫知谁子。政姊闻之，曰："弟至贤，不可爱妾之躯，灭吾弟之名，非弟意也。"乃之韩。视之曰："勇哉！气矜之隆。是其轶贲、育而高成、荆矣。今死而无名，父母既殁矣，兄弟无有，此为我故也。夫爱身不扬弟之名，吾不忍也。"乃抱尸而哭之曰："此吾弟轵深井里聂政也。"亦自杀于尸下。晋、楚、齐、卫闻之曰："非独政之能，乃其姊者，亦列女也。"聂政之所以名施于后世者，其姊不避菹醢之诛，以扬其名也。

朱德润对聂政的这种行为提出了质疑："士之未仕也，尽孝敬于事亲、事长，而临下加之以恩，处事断之以义，此君子之道也。若既仕也，以之事君临众，则可以立功扬名，流芳百世。苟为不然，则虽刲股食亲、亡身徇国，无足云矣。"文章认为，尽孝与尽忠是两个标准，不能以孝的标准掩盖了忠的准则。聂政之举，乃"匹夫怀私恩而杀一国相"，其实质乃"悖礼犯义"也。与孝实不相干。故"其姊不避菹醢之诛，以扬其名"并不值得称颂。这里，其实存在一个如何评论历史人物的问题。朱德润认为，不能因为"怀私恩"而淹没了"悖礼犯义"这一人生的大错误，无疑是一种知大小明利害的价值评判。

吴讷认为，"梁《昭明文选》所载论有二体，一曰史论，乃史臣于传末作论议，以断其人之善恶……二曰政论，则学士大夫议论古今时世人物，或评经史之言，正其讹谬。"[①] 显然，朱氏上述两论皆属后者。在朱

---

① （明）吴讷：《文章辨体·论》，载《古今图书集成》理学汇编文学典第一百七十一卷《论部汇考》。

氏文集中，论体文仅此两篇，且都写得言简意赅，旗帜鲜明，确实出手不凡。

二 物事探微的"说"体文

"论"体之外，还有"说"。刘勰说："说者，悦也；兑为口舌，故言资悦怿；过悦必伪，故舜惊谗说。""披肝胆以献主，飞文敏以济辞，此说之本也。"① 陆机《文赋》云："说炜晔而谲诳。"② 清王兆芳《文体通释》说："说者，说释也，兑也，述也。叙述谈说，以言为兑说也。《礼·学记》曰，相说以解。主于博寻指趣，心解口述。源出孔子《周易·说卦》，流有汉儒诸经说，韩婴《诗说》，后氏安昌侯《孝经说》，及历代多杂说、小说。"③ 近代吴曾祺《文体刍言》说："说之始兴，盖出于子家之绪余。故自汉以来，著述家所作杂说，出于寓言者，十尝八九，盖皆有志之士悯时疾俗及伤己不遇，不欲正言，而托物以寓意，此其义也。后人推波助澜，用演之为小说部，俨然于文中别出橐曰矣。"④ 从诸家文论可知，与"论"体一样，为打动读者，说体文亦讲究语势与文采。汉代以后，以"说"命名的著述常以生活中的事物和社会现象为由头，多为说明现象或申说事理的文章，如韩愈的《马说》借状物发论，柳宗元的《捕蛇者说》借叙事发论，林景熙的《蜃说》借描景发论，等等。元吴讷说："说者，释也，述也，解释义理而以己意述之也。"⑤ 与"论"相比，"说"体显然更加灵活多变。

朱德润文集中共收有"说"体文六篇，大都从现实生活中某种现象谈起，"释""述"结合，交相为用，发掘其中的深刻道理，具有古代"说"体特征，与现代文体中的杂文颇为相似。如《润上人无声说》是一篇就人名引申发论的文章：

> 物必有所激而声扬。风无声，着物而鸣；泽无物而有声，人不

---

① （南朝梁）刘勰：《文心雕龙·论说第十八》。
② （晋）陆机：《陆机集》，金涛声点校，中华书局1982年版。
③ （清）王兆芳：《文体通释》，北京中华印刷局民国十四年（1925）版。
④ 吴曾祺：《文体刍言》，《涵芬楼文谈》，金城出版社2011年版。
⑤ （元）吴讷：《文章辨体序说》。

语无声。而嗟叹咏歌之出乎心而自鸣者,其必有激于中也,物情感于中而不能自已也。故喜怒哀乐之发而见乎辞,托于嗟叹、咏歌也,此人之所以有声也。其合于比兴,中于律吕,则其声之善者欤。至于圣人之道,无声无臭,如上天之载。天何言?而四时行、百物生,则其所以无声者,非□□孰能焉?①

作者借对"无声"二字的解释,讲述了事物之无声与有声的关系。文章认为,有些事物是有声音的,如诗歌,源于喜怒哀乐之情,然后"见乎辞,托于嗟叹、咏歌"也,故"合于比兴,中于律吕",则"其声之善者欤"。而有些事物则很难通过声音感知,如圣人之道"无声无臭",天然而成。春夏秋冬的运转,万物的生长,也没有通过声音告诉你,亦非人力可为之。故有声与无声,由事物的本质而定,它们的具体内容需要我们用心体悟才能领会。作者在此似乎想要说明,对具体的感性的对象比较容易感知,而道与自然之理往往无声无象,必须用心去体悟,那才是人生的大智慧。

《觉庵字说》则是由庵名引申开来,讲佛学中的觉与不觉之理。庵乃物也,不能觉之;能觉之者,人也。在大千世界中,人是万物之灵,是独具知觉者。但由于正道被荒废,被舍弃,个人欲望膨胀,结果那可贵的知觉也被遮蔽了。关于觉,佛家有"大觉""净觉""圆觉"之说,讲的都是所有众生皆具灵性。世界太大了,动物到底有没有灵性,包括"庵"是否有"觉",谁也说不清。但儒家认为,人的灵性与动物有所不同。真正能觉悟者是人,而不是庵。作者以佛说佛,强调了人的主体意识的重要性。

《蟢斗蜞说》是借叙事发论的好文,文中讲述了蟢蜞相斗的见闻,蟢斗蜞胜后将对方"啮而食之"的残忍让作者顿生感慨,认其为不仁不义之行。在元代散文中,类似的作品并不少见,如戴表元的《豢夸二氏诫》《猫议》,邓牧的《越人遇狗》《楚佞鬼》等,皆短小精悍,寓意深远,颇得柳宗元寓言小品之神髓。《蟢斗蜞说》也是比较优秀的一篇。

《张彦中翠微自号说》是就人物自号而引申的议论,文章先介绍人有

---

① 《存复斋续集》。

号的历史，最初是为了"敬其名而贵其字"，号是一种美称，其中有"为众所号"，有"赐号"，有"自号"，当然，有志于内修者，并不借此来播扬声名。然后作者讲述了张彦中以"翠微"自号的意义。"乐山之静趣，而悦夫林峦之秀映，岩穴之幽深，挹其扶舆英淑之气，旦暮接乎心目，其郁郁葱葱影翠而霏微者，是皆山川之秀，发天地之英华，《易》所谓山泽通气者也。"① 大山一片宁静，山林秀色辉映，岩穴深邃幽静，如果能吸收它们盘旋升腾的英淑之气，心濡目染，日夜相融，那才是山川真正的秀美，才是天地的精华所在，这也就是《易》中所说的"山泽通气"的意思。作者希望张彦中也像古时张曲江、元鲁山、香山居士那样，名实相符，能够真正地远离世俗而心无烦忧。

与上述诸篇不同的是，《异域说》以叙述的方式介绍了拂菻国②的异域风情：

> 至正丁亥冬，寓京口乾元宫之宝俭斋。适毗陵监郡岳忽难、平阳同知散竺台偕来访，自言在延祐间忝宿卫近侍，时有拂菻国使来朝，备言其域当日没之处，土地甚广，有七十二酋长。地有水银海，周围可四五十里，国人取之之法：先于近海十里掘坑井数十，然后使健夫骏马驰骤可逐飞鹰者，人马皆贴以金箔，迤逦行近海。日照金光晃耀，则水银滚沸，如潮而来，势若粘裹。其人即回马疾驰，水银随后赶至，行稍迟缓，则人马俱为水银扑没。人马既回速，于是水银之势渐远，力渐微，却复奔回，遇坑井则水银溜积其中。然后其国人旋取之，用香草同煎，皆花银也。其地又能捻毛为布，谓之梭福，用密昔丹叶染成沉绿，浣之不淡。其余氍毹、锦叠，皆常产也。至正壬午年，献黑马，高九尺余，鬣尾垂地七尺，即其地所产。来使四年，至乞失密；又四年，至中州；过七度海，方抵京师焉。岳监郡、竺同知既别去，仆书而记其说。是岁十一月十九日也。③

---

① 《存复斋续集》。
② 中国中古史籍中对东罗马帝国的称谓。
③ 《存复斋文集》卷之五。

文中所记是拂琳国使所述的制取水银的方法，描写紧张激烈，生动传神。拂琳人带着自己的特产跋山涉水，不远万里，来到蒙元帝国。这篇作品生动地说明了元朝人对西方的了解。

从以上诸篇可见，朱氏的"说"体文章以论说为主，但往往不排斥叙事和说明，或记一时感触，或记一得之见，或叙事兼议论，或说明兼议论，充分体现出散文自由灵活、以小见大的特征。

三　结构整饬的策论

刘勰言："制施赦命，策封诸侯。"① 策为文体，初乃皇帝诏告之书，然后来的科举制度使其成为一种殿试文体，指"策问""对策"。一般是以皇帝口吻（但也有以地方政府为广纳众言而采取的方式）就当前政治问题发问，应者就题应答，是一种典型的时事论文。它还有"谢策""对策""试策""制策""时务策""策论"等不同的叫法。元代以前，比较有名的策论文如汉武帝的《策贤良制》、汉晁错的《对贤良文学策》、晋陆机的《策秀才文》等。这种文体的论说方式亦潜移默化地影响到作家的散文创作，正如元人王恽所说："作文字亦当从科举中来，不然，岂唯不中格律，而汗漫披猖，无首无尾，是出入不由户也。"② 朱德润文集中策论之作虽然仅有《平江路问弭盗策》一篇，但写得十分规整，充分体现出他对策论文体的理解和把握，为整体观照，原文照录：

> 洪惟圣朝混一区夏，幅广员长，经费所入，江源独当其十之九，岁给馈饷二百五十余万。自国初肇立海运，迨今六十七年，波涛不惊，奸宄屏息，兵食既足，邦本乃固。比者盗贼猖獗，肆行剽掠，梗涩海道。参佐大臣，宽仁慈悯，绥之来之，闻于朝廷，俾复其业。睿圣所及，念尚虑凶暴之未化，党与之未除，遣使浙省，先期春运，裒集众长，讲究关防巡绰之法。诸君子怀才抱艺，必有良策以佐时之治者，幸悉陈之，毋让毋隐。
>
> 愚闻诚信者，立国之本也。诚信不立，则虽父子不能相孚，而

---

① （南朝梁）刘勰：《文心雕龙·诏策第十九》。
② （元）王恽：《秋涧集》卷九十四《玉堂嘉话》卷之二，《四库全书·集部·别集类》。

况于民乎？故为国家省，必先开诚心，布公道，量才授官，轻徭薄赋，信赏必罚。此事举行，则盗贼息矣。

何则？盖赋役轻则民安其生，赏罚明则人效其力。方今太平日久，民不知兵，经费所入，江浙独多。而比岁以来，水旱频仍，田畴淹没，昔日膏土，今为陂湖者有之。而亲民之官，不谙大体，重赋横敛，务求羡余，致有激变，所得有限，所费不赀。且以州县税粮言之，有额无田、有田无收者，一例闭纳。科征之际，枷系满屋，鞭笞盈道，直至生民困苦，饥寒迫身，此之为盗之本情也。至于酒课、盐课、税课，比之国初，增至十倍。征需之际，民间破家荡产，不安其生，致作贩夫入海者有之。目今沿海贫民，食糠秕不足，老弱冻饿，而强壮者入海为盗者有之。一夫唱首，众皆胁从，此其为盗之本情也。其言谓："与其死于饥寒，孰若死于饱暖！"因是啸聚群起，劫掠官粮，杀伤军民。朝廷既以遣官，而赏罚不立，赋敛如故，一经处所，洪需横出。或人稍有寸长，欲效其力，为名未成，谤毁先至。上疑下壅，又成虚设。此盖诚信不立、赋役烦重、赏罚不明之故也。

愚谓目今盗贼已多，欲权救一时之弊者，莫若依初建海道之法，申闻朝廷，降金牌、银牌、宣敕若干，使行省官集会海道，并有司官募运户或民间有人力者，给以半□文券，获贼多则赏以金牌、千户，次则赏以银牌、百户。赏者赏以金帛，倘有成功，随即行赏，然后咨申都省闻奏，不使虚行照勘，徒稽岁月。其各处有司，水淹虚包田粮，随即申报灭除。其盐课、酒课、税课增多难办者，随即申报灭除。不使虚行照勘，以失大信。如此则民安其生，不饥不寒，而作贼者少矣。虽然，此一时救弊之策，若经久安民之计，不在开海道也。海道通，此海民之侥幸，非国家经远之计也。

谨对。①

细读作品可知，该文是一篇典型的应对时事危机的策论。文前抛出

---

① 《存复斋续集》。

的话题是，近来，江浙一带"盗贼猖獗，肆行剽掠，梗涩海道"，在大元圣朝的治理下，已初见成效，但考虑"凶暴之未化，党与之未除"，故仍需"裒集众长，讲究关防巡绰之法"。对此，作者先述平江路地理之重要，再析盗贼兴起之原因，然后谈应对之办法。作者认为，盗贼兴起乃税赋沉重、官僚腐败所致，因此，政府的轻徭薄赋、清明诚信乃当务之急。文中揭露了元代社会的官场腐败，"重赋横敛，务求羡余，致有激变"，"且以州县税粮言之，有额无田，有田无收者，一例闭纳。科征之际，枷系满屋，鞭笞盈道，直至生民困苦，饥寒迫身，此之为盗之本情也。至于酒课、盐课、税课，比之国初，增至十倍。征需之际，民间破家荡产，不安其生。致作贩夫入海者有之。目今沿海贫民，食糠秕不足，老弱冻饿，而强壮者入海为盗者有之。一夫唱首，众皆胁从。此其为盗之本情也"。"赋役烦重，赏罚不明"，盗贼兴起之原因乃官逼民反，税赋沉重，百姓难以承受，于是起而反焉，以致动乱频起。文章起承转合，论证有力，结构缜密，有水到渠成之势。

朱德润步入仕途，走的并非科举之路，故他对主要应用于应试的策论写作甚少，但从上文可知，即使偶一试笔，也写得中规中矩，从中可以一窥其文章写作的功力。

四 言词恳切的赠序

"序"为文体，分为两类，一为序跋文，二为赠序。序跋文是对著作诗文的说明文字，序置于书或诗文之前，跋置于后，性质相近。赠序则专为送别亲友而作，初由诗序演变而来。古代文人在亲朋师友离别之际，常常设宴饯别，宴上往往饮酒赋诗，诗成，则由在场某人为之作序，后来发展到虽无饯别聚会或赠诗，送别者也要写一篇表示惜别、祝愿与劝勉之文相赠，于是，赠序与序跋分立，可以叙友谊，道别情，还可述主张，议时事，咏怀抱，劝德行，表达作者的理想、见识，以及师友亲朋之间互相劝勉和别后思念的感情，成为叙事、说理兼抒情的散文。清姚鼐云："赠序类者，老子曰：'君子赠人以言'。颜渊、子路之相逢，则以言相赠处。梁王觞诸侯于范台，鲁君择言而进，所以致敬爱，陈忠告之谊也。唐初赠人，始以序，作者也众，至于昌黎，乃得古人之意，其文冠绝前后作者。苏明允之考名序，故苏氏讳序，或曰引，或曰说。"① 在朱德润文集中，最能体现其论说风格者当属赠序。

在古代文体中，赠序多述友谊、叙交游、道惜别，但其中亦不乏论说之作，如韩愈的《送李愿归盘谷序》、柳宗元的《送薛存义序》、马存的《赠盖邦式序》等。朱德润赠序的题材亦如此，往往在述友谊、叙交往、赞高德、勉后进的同时，表达自己对世界和社会、人生的思考。譬如《赠钱刚中序》，该文乃作者为占卜者钱刚中写的赠言。开头先介绍与被赠序者的关系：青年时代，两人"曾共樽俎，话桑梓"，是情投意合的挚友，后来分别走上不同的道路。作者步入仕途，而钱刚中则以卜筮为业。接着就其占卜之业感而发论，讲述自己的卜筮观：虽然钱氏不能像古代占卜者楚丘之父、史苏那样出入于宫廷，以卜筮辅佐社稷公室，但却无碍于其慰人以藉，"为人子卜教之孝；为人臣卜教之忠"，使受者"思向之情亲、意闲、志壮，可以激志励气"，如此"激志励气""垂训于四方"，才是占卜者的正道。作品以叙带议，借事发论，既表达了对钱氏的安慰，又表达了自己的卜筮观。再如《赠医士顾叔原序》，是一篇写给医生的赠言。文章开宗明义："达则在官以拯生民，不达则明医而活夭折。"孟子说："穷则独善其身，达则兼善天下。"诸葛亮说："不为良相，便为良医。"作者兼顾二者以发挥，成此一说。然后讲述顾叔原持贫行医的懿行，行医日久，生活反而益贫，原因就在于他"衣褐趋走闾巷，亲视羸弱，益不以货财为较"，有爱民利物之心。与时风日下的庸医、贪医相比，顾氏实乃善医也。作者由此发论，表明自己的道德观："无恻隐之心者，不可以有位，亦不可以为医。"全文以议始，以议结，叙议结合，首尾照应，是一篇结构严谨的论说散文。《送陈诚甫下第序》是为科举春试未中的陈诚甫写的劝勉词，亦是一篇论证严密的议论文。面对科考不利的年轻学子，文章开头先亮出自己的人才观。作者认为，一个人能否有大事业，不单在是否中举，有很多事情难以预料。昔日之贩夫走卒今日之王侯将相者大有人在，"泛驾之材，跅弛之士，其御之也必有道"。况且，今日之落第者，只是情志"不合于有司"、科举考试难以网罗而已，因此，科考落第者大可不以为意。"他日有登高科、显事业而在夫七

---

① 《古文辞类纂序》，载（清）姚鼐编《古文辞类纂》，上海古籍出版社1998年版。

人中者，予不得而知之矣"。作者就落第一事发论，见解颇为深刻。《送马清风道人北游序》一文，借与道人谈玄表达了作者的生死观。马清风道人讲"性命之宗，物我俱忘，出无入有，而莫可准绳之"，认为性命在"物我俱忘"中会恒存长在，难以用世俗的生死标准来衡量。作者似乎不以为然。他认为"人生天地间，有生则有死，若旦暮然"，人乃气形的结合，生死如日夜轮回，是自然常态，那种"离形去智，谢绝生死"的想法是难以实现的。正因为人有生死，人类才生生不息。这种生死观是旷达的。《送韩伯皋参政之湖广序》表达了一种"爱民利物"的为政观。朋友韩伯皋在到异地任职时，作者以文相赠。作者由韩氏对旧衣之独亲而想到执政者与民众的关系，引申出一段关于施政的对话，通过对话论述施政的道理，认为唯有"爱民利物"，方可使"来者怀之，逆者威之"，"故昔人有终身之忧而无一朝之患，无当时之乐而有千古之荣焉"。这才是德与名不朽的根本所在。此文实可作为执政者之箴言。《送李明之充吴江州儒吏序》一文，在赞美李明之以儒学辅吏治的同时，从道与法的角度谈自己的读书观，认为读书之用大矣哉，就个人修养而言，它可使人知"道"识"法"。就仕途而言，可以使人判明事理，明辨因果。但由于社会风气的原因，一些人认为学儒与从政是相悖的，这种认识最终导致的结果是，一涉及利益，许多人便忘记了大义。这正是教育失误所致。

由上可见，赠序多与所赠之人相涉，作者的立论言理往往由对人事的叙述引出，在赠人以嘉言的同时，引申发论，故常常叙议结合。文章因事具而扎实活脱，因理备而精要深刻，在语言简约、说理透辟的同时，又具有情理兼备、气势充沛的特征。

五 评诗衡文的书序

赠序之外，作者还写有一些书序。

就文体发生学角度言，书序是序体文中出现较早的文类。"序者，序典籍之所以作。"① 作为文体，序乃写于书或诗文之前，对其写作缘由、内容、体例和目次，加以叙述、申说的文字。基本上都属于议论文的范

---

① （宋）王应麟：《辞学指南》，广陵书社2016年版。

畴。如曹操的《〈孙子兵法〉序》，着重说明了为《兵法》作略解的原因；萧统的《陶渊明集序》从赞扬自古有道之士能避世全身的美德出发，高度评价了陶渊明的诗文和人品；韩愈的《读〈张中丞传〉后叙》论述了张巡、许远的功绩，驳斥了对张巡等人造谣中伤的谬说；欧阳修的《伶官传序》通过对后唐庄宗李存勖盛衰过程的分析，阐述了"忧劳可以兴国，逸豫可以亡身"的历史教训，告诫人们以史为鉴，避免重蹈覆辙。朱德润的书序亦有几种情况，如《郑夹漈诗传序》是关于学术观点的讨论，在该文中，作者先叙为序之由：宋郑樵《诗传训诂》对古经籍之解"发诸儒之所未发"，林子发对此作校实为可贵，再述郑氏诗传之精义"可以发挥后学之未究，而涣明千载之微辞奥义者也"，并将郑樵之学与朱熹之学进行比较："朱氏之学淳，故其理畅；郑氏之学博，故其义详。"最后道出郑氏《诗传训诂》的价值和意义："理以明之，义以析之，则斯传也当相为引用而讽咏之。"文章脉络清晰，观点鲜明，既指出了朱氏之学的价值，亦道出郑氏之学的意义，是一篇很好的学术短论。再如《集清画序》，是一篇因画引申发论的文章，这是写给朋友尹从善的画序。文中除赞赏尹氏"质淳""气清""好古而博雅"之品性外，亦谈及画家的创作心态："然于风和日明傍花随柳之时，观山川林壑远近之势，感春夏草木荣悴之变，朝清而夕昏，远淡而近浓。凭高览远，亦足以乐天真而适兴焉尔。"这里，"乐天真而适兴"道出艺在性情的美学观念，甚合艺术规律。再如《临川曾氏郊祀礼序》是一篇由书稿内容引发的议论，此文乃为时人曾无明《郊祀礼》所作之序。作者讲述历史上郊祀礼之沿革变化，认为礼不可泥古，应除繁文缛节，以合祈神之质，且不烦民。曾氏之论，正乃此义。从作者提出的"凡出入仪卫、行宫、大次之礼可杀焉，百官有司荫补、锡赉之恩可省焉"的观点中，可窥知作者对官场奢华、入仕不公的政治体制的批判。《友山诗序》是就朋友高尧臣的诗作而产生的感慨。该序更像是一篇随笔。作者借友人高尧臣之口表达自己对山水自然的向往。在淳风日没、友道荒废的时代，还有什么人可以做朋友呢？真正能为友者唯有山水耳。因此，远离富贵，以云山为友，才是人生的最佳选择。

　　由上述可知，朱德润的书序，并非仅言书稿，往往在评论书稿内容的同时引申发论，借他人之酒杯浇心中之块垒，因此使序文在原初酬赠基础上增加了一层新意,可谓别有怀抱。

六 述事论理的记文

在朱氏的论说文中,还有"记"。

"记"在古代属"杂记文",可以记人事、记山水、记景物,亦可论理。明徐师曾在《文体明辨序说》中说:

> 《金石例》云:"记者,纪事之文也。"《禹贡》《顾命》,乃记之祖;而记之名,则昉于《戴记》《学记》诸篇。厥后扬雄作《蜀记》,而《文选》不列其类,刘勰不著其说,则知汉魏以前,作者尚少;其盛自唐始也。其文以叙事为主,后人不知其体,故以议论杂之。故陈师道云:"韩退之作记,记其事耳,今之记乃论也。"盖亦有感于此矣。然观《燕喜亭记》已涉议论,而欧苏以下,议论寖多,则记体之变,岂一朝一夕之故哉?……又有托物以寓意者,有首之以序而以韵语为记者,有篇末系以诗歌者,皆为别体。至其题或曰某记,或曰记某,则惟作者之所命焉。①

从上述文论可知,"记"体文最初是以叙述为主,在汉魏以前并不多见,到唐代始盛。至宋以后,在"记"体文中议论的成分逐渐增多,是为新变。朱德润的"记"体文正是这种新变后的产物。

朱氏之"记",多为斋轩亭堂庙庵之记,且大都以述物为引,以论理为结。在结构上,往往叙议结合。叙者,只是由头,所议,即由叙述而生发出来的感想或见解,才是行文的旨归。如《刘大本拙庵记》,该文在叙庵之前,先来一段议论:大千世界,知万物而趋事赴功者人也,在"民风嚣淫""变诈百出"的时代,如何处世为善?贤人君子往往归隐郊野,或"问如不知",或"犯而不较","以高节迈世",以"立言"而存世。因此,作者推崇辛甲、鬻子、长庐、王狄、老聃诸人以立言存世的

---

① (明)徐师曾:《文体明辨序说》。

方式。① 在作者眼里，这五人都属于"民风嚣淫""变诈百出"的时代"立言于不朽者"。作者认为，圣人的品德在于身处纲常之内而善"纳之于中"，毋使其过，亦毋使其不及，"即父子而父子之道亲，即君臣而君臣之义定，即寒暑而寒暑之岁功成，即穷达而穷达之天理得"，以至于能"虚灵应物而不穷"。正如《易》中所说"居而安"，即"得其序"。刘大本起名"拙庵"并非要"伏智""藏巧"，而是在仰慕古人的做人之道罢了。宋白玉蟾曾有诗亦言"拙庵"：

> 笑携藜杖倚寒松，现世神仙一拙翁。冠簪投关离玉阙，天人推出镇琳宫。身居星弁霞裾上，心在烟都月府中。岂是摩挲令发黑，不须服饵自颜红。百年赢得十分讷，万事算来俱是空。解织蜘蛛空结网，能言鹦鹉被樊笼。闲将世味闲中嚼，静把天机静处穷。学巧不如藏巧是，忘机不与用机同。虚空不语虚空广，造化无声造化公。六贼奈人闲不得，十魔见我懒相攻。凝神多得伴呆力，养气无非守口功。欲雨只消呼澄沆，要雷略目召丰隆。人间若也不容住，学骑白鹤乘天风。②

诗写道人甘于拙讷、乐处虚静、万事俱空、唯求长寿之心绪。两相对读，白诗之遁尘避世，朱文之中和用世，境界可辨矣。统观全文，名为"刘大本拙庵记"，而实际述及人与庵者不足百字，作者的议论完全是从如何成为善处世者角度展开的。又如《成庆堂记》关于善举与孝行的议论，该文因堂而写，因堂而叙，因堂而发论，是一篇叙议结合的散文。文章开头先发议论：人生于世，何谓可庆之事？是高官厚禄、子孙满堂吗？非也；是功成名就、泽下于民吗？非也；是家有千金、奴婢成群吗？非也；是大权在握、发号施令吗？非也。那么，可庆者谓何？作者用晏子

---

① 辛甲、鬻子皆为早期道家人物，生活于商末周初，辛甲尝向纣七十五谏，纣不听，方去而至周。复由召公奭推荐，任周太史，受封于长子（今山西长治西）。曾倡议百官群臣各献箴言，劝王行善补过。著有《虞人之箴》。鬻子九十岁拜见文王，文王、武王、成王时期，皆以之为师。著有《鬻子》一书。长庐、王狄皆为战国时道家学派代表人物，前者著有《长庐子》九篇，后者著有《王狄子》一篇。老聃即老子，著有《道德经》。

② 《拙庵》，载（宋）彭耜编《海琼玉蟾先生文集》，国家图书馆藏明刻本。

语导出该文的中心,即"父慈而教,子孝而箴,兄爱而友,弟敬而顺,夫和而义,妻柔而正,姑慈而从,妇听而婉,礼之善物也"。观点摆明之后,作者讲述了王彦诚兄弟五人家庭和睦、乐善好施、扶人济急、忠孝齐家的美德。在整体结构上,人物事件只是作为一个事实论据而存在,并不是文章议论的核心。在写作手法上,以议为主线,以叙辅之,叙议结合,论点突出,是一篇优秀的议理之作。《玉雪坡记》当属一篇优美的哲理散文,作品由玉、雪之洁入题,讲玉雪坡亭之由来。"物之万殊而形色有不同者,其赋性各出于所天也。"周伯温喜梅,植梅于坡并命名为"玉雪",是看准了梅花所具有的洁白之性,实即其人心灵好尚的反映。作者写梅之态,简洁而形象:"观其玲珑焉,的皪焉,冰肌粉态,粲然如玉之润,烨然如雪之明;若天产焉,若阴凝焉,虽实非玉雪而玉雪可比观焉。"生动的描绘道出梅与玉雪之关联。然后由物及人,讲人的洁白之心其实受天地自然的影响。

此外,朱氏的论说文还包括一些铭体文,借他人之事,阐微发思。如《寿域铭为吴思可左丞赋》:

  大哉寿域,仁基义垣。东序养老,西郊尚贤。政教之泽,洽于人心。天地覆载,日月照临。皇建有极,宰臣燮理。五气斯顺,四序时履。雍容吴公,荷帝之锡。五福具来,好是懿德。式训忠孝,贻谋子孙。愿崇令闻,佐国佑民。冈陵之寿,松椿之年。戬谷永昌,如此颂言。①

该文乃为吴思可左丞所撰寿词。作者认为欲得长寿,仁乃基石,义乃墙壁。吴氏政教合乎人心,雍容有度,忠孝两全,德高望重,佐国佑民,此长寿之表征也。作者借祝寿之语,道出人生修德之功。再如《生生堂后铭为豫章胡伯雨赋》:

  天地成化,仁心生物。万变一理,维诚无息。五行殊功,二气实体。动静互根,那有终始。元者善长,生生相续。继善成性,中

---

① 《存复斋文集》卷之一。

和位育。仰彼先觉，有开我蒙。图书之作，万世永功。①

论述先哲经典对后世的启蒙拓智之功。认为仁心与真心、善心与中和乃文明生生相续之根本。

七　歌功颂德的赞文

"赞"为文体，始于图赞，即对图画中的动植物品性加以褒贬。如刘勰所言："赞者，明也，助也……然本其为义，事生奖叹，所以古来篇体，促而不广，必结言于四字之句，盘桓乎数韵之辞，约举以尽情，昭灼以送文，此其体也。发源虽远，而致用盖寡，大抵所归，其颂家之细条乎！"② 赞体后来发展为三类：一为脱离图画的赞，如《史记》《汉书》"叙目"中的述赞和《汉书》诸传后面的赞；二为与图赞并列的赞人的像赞或画赞，多为赞美之词，如《文选》卷四十七所收夏侯湛的《东方朔画赞》；三是前有叙事后为韵文的序赞，如《文选》卷四十七所载袁宏的《三国名臣序赞》。至魏晋，赞体中的"兼美恶""含褒贬"功能，已递嬗为"称人之美""歌德""述功德""述休风"的性质。清王兆芳《文体通释》认为："赞者，明人物之美恶，令其著见也。李充曰，容象图而赞之，宜使辞简而义正。萧统曰，图象则赞兴。主于拟象事物，明见如图。"③ 基本上，以形象的笔墨描写，辅之以议论，已成为赞体文的主要特征。朱德润所撰赞文多数属于后两类，皆属"事生奖叹"之辞。比如他在《李伯时二疏图赞》中对历史人物的赞辞：

妙哉龙眠，仪彼公卿。图饯二疏，还归其乡。汉嗣中衰，谁其曾孙？霍也无术，宣也少恩。匪躬之节，孰不君亲？位高爱博，谤生祸臻。弗有退也，胡知其荣？南金帝锡，车盖幢旌。进则师傅，退则士子。我禄我亲，来偕甘美。④

---

① 《存复斋文集》卷之一。
② （南朝梁）刘勰：《文心雕龙·颂赞第九》。
③ （清）王兆芳：《文体通释》。
④ 《存复斋文集》卷之七。

这是作者为李公麟的《二疏图》所写的赞文。二疏,指汉宣帝时名臣疏广与兄子受。① 该文借李公麟《二疏图》赞美疏广、疏受的功德人品,"进则师傅,退则士子。我禄我亲,来偕甘美"是二疏人品的完美体现,而"位高爱博,谤生祸臻。弗有退也,胡知其荣"则是对二疏人生态度的总结。二疏深谙进退之理,是他们保有名节的关键所在。作者在另一篇赞文《祖二疏图赞》中亦重点提及二疏的这一处世特点:"君子见几,不俟终日。"②

在《丁晋公画像赞》中,作者对另一位历史人物丁谓做出评价:

色清以愉,形坚而癯。其遇也,衮衣华章;其降也,幅巾布襦;其荣也,刻玉天书;其悴也,禅悦道腴。方其玉堂中书,不知为崖、雷。道之启途,及其一纪之纤,然后知否泰交极而反复、天道之盈虚者乎?③

丁晋公即丁谓(966—1037),字谓之,后更字公言,两浙路苏州府长洲县人。先后任参知政事、枢密使、同中书门下平章事,前后共在相位七年。因鼓动皇帝大兴土木、陷害忠良、利用迷信愚弄皇帝而被天下目为"奸邪"。丁谓最后被罢相,贬为崖州(治所在今海南省三亚市)司户参军。该文借画像表达对丁晋公升降荣辱遭际的感叹,难道他在相位时不曾想过人生会有跌宕起伏吗?

《雪钟馗图赞》所写的是民间传说中的人物:

天同云,雪纷纷。欷钟馗,降福神。辟百邪,静乾坤。屡丰年,

---

① 疏广自幼好学,博通经史,被朝廷征为博士。汉宣帝时,选疏广为太子太傅。疏受,亦以贤明被选为太子家令,后升为太子少傅。疏广、疏受在任职期间,曾多次受到皇帝的赏赐,并称为"二疏"。两人同时以年老乞致仕,时人贤之。归日,送者车数百辆,设祖道,供张东都门外。归乡后,将财产散之乡里。二疏去世之后,乡人感其散金之惠,在二疏宅旧址筑一座方圆三里的土城,取名为"二疏城";在其散金处立一碑,名"散金台",在二疏城内又建二疏祠,祠中雕塑二疏像,世代祭祀不绝。
② 《存复斋续集》。
③ 《存复斋文集》卷之七。

乐万民。①

此文当为北宋著名画家孙知微的《雪中钟馗图》而作。钟馗是中国民间传说中能除鬼的神。唐人题吴道子画钟馗像，略云：明皇梦二鬼，一大一小。小者窃太真紫香囊及明皇玉笛，绕殿而奔；大者捉其小者，擘而啖之。上问何人，对曰："臣钟馗，即武举不捷之士也。誓与陛下除天下之妖孽。"后世图其形以除邪驱祟。作品赞美了钟馗为民除害降福人间的美德。

《太极图赞》属于典型的图画赞：

> 道原于天，无极太极。阳奇阴偶，圣用作《易》。惟子周子，厥图是究。象帝之先，无声无臭。三材既立，人禀独秀。有物有则，厥修在懋。万理一贯，惟心之灵。秉彝好德，罔或不承。仁焉生物，随类赋形。禀异欲蔽，克复惟诚。天高地下，岳峙川流。希贤作绘，用赞大猷。②

作者赞美太极图的奥妙所在。天地人三者之中，人最重要。各种规律之中，人的努力最重要。应该执持常道，修养美好的品德，否则，受到蒙蔽，将难有担当。万事万物，皆随类赋形。持有何种修养，便会成为何种人。要使自己的行为合乎周礼，唯有真心与实在。

《浑沦图赞》则是作者对自己的绘画作品写的赞辞：

> 浑沦者，不方而圆；志浑沦者，不圆而方。先天地生者，无形而形存；后天地生者，有形而形亡。一动一静，一翕一张，是岂有绳墨之可量者耶？③

浑沦，指浑然一体不可分之状态。《列子·天瑞》曰："气形质具而

---

① 《存复斋文集》卷之七。
② 《存复斋文集》卷之七。
③ 《存复斋续集》。

未相离，故曰浑沦。浑沦者，言万物相浑沦而未相离也。"《浑沦图》坡石突凸，石间古松盘曲多姿，藤蔓牵缠松干，飘曳向空。图右方一圆圈，如日如月，其意玄奥不可知。此图表现作者对世界的认识。

《斡克庄侍郎贺兰山图赞》是对友人画作所作的赞语：

贺兰之山，大河之西。毓秀孕灵，焕发天机。我斡大夫，风云之姿。江湖气谊，月露襟期。材为国桢，学则民师。用作斯图，品物象仪。①

斡克庄，即斡玉伦徒，字克庄，号海樵。元宁州唐兀人。登进士第。历奎章阁典签、淮西廉访佥事。顺帝至元六年（1340）迁江南行御史台经历，次年擢福建廉访副使。入为工部侍郎，参与修《宋史》，累迁山南廉访使、侍御史。该文称画中之山，钟灵毓秀，生机勃发。而斡氏亦是豪迈壮烈之人，有江湖义气和磊落胸襟，为国家的栋梁之材，学问则堪为人师。

《韩叔亨右丞山水图赞》亦是对友人绘画作品的赞美：

天地定位，山川成形。涵泽通气，育秀孕灵。才猷之妙，匡济其能。若涉大川，舟楫具来。洽散处顺，民心攸归。民众若丘，匪夷所思。②

韩叔亨即韩涣，字叔亨，元淮安人。仁宗延祐二年（1315）进士。泰定三年（1326）任江南行御史台监察御史。历刑部尚书。顺帝至正四年（1344）迁江浙行省参政，六年升左丞。后改任四川行省左丞。该赞谈《山水图》之精妙，称其"若涉大川，舟楫具来。洽散处顺，民心攸归"，从画中能悟到世态变化之理，感受到人间之象。

在朱德润的赞文中，还有一部分是对现实中人物的赞辞，如《吴仲常太守德政碑赞》：

---

① 《存复斋续集》。
② 《存复斋续集》。

> 封建既远，列郡置牧。汉称龚黄，文翁兴蜀。教民耕桑，衣食用足。爱修礼义，用厚风俗。衎衎吴侯，古训是勖。恕以容众，勤以惜阴。不苛不猛，不骄不矜。岂弟君子，实获我心。①

吴仲常即吴秉彝，字仲常，元燕人。由兴济县（治今河北沧州北）主簿累迁为懿州（治今辽宁阜新东北）知州，后历任监察御史、彰德路总管。顺帝至正初年为江西行省参知政事。该文认为，历朝历代奉公守法的官吏都有仁厚的品德，吴仲常亦是如此。他性情刚直，遵奉古训，珍惜光阴，勤奋敬业，对百姓宽恕包容，不自高自大，故深得民心。

再如《左监司善政碑赞》对左监司的赞美：

> 东南水国，障田为围。地利有程，民力攸资。水旱丰荒，实由天时。力不可致，弗强以威。惟贤左公，恤兹癃疲。民乐其惠，勒于穹碑。作歌歌公，以劝后来。②

该文讲述善政碑之由来。面对自然灾害，能否体恤民情，便成为地方官吏是否优良的重要标准。因为左公能"恤兹癃疲"，方得民心；唯有"民乐其惠"，方得"勒于穹碑"。

从以上作品可以看到，朱德润的赞体文除个别篇幅如碑赞外，大都未脱离图画，"事生奖叹"，且基本上都属于比较纯粹的赞美之辞。或以图引，或以像引，或以碑引，最终都归结到对人的品格的赞美，并无真正的"词兼褒贬"之作。应当说，这与作者对材料的选择有密切关系。从赞文中不仅表现出作者对高尚人格的赞美，同时亦可看出作者对古代圣贤（如二疏）人生态度的认同，以及对世界发展变化的认识。

综上所述，朱德润的议论性散文，大都是在借人事物景而发论，议兴亡，论得失，谈荣辱，话虚实，很少有像当时邓牧所作的《君道》《吏道》之类的直接面对当下政治的评价，故并无严格意义上的政论散文，这与他的经历有关，亦与他谨于言慎于行的性格密切相关。

---

① 《存复斋文集》卷之七。
② 《存复斋文集》卷之七。

宋人姜夔说："学有余而约以用之，善用事者也；意有余而约以尽之，善措词者也；乍叙事而间以理言，得活法者也。"① 朱德润的论说散文正是如此，作者借事言理，借物喻理，缘情推理，有感而发，以叙带论，叙议结合，"或则列圣人之微旨，或则名（摘）诸子之异端，或则发千古之未寤，或则正一时之所失，或则陈仁政之大经，或则斥功利之末术，或则扬贤人之声烈，或则写下民之愤叹，或则陈天人之去就，或则述国家之安危"②，在精要的叙事中具体生动地表达出对社会人生的深刻思考，显得活而不空，深而不晦，带有浓厚的杂文色彩，具有比较突出的文学品性。

第二节 叙事文

在元代的记人叙事散文中，不乏优秀之作，如马祖常的《记河外事》③，揭露了"菽日益贵，民日益病，而有司赋之日益亟"的时弊。"今中山、河间、赵地百姓，无糠籺救旦夕命，人挈男女之里中，不得易斗米"，作者对这种惨状痛声疾呼。而虞集的《陈照小传》更是塑造了一位抗元英雄的光辉形象。当时，常州知州姚訔邀照共守，作品写道：

> 訔、照心知常无险，去临安近，不可守，而不敢以苟免求生，同起治郡事。率羸惫就尽之卒，以抗全胜日进之师，厉士气以守。缮城郭，备粮糗，治甲兵。照输私财以给用，不敢以私丧失国事。身当矢石者四十余日，心力罄焉。及兵至城下，拥壕而阵，矢尽不降。城且破，訔死之，照犹调兵巷战。家人进粥，不复食。从者进马于庭曰："城东北门围缺，可从常熟塘驰赴行在。"照曰："孤城力尽援绝而死，职分也。去此一步，无死所矣！"遣子出城求生，曰："存吾宗之血食，勿回顾！"驱之，号泣以去。兵至，照遂死之。④

---

① （宋）姜夔：《白石道人诗说》，《四库全书·集部·别集类》。
② （宋）孙复：《答张洞书》，《孙明复小集》，问经精舍本。
③ （元）马祖常《石田集》，《四库全书·集部·别集类》。
④ （元）虞集：《道园学古录》卷四四，《四库全书·集部·别集类》。

文中还叙写了甘冒危险、守护陈照之尸不愿离去的义仆杨立，誓死不降而与道观俱亡的天庆观观主等，留下了当年常州军民齐心抗元的悲壮一幕。

在朱德润文集中，类似《记河外事》的单纯记事散文并不多见，大都体现于类似《陈照小传》的纪传体作品中，其中以"记"体为多，就题材而言，大体可分为记人、记游、状物三类。

一　记述人物生平事迹的传体文

传之为体，古来就有。明徐师曾在《文体明辨序说》中说：

> 字书云："传者，传也，纪载事迹以传于后世也。"自汉司马迁作《史记》，创为"列传"以记一人之始终，而后世史家卒莫能易。嗣是山林里巷，或有隐德而弗彰，或有细人而可法，则皆为之作传以传其事，寓其意；而驰骋文墨者，间以滑稽之术杂焉，皆传体也。故今辨而列之，其品有四：一曰史传（有正、变二体），二曰家传，三曰托传，四曰假传，使作者有考焉。①

又清吴曾祺《文体刍言》：

> 传者，传也，所以传其人之贤否善恶，以垂示万世，本史家之事，后则文人学士往往效为之。或谓之家传，则以藏之私家为名；叙次甚略者，则谓之小传；单述轶事者，则谓之别传，又谓之外传，各因其体而为之名。②

从前人文论可以看到，传体文大体可分三类：史书上的人物传、文人学者撰写的散篇传和用传记体虚构的传记小说。在朱德润文集中，以介绍人物讲述事件为中心的作品并不多，《萧景茂传》是其中难得的一篇。这篇作品应该属于第二类，它不同于专写帝王将相的史传，而是写

---

① （明）徐师曾：《文体明辨序说》。
② 吴曾祺：《文体刍言》。

生活中的小人物，专注于其事迹的某个方面，写其行为，颂其品德，具有较强的艺术魅力。原文如下：

> 萧景茂者，漳州龙溪县隔州里人也。性谨厚，以信义著于乡里。至元甲子，山寇劫掠漳浦县诸乡，景茂率乡人树木立栅。贼至，坚不得入。而别乡民有潜与贼谋者，引之从间道入，由是景茂被执。贼倨坐使拜，景茂曰："汝贼也，吾何拜为？"贼乃生置景茂军中，俾藉以诱民胁从。景茂骂曰："逆贼，国家何负汝而反耶？汝之族党何辜？而汝累之！汝之乡民何辜？而汝累之！"贼相顾语曰："吾杀人多矣。反至吾寨者，皆哀号以求生，未有若此馁夫倔强不屈者。度其志终不为吾用，与其存之以取辱，曷若杀之以令众？"遂缚景茂于树，刲其肉使自啖之。景茂含血而骂曰："我食己肉，虽死不惮。汝等逆贼，将碎尸万段，虽狗彘不食汝肉也。"贼怒，绝其舌而死。是年某月，贼既平，龙溪县以事闻，给赙葬之礼，俾复其家。於乎勇哉！
>
> 《礼》曰："臣下竭力尽能，以立功于国，君必报之以爵禄。"又曰："有义之谓勇敢。"夫景茂者，编氓也。猝然遇寇至，能备御以护其乡，有比闾之义焉。临难能死事，有敢勇之义焉。生虽无爵，死宜报焉。①

作品记述的是一位为保卫家乡与盗贼搏斗牺牲的地方勇士的事迹。萧景茂为抵御山寇入侵，率乡人树木立栅，在被俘之后不屈不挠，英勇就义。作者对人物的刻画极其生动，尤其是萧景茂被缚于树迫吃己肉时的情景："景茂含血而骂曰：'我食己肉，虽死不惮。汝等逆贼，将碎尸万段，虽狗彘不食汝肉也。'贼怒，绝其舌而死。"宁死不屈、大义凛然的气节令人动容。

该文所述人物事迹，《元史》有载：

> 萧景茂，漳州龙溪人也。性刚直孝友。家贫力农。重改至元四

---

① 《存复斋文集》卷之五。

年，南胜县民李智甫作乱，掠龙溪。景茂与兄佑集乡丁拒之，据观音山桥险，与贼战。众败，景茂被执。贼胁使从己，景茂骂曰："狗盗！我生为大元民，死作隔洲鬼，岂从汝为逆耶！"隔洲，其所居里也。贼怒，缚景茂于树，脔其肉，使自啖。景茂益愤骂，贼遂以刀决其口，至耳傍，景茂骂不绝声而死。有司上其事，朝廷命褒表之，仍给钱以葬。①

《元史》撰者宋濂与朱德润为同时代人，但洪武二年（1369），宋氏方奉命主修《元史》，故朱德润文章中人物材料，应当比《元史》更富于原创性。可以推测，萧景茂事迹在当时社会上已广泛流传了。

《善政诗序》是一篇人物传。作品记述的是官员苫思丁的德政。苫思丁，字成之，回回人。元仁宗延祐年间，为辽州（治所在今山西昔阳西北）监郡，迁吏部侍郎，后历仕英宗、泰定帝、文宗三朝。至顺三年（1332），任庆元路（今浙江宁波一带）总管。为官清廉，善理财政。修筑渠池、屯田劝耕、严惩贪官、减轻民众的漕运负担，四明（今浙江宁波）民众曾立碑以纪之。文章记述他在庆元路任职时的事迹。在他赴任之前，由于长期以来地方政府赋税叠加，"正赋不能充，又敛诸恩赐戚里、官寺，及灾沴不登之数以输之。由是府及于州，州及于县，交征互取，民间弃产剥肤，犹不能偿。"当地百姓早已苦不堪言。苫思丁到任后，"遍诣诸省宪曰：'吴民困矣。官苟不恤，则流离冻饿者众。后之赋税，其不艰入乎？'"于是"省宪始惊其言，终允其请"。他"新公道、去弊政，减赋轻徭"，"吴民得免科粮七万七千有奇"。百姓拥护，感曰"丁使君活我"。在此，作者还插叙了苫氏过去在他地任职时的善举，比如官监镇江路录事司时，为"敦风化"，"手抄陈古灵先生训俗文，刻施民间"，种种举措，又如任吉安郡幕时，"毕滞讼一百七十余事。又作九等三甲之法以平民"，作者论曰："痒疴疾痛之举切吾身者，仁人之心也。"文章通过具体事例描绘出一个胸怀民生大计的良吏形象。关于苫思丁的事迹，时人许有壬有《题苫思丁成之去思碑》诗，可互为参照。诗曰：

---

① 《元史》卷一百九十三《忠义一·萧景茂传》。

当时同列共精贞，深幸抡材与鉴衡。
漕府五年书上考，海天双节照连城。
春留旧治棠无恙，云护丰碑藓不生。
竹马儿童应有语，四明山水故多情。"①

同时，《善政诗序》也表达了作者自己的政治理念，即为政者要有"仁人之心"，要能感同身受。体恤民生疾苦。以惠民为己任，是一个官员应该具有的"良吏之风"。

《书赠故朴公秋山图》叙述赠送朴公《秋山图》始末，文章虽短，却十分感人：

延祐庚申春，德润居京都。三韩相国朴公两来寓所，屡请仆作山水图，仆以公务未遑也。是年五月，又携书南归，期以再会唯命。至治二年春，德润始以受朝命还京，及携斯图诣报前诺，公殡墓之木拱矣。

於乎！生者不可欺，公灵岂可负乎？谨以图悬诸堂，而祝曰：

昔公生兮，来索我图；今我来斯，公殁已逾。悬图约属公之孤，公没有知。②

作者先概述朴公两次求画皆因公务未成，等两年后自己携画前往拜访时，朴公已故。该文语言朴实，却有一种内在的感染力。尤其是"公殡墓之木拱矣"一句，让人不胜唏嘘。

《送顾定之如京师序》③ 名为赠别，实则写顾氏其人。作者回忆与顾氏的过往友情及其升迁经历，言其性格"小心谨畏，勤侍奉公"，赞其为学专心致志，绘画亦非同流俗：行笔遒劲，风梢云干，真得萧协律④之

---

① 白寿彝主编：《回族人物志·元代》附卷之二，宁夏人民出版社1985年版，第363页。
② 《存复斋续集》。
③ 《存复斋文集》卷之五。
④ 萧协律即唐代画家萧悦，兰陵（今属山东）人，曾官协律郎。善画竹。白居易在《画竹歌并引》中说："协律郎萧悦画墨竹，举时无伦。萧亦甚自秘重，有终岁求其一竿一枝而不得者。"

法。并言其墨竹画得"逼真"、瘦竦，意气风发，以至于达到猛一看"不似画"的乱真程度，使人赏之如同置身于竹林之中。朱德润认为，画品反映人品，"竹之凌云耸壑，若君子之志气；竹之劲节直干，若君子之操行；竹之虚心有容，若君子之谦卑；竹之扶疏潇洒，若君子之清标雅致。是皆定之平日意念之所及也"。作者认为，顾定之以儒学修养规范自己，勉励自己，不仅画显人格，其为官也，亦得到百姓的拥戴。从画风中看人格，从政绩中观人品。作者把人物写活了。

此外，还有像《送孙仲远经历序》①，讲述孙仲远在任期间专心公务、为民造福、勤苦不怠的事迹。他对施政的大胆建言，"不扰而事集"的工作作风都给读者留下深刻印象。《密阳朴质夫庐墓图记》② 一文，写高丽人朴仲刚的勤学与孝道。作者记述他求学的情景，以及他惦念守墓的父亲请求绘出庐墓的渴求，赞美他勤奋好学的态度和孝顺之心。元代当时的社会风气如文中所言，"世变风移，流俗侈鄙，生有不能致其养，死有不得谨其藏"，因此，作者对中国传统孝文化极其推崇，曾有多篇文章谈及这一话题。

朱氏的许多碑铭文章亦为记人之作。如《江浙行省右丞岳石木公提调海漕政绩碑铭》③。岳石木，又译要束木，历任兵部、刑部尚书，顺帝至元五年（1339）任江南行台治书侍御史。历淮西廉访使、湖广行省参知政事、上都留守、行宣政院使。至正三年（1343）起，任江浙行省右丞，提调海漕、监抽庆元市舶，有政绩。该文主要写其忠于职守、雷厉风行的为政风格，是一篇精彩的人物小传。文章开头写岳石木到漕府任职后与幕僚的对话极富个性："漕有良规，汝择其长亲告，予其从之。有慊于心，不顺乎民，予其除之。"刚直之气溢于言表，使人如闻其声，如见其人。作者长于叙事，精于描写，如写岳石木在视察中对事实认真核查，命令下属对该付钱款分文不得延误，便采用了概叙之法，而对其倡导节俭之风则用一细节展现："及抵昆山次舍，见供张重叠，庖膳丰美，愕然曰：'此非民力所致乎？'却之弗顾。"一个"却之弗顾"形象地描

---

① 《存复斋续集》。
② 《存复斋续集》。
③ 《存复斋文集》卷之一。

绘出他对铺张浪费、豪华接待等恶习的憎恶和拒斥。作者用对比之法写出其主事漕运后"政平事简",给元朝地方和朝廷带来诸多变化,道出将其政绩刻之于石的原因。

还有像《海道都漕运万户张侯去思碑》《昆山州判官边承事遗爱碑》等,都通过极其简洁的语言叙述了人物的为政事绩,描绘出人物勤政为民的良吏形象。

此外,朱氏的祭文大多是对人物品格的记述。如《祭太尉沈王文》是一篇以韵文形式写就的祭文,文中讲述了王璋一生的经历和功绩,言其忠烈义勇、平乱安民、扶助皇上之功,以及克孝克勤、谦和礼让的品德,表达了对逝者的崇敬与哀思。

二 记述游历见闻的记游文

记游散文或曰游记体散文,在魏晋时期就已盛行,由于古代文人对现世的厌恶和对自然的向往,避世隐居之风盛行,对于山水风物的依恋和描绘随之而生,记游体文章亦由此而得到发展。如东晋庐山诸道人的《游石门诗序》和孙绰的《天台山赋》以及其后南朝鲍照的《登大雷岸与妹书》、陶弘景的《答谢中书书》、吴均的《与朱元思书》、北朝郦道元的《水经注》等,都是这方面的代表性作品。但就总体而言,唐代以前的记游散文艺术上并不成熟,"景物描绘与作者的主观感受还没有融为一体",作者"往往是站在客观的角度观赏、观察;而在表现到作品中的时候,有明显的雕琢、描摹的痕迹,往往要在景物之外抒写主观上的体验。作品中的自然还不完全是作者主观感受中的自然,这在自然美的表现上还是处在比较低级、粗糙的阶段",而真正有所改变者,则为唐代的柳宗元,在他笔下,自然已不是纯客观的自然,而是他眼中的自然,融入了他的思想和情感,使山水真正成为他抒情的对象,游记具有了一种抒情诗的美感。① 到了宋代,记游体又有一变,出现了借记叙游踪见闻发表感想与议论的倾向,如王安石的《游褒禅山记》、苏轼的《石钟山记》等,有人说它是游记的变体,甚至将其归入论说散文。但笔者认为,无

---

① 孙昌武:《柳宗元传论》,载朱世英、方遒、刘国华《中国散文学通论》,安徽教育出版社1995年版,第482—483页。

论借记游以描景，还是借景而抒情而议论，都依然属于游记，是游记文体拓展的表现。元代游记紧承宋代，基本上延续了记游发论的书写传统，有代表性的作品如张养浩的《济南龙洞山记》、马祖常的《小石山记》、李孝光的《雁山十记》、萨都剌的《龙门记》、邓牧的《雪窦游志》、王恽的《泂溪记》等。在朱德润文集中，记游类散文常以序和记的形式出现。此类文章虽然在开头或结尾常有议论之句，但内容依然以写游历见闻为主，多为山水描写，通过生动形象的笔墨营造出一幅幅意境优美的图画，表达了作者的热爱之情。

《游江阴三山记》是一篇被收入《千古传世美文》一书的作品：

> 余尝游名山，未尝不稿记其胜。江阴去吴百八十里，不闻佳山秀水之名。至正丁亥冬十一月既望，因永嘉通守余公德汇约为京口之行。余公递舟行速，仆舟迟不能追也。遂自无锡之北门数里大石桥入，过水村渔浦，野田荒墅，草木枯谢。舟行六十余里，至青阳镇，始见酒帘村市，客舟骈集。又十里至佗村，岸高丈余，河流湾曲，若蛇蜿之势。始抵江阴州治，晚谒翟仲直州尹，夜宿杜桥岸下。明日西回，登览高丘，则东瞰长江，南连吴会。复自湾河过佗村而北，皆美田沃壤，斥堠相望，迤逦青山迎棹，樵歌牧唱，相与应答。舟人回牵，沿山前小河而行，村墟相接，岸柳交映。两山之间，浦溆萦带，北通江口地名石堰。既而舟转岸曲，板桥为梁，即三山坞。其间民居辏集，屋瓦参差，稻秸堆委，连衢比巷，如墉如栉，风俗熙熙。翁呼儿荛，妇饷姑汲，牛羊在山，犬豕在圈，鸟噪于林，鸡登于屋，蔼然太平丰稔之象，若古朱陈村焉。其山皆不甚高峻，而松篁苍翠，石磴丹垩，或颓然如屋，或顽然如虎，洼然而湫，林然而壁。少焉却出山坞，有横山在前，野田开豁，水港渐宽，询其地则常之晋陵县界。于是，舟人鼓棹，稚子扣舷，风帆二十里，抵官塘溱市桥而泊焉。嗟夫！一元之气融结于亘古，归气于山泽，而有孕灵育秀。僻在荒陬，不经名贤游览，遂寂寥无闻，江阴诸山是矣。余不识温之雁荡，若吴之灵岩、常之惠山，迨不过是。惜不得与德汇同为寻幽讨胜之辞而品题之，且舟中傲兀，览之未详，姑书以识

岁月。①

作者用极其简约的文字记述了"三山"一带的风土人情，表现了江南风光的秀丽与纯朴。其中叙事状物大量运用白描技巧，如写登高望远之景："东瞰长江，南连吴会"；写佗村之北景色："迤逦青山迎棹，樵歌牧唱，相与应答"；写三山坞之景："翁呼儿荛，妇饷姑汲。牛羊在山，犬豕在圈，鸟噪于林，鸡登于屋"；写出山坞后的行程："少焉却出山坞，有横山在前，野田开豁，水港渐宽，询其地则常之晋陵县界"，等等，语言极其简洁，形象地描绘出鱼米之乡的绮丽风光，是一篇优美的游记散文。

《秀野轩记》在叙述的顺序上十分讲究，作者从秀字落笔，记述轩名之由来及轩处之位置，由秀及野，由理及物，由景及人，步步深入，最终落笔到对人的赞美。文中对轩之位置的介绍可谓精约到了极点：

> 其背则倚锦峰之文石，面则挹贞山之丽泽，右则肘玉遮之障，左则盼天池之阪。双溪界其南北四山之间，平畴沃野，草木葱蒨，卓然而轩者，景安之所游息也。轩之傍幽蹊曲槛，佳木秀卉，翠骈玉映于阑楯之间，得江浙行省左丞周公题其轩之额曰"秀野"，以志其美。②

作者的视点由四周群峰之势，到山间平畴沃野，再到秀野轩之佳木秀卉，由远及近，顺其自然地把书写对象秀野轩推到了读者面前。类似范例还有《灵龙山石佛寺记》，作者讲述灵龙寺之来历及其历史演变过程，先写方位，后叙传说，语言极其简约，一句"自是而后，历陈、隋、唐、五代、宋，日增月累，以至于佛之多，而寺之所由建也"，寥寥数语便把目光从往古跳转至目前。作者描述登寺所见："东望则彭门之偏黄楼故基，西望则项羽所筑戏马台也，北望则九里山，长阪大河界其中，南

---

① 《存复斋文集》卷之二。
② 《存复斋续集》。

望则峄阳、泗滨萦带左右。山川如昔，而人移物换久矣。"① 可谓景随步移，依序道来，忆古思今，浑然一体。语言简约精致，生动如画，实乃记游之佳作。

《游灵岩天平山记》亦是一篇精美的游记：

> 吴郡之西为湖，东为江，独灵岩天平为山之胜境。予昔陪宋尚书诚夫来游，距今十有七年矣。其山峦林麓，陂池之美，盖尝粗记而未能再览其详也。
>
> 至正己丑春莫，判簿顾君定之、毗陵潘子仪、曹德文约予为山行。于是买舟携具，于城西之枫桥入，过雁港，先抵吴安山下，即乘肩舆，行二三里，至观音山。有"寒泉"二字镵于卧石，字皆方丈余。又行抵北山，抚蟠松，还宿衍福精舍。明日，复就肩舆，由吴安山左度天平岭，瞻文正范公故祠。乔木森茂，异石林立。转过野桥村店，山回涧曲，樵歌牧唱，相与应答。其翠微空旷之间，里人所谓鸡经山、虎子谷者，突然乎其左；琴台巘、羊肠岭者，兀然乎其右。迤值上坡陂，经潋确，曰观音峰，曰猿愁岭，皆陟险攀缘而上，直抵灵岩山永祚塔寺后。回望诸山，皆在其下，菜畦麦陇，苍黄相间。入寺，观八角井，步响屧廊，陟香径，登琴台。予足力倦，距两亲而止，回抚偃松，倚磐石，坐涵空阁，南望三山环抱，即太湖之洞庭。山色苍茫，湖光镜净，瞰飞鸢于木杪，睇云帆于天际。于是临前轩，濯浣花池。寺僧揖予于小亭而憩焉，询昔游之记，则已刻于五至堂矣。众客举酒相属，徜徉久之，皆步出前三门，有亭翼然，则陆象先之所曾游息也，故刻"象先"二字于扁。既由山径寻所谓西施洞，则古佛石象在焉。遂缘山而下，路两旁松杉阴翳，苍藤如虬蜿，鸟声关关，游人交瞩，真一时之佳致也。乃环山而归，复抵天平之白云寺，入拜范公祠下。出则日色已晡，烟光黯淡，诸峰如人立，如戟插，如笔卓，如拱如揖，如迎如送，皆天造之巧也。仆谓定之曰："人生聚散之踪，来不可期，去不可追。矧岁月奔驰，一俯一仰，悉为陈迹，物是而人非者有矣。今则天和日晴，川朗山

---

① 《存复斋文集》卷之二。

秀，心开而目明，意适而情畅，有朋侪足以倡和，酒肴足以献酬，讵知非它日之观美乎?"则斯游也，不可以不记。①

作品中，作者写景状物堪称奇妙："乔木森茂，异石林立。转过野桥村店，山回涧曲。樵歌牧唱，相与应答。"意境清新，变中有序。而写鸡经山、虎子谷、琴台巘、羊肠岭之扑面而来，则是"突然乎其左""兀然乎其右"，可谓神来之笔。作者回望山下则是"菜畦麦陇，苍黄相间"，犹如一幅美丽的水彩画。写太湖景色是"山色苍茫，湖光镜净。瞰飞鸢于木杪，睇云帆于天际"，山青水净，飞鸟白帆，可谓美轮美奂。下山景色亦是妙绝："路两旁松杉阴翳，苍藤如虬蜿，鸟声关关，游人交踽。"在"日色已晡""烟光黯淡"之中，作者眼中诸峰景色奇特："如人立，如戟插，如笔卓，如拱，如揖，如迎，如送，皆天造之巧也。"可谓动态万千，栩栩如生。作者触景生情，喟叹人生短暂，过去的历史皆化为陈迹，当下的诗酒唱和，又岂知不会成为他日人们眼中之景！自然者，眼中之景也；陈迹者，历史之景也。一切皆成过往，时间竟是如此无情。

《涵碧亭记》的描写技巧堪称经典：

> 杭之湖山，为浙右之甲；而西山之陬名集庆者，又为湖山之胜。盖左盼孤山，右睨苏堤，西湖前抱，南北高峰角环其后，草木鲜妍，泉源甘美。友人和侯九思即其先茔之左截茅而树，迭石而洞，突兀成丘，谽呀为谷。于是凿池通泉，引水为涧，仍筑亭其上，扁曰"涵碧"。亭枕方池，四面环水，前窗后牖，藻棁不□，斫椽无刻。早莫登览，水天同色，有一碧万顷之意，是诚可适其兴也。然吾闻之沧溟渺漫，游鲲所运；松杉蓊郁，朔禽攸栖；山林泉石，盖幽人逸士之所托也。而九思之官于杭也，初命而试省理官，秩满过五载，恬然无进取意，辄以闲居幽讨为事，岂其情乎？九思谓予曰："嗟夫！人生百年，处世如寄。吾昔北游燕、蓟，登居延；南观三闽，薄海滨；奇游伟观，目览心记，而每思一椽为息肩之所未能也。今兹亭裁成，背山临水，包涵苍翠，坐挹清氛，昔人所谓清晖娱人者，

---

① 《存复斋文集》卷之二。

咸在是矣。奚必万里之游观然后适吾情哉！"予于是乐侯之不以贵介为累，且知□□□□□□得也。书以为记。①

作者叙事状物，运用白描手法，状写具体形象，简洁明快。如"盖左盼孤山，右睨苏堤，西湖前挹南北高峰，角环其后"。再如"栽茅而树，迭石而洞，突兀成丘，唅呀为谷。于是凿池通泉，引水为涧，仍筑亭其上，扁曰'涵碧'"，其中一系列动词的运用，可谓字字珠玑，生动、恰切而精当。接着由物及人，谈亭主和九思无意宦海、寄意山林之高风逸品，借和氏之语揭示出清晖娱人的主题。纵观全文，作者从大处、虚处勾勒山光水色之秀美。"昏旦""气候"，从时间纵向上概括了一天的观览历程；"山水""清晖"，从空间横向包举了天地自然的立体全景。而分别着一"变"字、"含"字，则气候景象之变态出奇，山光水色之孕大含深，均给读者留下遐思逸想。看似平常，其蕴含却博大丰富。"清晖"二句，用顶真手法蝉联而出，承接自然，显由《楚辞·九歌·东君》中"羌声色兮娱人，观者憺兮忘归"句化出，但用于此处，却自然妥帖，完全是诗人在特定情境中兴会淋漓的真切感受。在该文中，作者不说诗人流连山水，乐而忘返，反说山水娱人，仿佛山水清晖亦解人意，主动挽留诗人。正所谓"以我观物，故物皆着我之色彩"②。

总之，朱德润的记游散文是其散文创作中的精华所在，其遣词之工，造句之精，用语之简，修辞之妙，构思之巧，创意之美，都达到高超的境界，与同时代的同类作品如李孝光的《大龙湫记》、赵孟頫的《吴兴山水清远图记》、张养浩的《济南龙洞山记》等相比，毫不逊色，具有很高的审美价值，值得引起研究者的注意。

三 记述古迹文物的状物文

在朱氏作品中，关于亭台楼阁庙庵馆轩之类的记述甚多，书写方式无定格，或发议论，或溯历史，或写景观，或抒怀抱，常常以所写物事为原点，引申联想，铺排发挥，颇似杂文小品，具有形象生动、情味隽

---

① 《存复斋续集》。
② 周锡山编校：《人间词话汇编汇校汇评》，北岳文艺出版社2004年版，第11页。

永的特点。

《玉京路承天寺藏经阁记》主要介绍承天寺藏经阁建造的历史，构思却十分巧妙。作者开篇先讲佛经的由来，释迦牟尼居深山穷谷，"土木其形骸"，"粗衣陋食"，本是为不求于人，而世俗之人不忍见之，为其结庐、捐衣、馈食，于是，"至静、至寡、至无皆转而为至动、至多、至有"，本来深居静默，寡言甚至无言，但趋慕者日多，"始以利益扣之，佛不以利益自靳，而随问即答"，结果"问答愈繁，其辞愈多，乃至演为五千四十八卷也"。这可是佛氏始料未及的。言论既多，刻之传之即为经，经渐多矣，自然要有藏经之处，于是藏经阁兴焉。这段叙述非常简明地交代了佛家经典的来处，且饶有趣味。下面写承天寺藏经阁的建造经过，便显得顺理成章了。在介绍藏经阁的建造过程时，作者只用了"役不记工，用不记直"八字，便道出建造者们为信仰所驱、义务奉献的精神。而写藏经阁建造后的面貌，亦只用了"栋梁翚飞，金碧炫耀"八字，便写出其雄伟壮观。可谓详略有致，要言不烦，叙中有描，简约生动。

《卞将军新庙记》是一篇在叙事技巧上颇为讲究的状物散文，文中讲述的卞将军，即东晋名臣卞壶（281—328），字望之，济阴冤句（今山东菏泽）人。东晋初名臣，累事三朝，两度为尚书令。以礼法自居，不畏强权，意图纠正当世。在苏峻之乱期间率兵奋力抵抗苏峻，最终战死。后追赠侍中、骠骑将军、开府仪同三司，谥忠贞。在本"记"中，作者讲述卞将军庙的建造经过及其六百年来的庙宇传承，均采用概叙之法，先通过江南行御史台监察御史许有孚之言讲述了建庙的必要性，然后写建庙的筹备工作。先是官方出钱，永寿宫主者宝琳总督其事，接着写有司"相地度材，命工计直，择以是年　月　日构始。至正四年　月，庙成"，十分简明地讲述了该庙的建造过程。之后插叙过去建造缓慢的历史，只用了两句话："延祐之初，宝琳之祖嵇公欲修之而弗果。至治间，官葺之而弗固。"衬托出现在的建造之快。可谓不蔓不枝，重点突出。然后对虚白先生总督其事的具体过程和建造内容进行了详细的叙述。在讲述了卞将军可歌可泣的事迹之后，对其后六百余年间后人的赞词又采用了概叙之法："南唐建忠贞亭，徐锴为识。又百余年，宋叶龙图清臣刻石表墓。又五十年，曾文昭肇记其祠堂。又十五年，胡忠简铨复记其庙。世代之移，而诸君子之题志迭见于前后，则亦岂无意于当时也哉？"写出卞将军为历代敬仰的事实。从而赞美了卞将军坚守礼法、忠贞爱国、纠正时弊、不畏强权的精神，表达了对卞氏家族忠孝节烈的仰慕之情。在此文中，作者运用概叙之法，置千年历史、八方故事于一段，在材料处理上极其灵活，并且有力推动了情节的展开，加强了文章的节奏感。视角开阔，轮廓清楚，给人以宏观而全面的认识。

与"序"相较，朱氏以"记"为体的状物类作品写得更加生动。比如《石鱼亭记》记述亭子的建造过程，其中写石鱼"昂头掉尾"的情状，十分传神。写亭成之后景象："舣咏在前，鸣声往来，四山围绕，云雾瀜郁。"可谓情景交织，声情并茂，山水之乐尽在其中。作者触景生情，感叹"狎于情者惰其志，安于小者忘其大"，精警语也。

就以亭台堂阁和山水为记述对象的"记"体文而言，朱德润散文在学习唐人散文"尚实"的叙述体式之外，更多吸取了宋代散文的特征。记"物"，除了像唐代记体文那样客观叙写"物"的地理位置、建造过程、自然景色外，于文章中渗入更多的主观意识，且往往以动态的叙述取代静态的描绘，表达自己对事物的认识和思考。记"山水"，则由唐人单纯的自然审美型转向兼重议论说理的复合型，增加了作品的理性思辨色彩。无论记人叙事，还是描景状物，在表达方式上皆不拘一格，十分自由，善用概叙，巧用具叙，活用插叙，擅长描写，尤擅白描，叙述与议论结合，与抒情渗透，以表达思想情感为旨归，呈现出灵活多变的审美情趣。这一特点，与同时代作家如戴表元的《寒光亭记》、宋本的《水木清华亭记》、杜本的《怀友轩记》、杨维桢的《耕间堂记》《槐阴亭记》等相比，皆可相提并论。

此外，在记述物事的文章中，朱德润还有一本名曰《古玉图》的专书，被称为是中国第一部玉器图录。该书作于至正元年（1341）夏，计三十五页，是一部集说释叙考为一体的解说性著述。文字不多，但图文并茂，作者对图中玉器逐一介绍，在交代其名称、特点、大小及来历的同时，间有人物故事及历史典故出现，颇有杂文随笔的味道。比如关于玉辟邪的介绍：

> 右辟邪，高二寸二分，长径四寸有半，色微白而红古斑斓，间有水银色，据传是太康墓中物，陕右耕夫锄得之。延祐中，赵子昂

承旨购得之，以为书镇。

既有对玉器大小的说明，又有对色彩的具体描写，尤其是对玉器来历的叙述颇具情节性，该玉件原为夏启之子太康墓中物，结果被陕西一位农夫锄地时捡得，后来又被赵孟頫买到，这期间留下数千年的历史空白，任人想象，极富传奇色彩。语言简洁，饶有趣味。

又如关于"璊玉马黄玉人"的介绍：

> 璊玉马首高四寸八分，身高四寸一分，长五寸四分，玉色微青，古色红粉，斑斓如桃花，鬃尾具完而四足损折。至治中，南雄太守赵伯昂以古帖易于瓷器刘家，命工接完其足。姚牧庵先生以黄玉人赠之为副，如司牧者呈马焉。

在此文中，作者讲述了一个故事：南雄太守赵伯昂用一幅古帖换得一尊瓷马，而马的四足有缺损，于是请工匠补修完整。姚燧看后意尤未足，又赠赵氏一个黄玉人，两者放在一起就好像是牧马者在献其宝马一样，极富意境。这段收藏玉器的佳话，亦表达出对文人之间友情的赞美。

而在介绍玉杯的时候，作者写下一段古人的话：

> 韩非子谓纣作象箸而箕子怖，其必为玉杯。

这段话源自《韩非子·喻老》："昔者，纣为象箸，而箕子怖。以为象箸必不加于土硎，必将犀玉之杯；象箸、玉杯必不羹菽藿，则必旄象豹胎；旄象豹胎必不衣短褐而食于茅屋之下，则锦衣九重，广室高台；吾畏其卒，故怖其始。居五年，纣为肉圃，设炮烙，登糟丘，临酒池，纣遂以亡。"这个典故出现在介绍玉器的文章中，可谓意味深长，颇有借古喻今的味道。

作为一般应用性的说明文，能做到准确简洁通俗易懂即可，但在朱德润笔下却写得生动形象，饶有生趣，耐人寻味，充满了个性色彩。这也正是该书的语言魅力所在。

第三节　抒情文

就广义而言，所有散文都或多或少带有抒情成分。记叙散文中的以事感人，论说散文中的情理交融，都说明散文作品中人、事、理、情的难解难分。因此，这里所说的抒情散文，相较而言，主要是指那些侧重表现作者对生活的感受和激情的作品。在此类作品中，人、事、景、物皆为情之依托，记人叙事，描景状物，皆服务于作者主观感情的表达。就朱氏文体而言，多表现于其赋（本书专章有论）、祭和序体文中。

一 "情往会悲，文来引泣"的祭文

祭文乃祭奠逝者的哀悼文字，明徐师曾说："祭奠之楷，宜恭且哀。"[①] 道出祭文的抒情性特征。刘勰《文心雕龙》中所谓"哀辞""吊辞"与后世祭文不尽相同，但两者的情感特征与祭文颇为相似。"哀者，依也。悲实依心，故曰哀也……原夫哀辞大体，情主于痛伤，而辞穷乎爱惜。幼未成德，故誉止于察惠；弱不胜务，故悼加乎肤色。隐心而结文则事惬，观文而属心则体奢。奢体为辞，则虽丽不哀；必使情往会悲，文来引泣，乃其贵耳。"[②] 朱德润的祭文所祭对象多系其亡亲逝友，故文章亦呈现出"情往会悲，文来引泣"的感人效果。

《祭太尉沈王文》乃悼念王璋之文：

> 维泰定二年五月己酉朔，越十五日癸亥，门士某等谨以元醴、少牢、粢盛、庶品敬祭于推忠揆义协谋佐运功臣、开府仪同三司、太尉、上柱国、驸马都尉沈王之灵曰：呜呼惟灵！帝甥帝婿。贵崇世爵，富有国位。生为功臣，殁有庙祀。英姿杰特，出于人表；忠烈义勇，本乎天性。粤自世祖，神武皇帝。经营四方，赫赫皇皇。中土既平，无远弗届，无人不将。于时先王，挈国内附，相平辽荒。爰降帝女，式配于京。笃生贤王，克孝克勤。至元庚寅，哈丹聚师，

---

① （明）徐师曾：《文体明辨序说》。
② （南朝梁）刘勰：《文心雕龙·哀吊第十三》。

塞于东疆。王年十六，实奋厥武。凌险突围，来朝于廷。请师靖乱，凶丑则平。帝曰底绩，锡第于都，作藩于邦。俾尚帝女，世爵其降。丁未之岁，翊赞仁宗，定策邸内。殄除奸孽，以扶武皇。遂拜师傅，增封沈阳。仁宗嗣位，念兹戎功。复加太尉，显显令闻。聿昭先世，三韩之民，式乂式康。贻厥孙子，用保其疆。惟王之生，盖亦勤苦。跋涉世途，东西北南，靡所定处。后播西裔，或颠其趾。及来再期，竟至于仆。於乎哀哉！初以荣名，如月必亏。既让爵位，将顺将适。胡为纤瘦，竟至于踣。天夺斯人，俾贻后忧。凡我门士，如蹶如踬。有喧于怀，有泪如洗。茫茫逝川，匪昼匪夜。岂伊降神？际天惟岳。洁牲粢盛，有醴邕郁。灵其来歆，以慰怀德。①

王璋在世时，酷爱中国文化，在相与交往的文人中，与赵孟頫情谊尤深。延祐六年（1320）四月，赵孟頫辞官举家南返，退隐吴兴。六月，王璋南游江浙，与赵氏相逢于杭州。十月，二人在平江路嘉兴州为大报国圆通寺记碑撰文，赵氏撰写碑文，王璋篆碑额。在这次交往中，赵孟頫将老友姚式的学生朱德润推荐给了王璋。王璋自然另眼相看，于是便有了朱德润年底的"征入京师"之行。可见，正是王璋的赏识，使朱德润步入仕途。朱德润曾数次随王璋出行，伴其左右，两人结下深厚友谊。该文讲述了王璋一生的经历和功绩，言其忠烈义勇、平乱安民、扶助皇上之功，以及克孝克勤、谦和礼让之品格，表达了对逝者的崇敬与哀思。

《祭王叔能参政文》亦是一篇情感深挚之文：

於乎王公！名节始终，济时之材。有德有言，弗贰弗猜。历任牧伯，民教而安。缉之以威，济之以宽。公之去官，民留攀辕。曰帝有命，我公是宣。公即他郡，谁抚我颠？愿公在宪，庶戢暴奸。既陟台端，静默以治。弗猛弗刚，式劝有位。及赞省垣，有敛赋府，重役其民。公曰民来，官赋有常。既输既贡，奚其多章？致辞告老，方期永年。胡为纤疾，永别下泉？惟孝有子，惟忠有世。清白传家，

---

① 《存复斋文集》卷之七。

公逝弗死。①

王叔能,即王克敬,是作者交往甚深的朋友,仕至南台治书侍御史。在任期间,务崇宽厚,以正纲纪自任,不纵贪墨,不阿宗戚,深得地方爱戴。该文讲述了亡友性情耿直、有德有言、功绩卓著、深得民心的生平,对其突然离世表示深切哀悼。

《祭亡弟方山处士》是对胞弟朱德懋去世所写的哀悼之文:

> 维至正四年,岁在甲申,十一月丁亥朔,越十五日辛丑,长兄朱某等谨以清酌庶羞致祭于亡弟方山之灵曰:于呼!昔我朱氏,自淮徂江,来寄于吴。历世有传,克嗣儒业。尔之早岁,忽慕老子。勉勉循循,若儒家嗣。二师既往,尔宜归旋。奚念旧德?守庐弗迁。遂罹祸横,切于尔身。畴昔之旦,予亦语汝:"岩墙翻覆,岂可容足?"汝竟不悔,遂罹颠踣。今汝既往,众人咨嗟。众人伊何?我哀实多。念昔垂髫,同居膝下。父母之心,同气均育。怡怡鸰原,靡有抵牾。贫贱忧戚,保兹外御。方期白首,欢以为宴,岂期永别?将殁之夜,汝言不忘。今以少子,使嗣汝后。春秋祭享,来歆其祀。尔灵在堂,藏葬有时。仲月壬寅,窆穸届期。举尔灵柩,往阳山西。有肴在筵,有酒在卮。灵其来飨,慰我幽思。②

作者讲述了亡弟追慕老子"勉勉循循,若儒家嗣"的勤奋好学,回忆起自己与其"怡怡鸰原,靡有抵牾。贫贱忧戚,保兹外御"的童年,都恍然如昨。本期望兄弟二人能一起到老"欢以为宴",岂料就此永别。作者抚今追昔,愈加悲伤。

《代诸生祭陈宁极先生》一文,逝者是著名学者陈深:

> 於呼先生!粹德之清,吴邦之英。学究邃古,心传至诚。讲贯之切,字画之精。左图右书,至老益勤。念昔髫龀,横经座隅。共

---

① 《存复斋文集》卷之七。
② 《存复斋文集》卷之七。

盥正席，礼学之初。洒扫振衽，先生之居。朝夕获诲，言论孔敷。勉勉循循，作我范轨。义为师生，情若父子。先生既往，我徒孰倚？尊簋在前，有泪如洗。临风三奠，先生以起。①

文章通过学生们对过去跟随老师学习的回忆，表达了对亡者深深的敬仰和怀念之情。

总之，追悼亡者，回顾亡者的嘉德懿行，表达对亡者的赞美和深切怀念之情，是朱氏祭体文的重要特征。

二 辞以情发的记、序、铭文

在朱德润的记、序体中，有一部分是侧重于抒情的作品。作者通过对人事物景的描述，表达赞美之情。比如《舒啸台记》，便是一篇以记为体的抒情之作：

> 乐以天下、忧以天下者，此至公之心也。故君子居庙堂之时思尧舜其君，而皞皞其民者或未达，宁无耿耿于中乎？处山林之时思尧舜其君，而皞皞其民者固未达，则亦宁无耿耿于中乎？参知政事苏公伯修，居真定古城之东，其先世隐居读书之地也。至正六年秋，公以奉使事毕，去归其乡，尝凭高览远，若有感于怀者。于是因高为台，筑土为固，结栏于周，构屋其上。年月　日台成，因采晋处士陶元亮《归来辞》中语，扁名曰"舒啸"焉。或曰："舒啸者，宣其悒郁之气也。公仕于朝，登馆阁，历省台，典机要，出则奉使宣抚，廉察郡县，参佐行省，可谓荣且显矣，其何以舒啸其悒郁者哉？"噫！是未知公者欤！夫公以儒者学业，措之政事，其立朝也，垂绅正笏，嘉谋谠论，而思所以致君泽民者，有其道矣。时或不得尽行其志，则其耿耿于中者，宁不思登台而舒啸乎？其在外也，建节行部，宣化镇俗，而思所以致君泽民者，有其道矣。时或不得尽行其志，则其耿耿于中者，宁不思登台而舒啸乎？然则台之筑，公之志也。公之居古赵地也，南望则滹沱之河，滋水东注；西望则廉

---

① 《存复斋文集》卷之七。

颇、李牧之故墟也。山川如昔，而草木之荣悴于春秋者，曾不知其几也！而名迹之相传，或有不满于当时者矣。今公之登斯台也，以忠君爱物之心，不忘于一舒一啸之顷，尚将拔贤材而利于国，求善治而施于民，树名节于来今，垂声光于不朽，则斯台之名与实也，将与宇宙相传于无穷矣，岂特廉李之云哉？公之心盖曰：忧天下之忧者，将以为己任；乐天下之乐者，以为吾君吾民之乐，而不自以为乐焉。此台之所由筑，而舒啸之所以名欤？因书以为记。至正己丑岁八月四日，睢水朱德润记。①

作者记台写人，引申发论，在讲述"舒啸台"的建造经过后，托"舒啸"二字赞苏天爵的高风亮节，同时抒发其郁郁不得志之情，在充满激情的议论中，作者"忠君爱物""拔贤材""求善治"之心迹历历可见。

朱氏文集中有部分铭文，亦具有较强的抒情色彩。如《谢敬德松轩铭》：

> 维轩有松，根固磐石。含蓄正气，饱浥灵泽。俾远小人，弗榰以棘。相期青云，弗绳以墨。厥松伊何，条畅秀硕。俾谢氏子孙，方茂其植。遥岗英层，流水衍液。俾谢氏子孙，懋敬其德。②

该文乃作者为谢端的"松轩"所题铭文，也是一篇优美的松之赞歌。作者由轩及松，写松之扎根磐石，枝叶壮硕，含蓄且正气凛然，任性且坚定不移。轩主植松，意味深长，近以励己，远以教人。作者由松及人，层层递进。借松喻人，赞美轩主之德，阐明轩主以松之德昭示后人之意。

又如《延祐六年冬德润以太尉沈王见知征入京师道经淮安得端石砚作铭曰》：

> 美哉兹砚，平而不砥，方而不器。涵文之英，蓄文之粹，滋文

---

① 《存复斋文集》卷之二。
② 《存复斋续集》。

之力，养文之气。是谓笔墨之焠砺。①

作者就所得端石砚有感，先言其形质方正，后言其功能奇妙，饱含着文人情思，能滋长文字力感，是磨砺文人笔力之良器。用拟人手法赞美了砚的功用和质量。

再如《心远堂铭为张清夫提学作》：

> 人之虚灵，秉彝好德。一理万殊，惟心之则。心远地偏，静德之履。不远伊迩，繫心知止。太湖之壖，松溪竹轩。君子构堂，孰迫而喧。远兮无垠，六合俱春。心与□忘，张公其人。②

此文乃为张清夫居所"心远堂"而作。居所建于太湖之滨，松竹掩映，溪水淙淙，清静幽雅，恍若世外。作者在赞美堂主心性静远的同时，表达了对超凡脱俗生活的渴望之情。就文章体制而言，朱氏铭文无论写器物还是写斋堂，皆沿袭了古代铭文传统的四言韵语形式，具有"博约而温润"的特征，表达了作者自己的情感追求和生活理想。

总之，朱氏抒情散文，由于作者所写皆亲见亲历，是事之所至，触景生情，故情以物迁，辞以情发，情理相生，情趣相映，具有辞朴而事具、理至而情深的审美特征。

第四节　结语

综上所述，朱德润散文无论叙事、抒情还是议理，其共同特征便是人事物景与理的结合。借物寓理，借事言理，遍见于文。刘师培曾将先秦文章分为文言与质言两类，文言者可虚拟与夸张，质言者以真实为旨归，文言趋之性灵，多写表象，质言溥之实用，多写事实。"盖美术以性灵为主，而实学则以考核为凭"，"文言之用在于表像，表像之词愈众，

---

① 《存复斋文集》卷之一。
② 《存复斋文集》卷之一。

则文病亦愈多；然尽删表像之词，则去文存质，而其文必不工。"① 就朱氏散文而言，其文质之用是颇费心机的。就叙事一端，纪游、状物之作重于文言，写得生动形象，轻松活泼；而记人、记事者，则以质言，唯求具体而准确。文体虽杂，然其文言言趣，质言言理，言趣者联想丰富，生机盎然，言理者用语缜密，结构谨严。且两者常常相互结合，理趣互映，杂而不越，处处展示出和谐的语体风格和明晰的文体意识。

中国文学延至元代，其主要体式（诗歌、小说、散文、戏剧）皆已齐备，且通俗小说"全相平话"亦相当繁荣。但由于作家对形式技巧的过度偏重，奉行江西派的"夺胎换骨"法，导致文病滋生，虞集曾批评说："然习俗之弊，其上者常以怪诡险涩、断绝起顿、挥霍闪避为能事，以窃取庄子、释氏绪余，造语至不可解为绝妙。其次者泛取耳闻经氏子传，下逮小说，无问类不类，剿剽近似而杂举之，以多为博，而蔓延草积，如醉梦人，听之终日，不能了了。而下者乃突兀其首尾，轻重其情状，若俳优谐谑，立此应彼，以文为事。"② 故有学者认为，"元代作家虽然摹范唐宋，却未得其神，而且失之毫厘，谬以千里"③，即使像姚燧、虞集、黄溍、柳贯那样的巨匠，文集中作品或"文本经术""援引经训"，或"应绳引墨，动中法度"，或经籍典册、诏令公牍，或铭志箴颂、赠序书牍，多经籍考据、交往应酬之作，而少描写抒情之文。这一现象，无疑影响到他们的总体成就。

朱德润的创作虽然亦有上述问题，但由于其特殊的生活阅历和独立的主体意识，能够在纷乱世事之中超然物外，静观默察，体恤民瘼，客观评价，作品的精纯度要高得多。作为优秀的画家和饱读诗书的学者，他深通文理。然文学于他，绝非纯粹寄情翰墨的艺术创作，或茶余饭后的搜奇猎异，而是其浇块垒、抒情志的重要工具。故除诗与散文之外，他并无更多的文体探索。对具体文类的选择，多为择其所用，贵在适用。凡重于用者，如铭、如赞、如祭、如碑、如檄、如策，皆以质言为主，

---

① 刘师培：《刘申叔先生遗书·左盦外集》卷十三《论美术与征实之学不同》，民国二十五年宁武南氏印本。
② （元）虞集：《南昌刘应文文稿叙》，载《元文类》，收于四川师范学院中文系古典文学教研组选注《中国历代文选》下册，人民文学出版社 1980 年版。
③ 张梦新：《元代散文简论》，《杭州大学学报》1990 年第 4 期。

简约而精警，雅正而典奥；凡重于美者，如诗、如记、如序、如传、如说，皆以文言为主，事具而形象，言趣而意美。对内容的表述，亦贵在适用。或菩萨低眉，或金刚怒目，或林泉高致，或乡语村言，情思所至，随意赋形，一如心潮之起伏，境遇之穷通，肺腑之言，盖至情至理也。议论性和抒情性是朱德润文学创作的重要特征。虞集曾言其文"理致"甚明，此"理"既指文体之理，亦指义理。它是文法之基础，是文辞之依据。正如朱德润在《卷阿亭诗序》开篇所言："凡情感之托于物者，合于义则远传而名彰，人亦喜为之赋焉。不然，则虽崇山秀水，奇葩异木，高台宏树，适足为游观之区尔，于名义无取焉。"① 诗以言志，文以致治，借诗文以宣义理是朱氏崇尚的文学艺术观。

元儒郝经曾言，理乃文之本，法乃文之末，"有理则有法"，"《易》有阴阳奇偶之理，然后有卦画爻象之法；《书》有道德仁义之理，而后有典谟训诰之法；《诗》有性情教化之理，而后有风赋比兴之法；《春秋》有是非邪正之理，而后有褒贬笔削之法；《礼》有卑高上下之理，然后有隆杀度数之法；《乐》有清浊盛衰之理，而后有律理舒缀之法。始皆法在文中，文在理中。"② 这种文以理为主，理直而气壮、理实而气充的创作理论，在朱氏诗文中表现得十分突出。

---

① 《存复斋续集》。
② （元）郝经：《陵川集》卷二十三《答友人论文法书》，《四库全书·集部·别集类》。

第四章

宗汉祖骚，感古伤今

——朱德润的辞赋创作

赋之为文体，起于战国，盛于两汉。初现于诸子散文，叫"短赋"；以屈原为代表的"骚体"是由诗向赋的过渡，叫"骚赋"；汉代正式确立了赋的体例，称为"辞赋"；魏晋以后，赋文向骈文方向发展，叫"骈赋"；唐代又由骈体转为律体，叫"律赋"；宋代用散文形式写赋，称"文赋"。该体讲究文采、韵律，兼具诗歌和散文性质，是以"铺采摛文，体物写志"为手段，侧重写景状物，铺排事理，借景抒情，以"颂美"和"讽喻"为目的的一种有韵文体。元代社会推崇屈原，赋体祖骚几为主流，以屈赋为代表的古赋倍受重视。统治者在重开科举之后采纳文臣建议，将古赋作为科考的一道程序。一部元赋总集书名就叫"青云梯"（《青云梯》三卷，有《宛委别藏》本）。文人不仅从理论上加以倡导，更努力付诸实践。元祝尧曾备论古今体制，将前代古赋汇为总集，撰有《古赋辨体》八卷，外录中收录"后骚""辞""文""操""歌"五类文体，意在阐发扬雄丽则之旨，复归古赋本义，即以"情"作为赋的最高审美标准，力矫宋人以议论为赋的弊病。元杨维桢为应对场屋拟作有大量古赋，赋体正大，堪为一时典范。而元代文坛的赋体文创作也基本上继承了屈原时代的骚体传统，以楚辞体和汉赋体为多，如王旭的《鸣鹤赋》、郝经的《秋风赋》、黄溍的《离居赋》、涂几的《感遇赋》、杨维桢的《忧释赋》《些马赋》等，吟咏情性，抒发志意，文风劲直超拔，表现出作者不同流俗的文人气节。朱德润的赋体文正是其中的佼佼者。他的赋注重现实，感古伤今，具有强烈的抒情色彩。

就总体而言，朱德润赋博采众体，形式多样，有类似辞赋如《雪猎赋》《游朱方赋》《轧赖机酒赋》者，亦有类似骚赋如《幽怀赋》《答招隐》《有美人寄李溉之员外》者。虽然褚斌杰先生曾有将辞赋归诗的观点①，然就历代辞赋文体的发展看，"辞""赋"实应为辞赋作品的主体。故笔者依然将辞赋与骚赋置于一体论述。正如王世贞所言："骚赋虽有韵之言，其与诗文，自是竹之与草木，鱼之与鸟兽，别为一类，不可偏属。骚辞所以总杂重复，兴寄不一者，大抵忠臣怨夫，恻怛深至，不暇致诠，亦故乱其叙，使同声者自寻，修隙者难摘耳。今若明白条易，便乖厥体。"② 本章试对朱德润辞赋中比较典型的作品加以剖析。

第一节　以汉赋为宗的辞赋

朱德润的辞赋创作，计有三篇，其一是《雪猎赋》，也是影响最大的一篇。该文写于元至治二年（1322），即元英宗嗣位次年，时朱德润已被"表授征东行中书省儒学提举"，并到高丽任职半载后归国，时"上猎柳林，驻寿安山，以近臣言召见"，"献《雪猎赋》，累万余言，奇之"③。就现有资料看，周伯琦所说"累万余言"之作尚未见载，所见者仅千余言耳，且录之如下：

雪猎赋并序

至治二年春二月既望，时雪初霁，天子大蒐柳林。还幸寿安山。命集贤大学士臣泰思都、学士臣桑哥识律、功德副使臣三旦班召小臣朱德润图而赋之。因考《礼经》谓干豆宾客充庖三田之义，汉儒雄词丽藻，可谓形容尽之。至于偃武修文之说，亦略见于篇中。皇元受命，四海来格，游猎之盛，武备灿然。所以明国家之制大备矣。臣德润谨援笔墨图成《雪猎》而并陈其赋曰：

---

① 褚斌杰认为："楚辞和汉赋根本是两种不同的文体。赋是用反复的问答体，演成为叙事的形式，它不是抒情，而是铺陈辞藻，咏物说理。楚辞……却是以抒发个人感情为主的作品，是真正的诗歌。"褚斌杰：《中国古代文体概论》，北京大学出版社1984年版，第61页。
② （明）王世贞：《艺苑卮言》卷一，历代诗话续编本。
③ （元）周伯琦：《有元儒学提举朱府君墓志铭》，《存复斋文集·附录》。

颛顼司序，玄冥驾冬。屏翳扇飙，冯夷洒冻。霜坚冰于冱泽之底，霰急雪乎苍冥之中。迷漫六合，飘摇太空。混玄黄而暴白，始胚腪于鸿蒙。忽焉山川不夜之境，盎然草木长春之丛。化瑶瑰不瑳之巧，布珠琲莫撷之工。有自强者奋然而嗜曰：天地既肃，风云已凉，兽豺獭而毕祭，士弓矢胡未张？可以振威警于下土，阅武备于非常。乃选车徒，淬精砺刚。陋萧君之不出，壮桓虔之高骧。旌孤麇而骑集，轙乍脱而鹰扬。旗纛翩翻，铃銮铿锵。铦矛大槊，钩戟长枪。乌号繁弱，莫邪干将，兵气含辉，伟列其旁。于是雷师拉鼓，山灵棒鞭。王良执御，羿氏控弦。封豕中机，贪狼就戬。纵离朱之明睫，步章亥之宏跬。穷罅搗穴，络野经原。饮羽则飞将视石，调矢则由基号猿。箭双雕于一镞，殪两兕于孤鞭。卢令令而狐踣，鹖皎皎而驾颠。至若鸿雁鸧鹄，鹈鸉鸉鹳，麋麕豜麌，獬羊豨貆，伯益之所未录，《尔雅》之所未刊。飞走之属，并坠其前。血颔其濡，贯翎其联，数实登载，振旅告旋。又何止易堂下之一牛，窥管中之一斑哉？故相如夸猎于上林，子云校猎于甘泉。以至长杨五柞，渭水黄山，皆前人辙迹之所蹈，文辞之所传。得则为敬天顺时之义，失则有纵乐从禽之愆。东吴小臣，渡江溯河，过鲁适燕。瞻两都京阙之巨丽，揖中州士子之多贤。曩曾逐公子王孙之后尘，而闻诸塞上之翁曰："我圣朝神武之师，常以虎贲之众，际八埏而大围，驱兽蹄鸟迹之道，为烝民粒食之基。燎火田于既蛰，入山林而不麋。胎不殀夭，巢不覆枝。讲春蒐秋狝之举，临夏苗冬狩之期。效成汤祝网之三面，思文王菟田之以时。所以丰稼而除害，所以致敬而受釐。收其齿革羽毛，咸工需于民用；洁其牺牲腊脯，盛礼筵于宾仪。论功赐脤，锡胙临壥。太常荐新于庙祀，太官供味于庖胹。捄棘匕其膋脊，饛簋殽其肉糜。侑以元醴，享以醇醨。宰臣调其咸甘，学士和其雍熙。皇恩浃上泽，施武事，讲文教，驰遂乃□，四方鼓舞，万里梯航。邠人祝粟，无远弗届；玄菟黑獠，致礼其邦。斥候尽职贡之道，象胥讲献纳之方。故众姓之人，间钟鼓管钥；虽三尺之童，携箪食壶浆。然后知旷百王天人之盛事，启亿万年大元之方昌。今圣天子励精图治，宽裕有容。绍祖宗鸿熙之运，体上帝好生之功。将以仁义为基，道德为宗，诗书礼乐为治，政刑法度为公。正以网罗俊乂,驾驭英雄。则凤凰鸳鸯,不足以为贵;驺虞白泽,不足以为崇。岂特西旅之獒,大宛之龙,《芝房》《赤雁》之歌,《宝鼎》《白麟》之颂?盖将息牧野之如虎如貔,获渭滨之非罴非熊。闻一善以为训,明一艺无不庸。国家有基命宥密,军臣有同寅协恭。跻生民仁寿之域,回太古淳厐之风。"

臣愚懑猥材,草莱陋质。愧不足以润色皇猷,宣扬盛世。裁前贤锦绣之文,镌大经金石之字。仿《雅》《颂》之作兴,表德泽之流泄。他日庶几河图洛书,龟龙负瑞。先以写臣方寸丹衷,诣寿安献赋之意。①

该文沿袭汉代大赋特征,开头点出皇帝雪猎的时间、地点、相关人物及为赋起因:应该是1322年的初春,大雪初晴。英宗皇帝到柳林狩猎,驻扎于寿安山。在英宗的近臣泰思都、桑哥识律、三旦班的引荐下,作者受到皇上召见,受命作雪猎图,并以赋文附之。作者深知,关于天子狩猎的内容、功能和意义,前人之述备矣,尤其是汉代的华丽大赋,描述得更加详细,故只能谨"援笔墨图成《雪猎》而并陈其赋"。从此处可知,朱德润对赋体之源渊十分熟悉,写作此赋应该是胸有成竹。

交代了为文缘由后,作者写雪猎之环境、盛况。在结构上,文章依照汉大赋旧制依次写来,先写北方雪后天气之恶劣:刚开始北风呼啸,天地迷蒙,大雪纷飞,滴水成冰,转眼间雪停风止,原驰蜡象,草木摇曳,如临春日。于是,有自强者说:天地庄严,风静云止,各种动物似乎都在等着供祭,为什么弓箭还没有张开呢?狩猎活动可以张扬国威,展示武备,树立王朝的形象。此处的"自强者"当是作者虚拟出的一个王朝代言人,也是作者借以表达观点的人物。于是,庞大的狩猎活动展开。先是武备的描写:精选强兵良马,高车鹰扬,但见"旗纛翩翻,铃鸾铿锵。铦矛大槊,钩戟长枪。乌号繁弱,莫邪干将,兵气含辉,伟列其旁",饰以鸟羽的大旗飘忽摇曳,车前马铃铿锵有力,长枪、弓箭、宝剑,英武的士兵,整齐排列,可谓威风凛凛,浩浩荡荡。然后是对天子出行阵仗的渲染:"雷师挝鼓,山灵捧鞭,王良执御,羿氏控弦";鼓声

---

① 《存复斋文集》卷之三。

如雷，弓箭齐备，熟练的驭手驾着车马，弓箭手弯弓待发。接着便是紧张激烈的捕猎场面：野猪、豺狼、鸿雁、鸱鹄、鹈、鸢、鹜、鹳、麋麖、豨、羊、貀、貆以及数不清的叫不出名字的"飞走之属"，纷纷中机入网，"血颔其濡，贯翎其联"，可谓满载而归。之后，便是通过"塞上之翁"之语，展开议论。其中有对皇帝的歌功颂德，如文韬武略，教育繁荣，航运通畅，四方来归。劳者丰衣足食，天下昌盛。皇帝励精图治，宽裕有容，到处一片莺歌燕舞之象。循照大赋旧例，作者对当政者亦有讽谏之语，如："将以仁义为基，道德为宗，诗书礼乐为治，政刑法度为公。正以网罗俊义，驾驭英雄。则凤凰**鹭鹭**不足以为贵，白泽不足以为崇。"作者希望皇上能以仁义作为根基，倡扬道德为宗旨，以儒家的诗书礼乐来治理国家，法律严明，招揽天下英才，如此的话，则物质的繁华就不足为贵了。

在赋体文学发展历史上，狩猎题材的作品一直就有，如汉代的《上林赋》《羽猎赋》《长杨赋》，唐宋时的《大猎赋》等，到元代，北方狩猎民族入主中原，狩猎常与战争并提，成为大汗和王公贵族喜好的带有军事演习性质的娱乐活动，同时，君主也仿照汉魏之君，令随行大臣作赋以赞，加上以试赋作为科举考试的一项内容，故元时赋体的写作极为流行。但在《历代赋汇》"蒐狩"类中，元明两代仅收《雪猎赋》一篇，足见该作之重要。

按照传统观念，古赋一向具有倡扬一统、法后王、崇文治等方面的思想，其主要功能在于"美刺褒贬"，如汉班固《两都赋序》所言"或以抒下情而通讽谕，或以宣上德而尽忠孝，雍容揄扬，著于后嗣，抑亦雅颂之亚也"。从班固的论说中可以看到，赋体中的"美""刺"其实是统一的，"讽"是从针砭时弊的角度来维护帝国的"江山一统"，"美"则从颂扬宏业的角度再现"国盛民强"，"风人之旨"明显被"曲终奏雅"所掩盖。因此，以颂扬为主调几乎成为历史上赋的主要特征。蒙元时期统治者好大喜功，这一特点在当时的赋中自然得到进一步加强，比如黄文仲《大都赋》极言"大元"超越秦、汉、晋、隋、唐历代的广大疆域以及万国来朝的强盛国力：

厥后能统一者，秦、汉、晋、隋、唐而已。西至于玉关，东至于辽水，北至于幽陵，南至于交趾。得纵者失横，有此者无彼。大哉天朝，万古一时。渌江成血，唐不能师，今我吏之；辽阳高丽，银城如铁，宋不能窥，今我臣之。回鹘河西，汉立铜柱，马无南蹄，今我置府；交占云黎，秦筑长城，土止北陲，今我故境。阴山仇池，鴃舌螺发，勢面雕题，献獒效马，贡象进犀，络绎乎国门之道，不出户而八蛮九夷。谓之大都，不亦宜乎……上周乎乾，下括乎坤，故能独高万古，而号曰"大元"。

……天其玄兮，地其黄兮，维此大都，统万方兮。天其生兮，地其遂兮，维此大德，囿万类兮。天其高兮，地其厚兮，维此大元，齐万寿兮。①

朱德润的《雪猎赋》亦不例外，对英宗极尽歌功颂德之语：

今圣天子励精图治，宽裕有容。绍祖宗鸿熙之运，体上帝好生之功。将以仁义为基，道德为宗，诗书礼乐为治，政刑法度为公。正以网罗俊义，驾驭英雄。则凤凰鸑鷟，不足以为贵；驺虞白泽，不足以为崇。岂特西旅之獒，大宛之龙，《芝房》《赤雁》之歌，《宝鼎》《白麟》之颂？盖将息牧野之如虎如貔，获渭滨之非罴非熊。闻一善以为训，明一艺无不庸。国家有基命宥密，军臣有同寅协恭。跻生民仁寿之域，回太古淳庞之风。

对于刚入官场不久的朱德润来说，这种过誉之词不仅仅是汉赋的特征所需，显然亦有借面君之机"干谒献纳"之意。

从上述分析可以看到，朱德润的赋深受汉赋，尤其是扬雄大赋的影响，体现了元代赋家所倡言的"宗汉"之旨。也正是该赋得到了元英宗的赏识，使朱德润平步青云，眼前呈现出如海市蜃楼般的仕宦前景。

元代是对文章写作最重实贵用的朝代，虽然赋作为考试文体被列入科考之中，但其内容并未受到统治者重视。元仁宗在科举考试政策中曾

---

① （元）黄文仲：《大都赋》，载（清）陈元龙编《历代赋汇》卷三十五，凤凰出版社2004年版，第151页。

提出"举人宜以德行为首,试艺则以经术为先,词章次之。浮华过实,朕所不取",而赋因其华丽的词句、张扬的文采很难受到统治者的重视。但这并不影响作家的赋体创作,狩猎题材甚少,而其他题材则层出不穷。有学者统计,元代有赋作问世者达 330 多人,赋作共有 1162 篇,其中以赋名篇的作品 800 篇,以"辞"名篇的 111 篇,不以"辞""赋"名篇的 251 篇。[①] 朱德润就是赋体写作的一位优秀作家,其文集中共收辞赋作品 25 篇。《历代赋汇》收录其作品 5 篇。

《轧赖机酒赋》也是一篇重要的辞赋作品。该文实乃一篇酒之颂歌。为便于整体观照,录原文如下:

轧赖机酒赋

至正甲申冬,推官冯仕可惠以轧赖机酒,命仆赋之。盖译语谓重酿酒也。辞以末学荒芜措辞弗精,承教再四,勉掇古人余韵而为之。赋曰:

崆峒山人尝读书闭门,穷冬适届朔风昼昏,围炉忘热,袖手不温。虽户牖之堙塞,方霰雹之飞翻。羡可居而虫蛰,徒兀坐以鸱蹲。怅然怀友,隐几忘言。俄而蔌蔌蒽蒽,起问童子:"剥剥啄啄,衡门谁启?"乃有麹生之流,骈肩累足,接迹而至,揖予而前曰:"子何瘁色之如是耶?衣不寒乎?食无饥乎?衣食粗足,思虑何居?得非天气之栗烈髵发之号呼?"生与侪辈洗爵莫斝,提壶挈觞。汲瓮底之新篘,沛酹余之宿尝。法酒人之佳制,造重酿之良方。名曰轧赖机,而色如酊;贮以札索麻,而气微香。卑洞庭之黄柑,陋列肆之瓜姜。笑灰滓之采石,薄泥封之东阳。观其酿器扃钥之机,酒候温凉之殊,甑一器而两圈,铛外环而中洼,中实以酒,仍械合之无余。少焉,火炽既盛,鼎沸为汤。包混沌于郁蒸,鼓元气于中央。熏陶渐渍,凝结为炀。瀚渤若云蒸而雨滴,霏微如雾融而露瀼。中涵既竭于连燋,顶溜咸濡于四旁。乃泻之以金盘,盛之以瑶樽。开醴筵而命友,醉山颓之玉人。但见酡颜眩耀,余嗽淋漓。乱我笾豆,屡舞傲傲。

麹生掀髯抚掌,笑歌敧侧。劝我饮醇,若有德色。谓:"日费万

---

① 李新宇:《元代辞赋研究》,中国社会科学出版社 2008 年版,第 26 页。

钱，或时饮一石。眠长安酒家之市，倒黄公旧垆之侧。若斯之劝酒，奚无益？"仆谢曰："诚不敏，亦有古语，子试听旃。昔仪狄肇酝，大禹疏焉。酣歌恒舞，伊训是宣。羲和缅淫而时日废，庆封易内而国朝迁。阳竖献饮而子反去楚，灌夫使酒而徙相于燕。故古人节之以酬酢，戒之以诰誓。避酒祸于将萌，饮终日而不醉。宾主百拜，一献而始。三爵为燕享之诚，九献乃上公之礼。觚棱咒觥设于宾筵；玉瓒黄流荐之庙祀。岂予庶贱，饮不知止？倘罹骄淫，君子所耻。子虽劝饮，吾弗为矣。"

麹生复戄顉而前曰："噫！当今之盛礼，莫盛于轧赖机。盖达官之所荐，豪家之所施。子居隘陋，曾不之知。"山人籰然而笑曰："子知今日之所尚，风俗之所推，亦管见于一班，犹盎聚之醯鸡。子不遐弃，重为言之。延祐之秋，仆以文艺见召，随天使而北辕。曾待命于公车，屡承宣于禁垣。闻宿卫之遗老，谈中统之初年。巍巍乎世皇俭德之美，昭昭乎圣谟贻厥之传。谓饭羊毋弃其髋髀，酒淹莫渍与衣毡。五齐以飨宗庙，三酒以祀昊天。光禄监六材之剂，宣徽进五方之鲜。銮舆岁幸于开平，醴酏时颁于太官。盛锡燕于群臣，讲宾酬于内园。太常列朝仪于班席，御史肃朝会而纠愆。唱胪传而杯举，节乐应而丝弹。既醉既饱，弗哗弗喧。于以示大羹、元酒之质朴，于以见调元生物之甄陶。橐神化于一区，降德耀于九霄。馈五浆于暍者，赐三脯于老饕。穄米朝酾，发西凉之马乳；鸥夷属车，载大宛之葡萄。玉门有保障之酒泉，铁壎有金山之羊羔；祁连有和酪之冰窖，玄菟有浊醴之松胶；白墤有宿熟之鲁酝，黑獠有颗浆之椰瓢。辐辏两都，恩沾四郊。临辟雍而养耆耄，扩淳风而化漓浇。措天下于泰和之域，泽生民于仁义之膏。又岂特羡隋人之玉薤，责楚贡之包茅也哉？"

于是，麹生之流，闻吾言逡巡再拜，趋隅抠衣，进退有礼。羞前之为，将弃壶觞于糟丘之泽，挥盏斝于牛饮之池。谓："宁叹于扼腕，毋终酣于噬脐。"仆晓之曰："酒者元醴，天之甘禄。时和岁丰，家给人足。麹糵以时，湛炽洁熟。以之享神，神降之福；以之祈年，年登五谷。朋酒斯享，亲戚用睦。吾试与子，礼饮是勖。肴核具陈，杯盘新沐。问答未已,春阳煜煜。笺吾赋于棐几,记匏尊之相属。"①

"轧赖机酒"应当是一种蒸馏酒的译音,在此之前,元人饮膳专家忽思慧在其《饮膳正要》(1328年)一书中称蒸馏酒为"阿刺吉"("用好酒蒸熬取露,成'阿刺吉'"),朱德润的《轧赖机酒赋》写于十五年之后,轧赖机酒估计是另外一种烧酒的名称。从作品开头的交代可知,作者是应推官冯仕可之邀而作。作品首先展示出一幅天寒地冻的隆冬之景。崆峒山人闭门读书,无奈大雪纷飞,朔风日夜不止。山人坐于炉旁,竟不觉手温,"羡可居而虫蛰,徒兀坐以鸱蹲",既有心理活动,又有人物行动,生动形象地描绘出贫穷书生的生活窘境。崆峒乃道教名山,在今甘肃省平凉市。传说黄帝问道于崆峒山的广成子,因此该山被称为道家第一山。在该文中,作者以"崆峒山人"自称,带有明显的自嘲意味。就是在如此环境中,山人想起昔日的朋友,如今他们都在哪里呢?他们会想到他吗?突然听到敲门的声音,问童子是谁,还未等回音,已见有几个酒坊的人拥挤着进来,作揖问候。魏生说:先生面容如此憔悴,应该是天冷的缘故吧?于是大家洗杯涮壶,拿出他们酿制的好酒,一起畅饮。这种酒名曰轧赖机,是一种经过多次酿造的重酿酒,存放在容器中,散发出淡淡的香味。接着,作者详细讲述了酒的原料产地及酿造过程。然后魏生一边劝我饮酒,一边说:一醉方休,不是也很好吗?作者由此发论,表达自己对酒的看法。酒可以"设于宾筵""荐之庙祀",然"徜罹骄淫",误事误国,则"君子所耻"。因此如果能在"时和岁丰,家给人足"时,适当酿造,节制使用,则"以之享神,神降之福;以之祈年,年登五谷。朋酒斯享,亲戚用睦"。作者用生动的笔墨既写出了酒对人类的奇妙功用,也写出了纵酒的危害。

若将该赋与同时代作家谢应芳的《酒赋》相比,很容易看到作者情感与思想认识的不同。谢应芳在作品中从醉者的视角立论,推崇酒的优良功效:

圣贤之不饮,何杯棬之有作。《书》称曲糵,《礼》曰清酌。乡

---

① 《存复斋文集》卷之三。

饮之仪，献酬交错。若近代之饮者，皆磊磊而落落。晋之八达，非酒何以逃乱世之诛。唐之八仙，非酒何以脱微官之缚。酒之于人，其德不薄。变怒为喜，转忧为乐。释愤气之怨争，发钝口之谈谑，故曰畅饮吾之师，不饮客之恶。独醒之原，怀沙寂寞。啜茶之同，血染锋锷。然则酒何负于人哉？

……酒以成礼，威仪秩如。酒以合欢，怡怡愉愉。夫如是，又安得丧于而德，害于而躯，亡于而国，败于而家乎？①

人们寄情于酒，即在于狂饮滥醉中的情感发泄，以达到自我解脱。这种人生态度与朱德润赋中的辩证分析相比，境界自然稍逊一筹。就辞赋的结构而言，设辞问答敷叙铺陈是最常见的传统手法。历史上如荀子《赋篇》之五赋、宋玉之《风赋》《高唐赋》《神女赋》《登徒子好色赋》《对楚王问》、司马相如的《子虚赋》《上林赋》、扬雄的《长杨赋》、班固的《两都赋》、左思的《三都赋》、张衡的《二京赋》等，都采用了设问的方式来铺陈材料，阐述道理。《轧赖机酒赋》的结构亦如此，从头至尾采用对话的方式联结，表达了作者对酒的功能和作用的看法。

另外，《游朱方赋》似是一篇记游之作，但在游历之中抒发悲郁之情，亦是一篇颇具抒情色彩的辞赋。原作如下：

游朱方赋

丁亥之冬，侨寓朱方。客有谈江山之胜，约予重游焉。于是携酒肴，抠衣蹑屩，纵步山城之下。残雪既消，寒烟弄晴，长江浩瀚，海门东倾。西连建业，北眺广陵，碧树参差，岚光相萦。浮玉峙于中流，焦阜屹其棱层。甘露构而多景扁，华阳逸而瘗鹤铭。山横北固，水洁中泠。西津喧兮归渡晚，瓜步隔兮风帆轻。泪云涛之千顷，实可壮游观而濯襟缨。

客曰："子方登高而望远，荡潇洒之心胸，独不知南徐之旧镇，历六代而提封？晋、宋则表其天限，齐、陈则矜其地雄。梁则金瓯无缺，吴则铁瓮城空。郡实浙西之障，山为江左之冲。近有虎跑之

---

① 载李修生主编《全元文》卷二三八，凤凰出版社1999年版。

泉，远有鹤栖之峰。京岘高兮龙目并，曲阿下而练湖潆。黄鹄旋西，白兔驰东。杜鹃开而鹤林仙去，狼石卧而谋臣算同。崇丘升兮五州见，卯港埭兮千艘通。碧瓦鳞次，朱楼翠重。其阳则阡陌之饶，其阴则岩峦之丛。包吴越而带楚尾，引淮泗而疏汴中。兹岂非京口之壮观，而为南郡之所崇哉？"

　　余谓客曰："子既已悉兹境之盛，曾未厌于吾心。盖山川非人不胜，郡望惟前贤之登临。余既与子观江流而知海纳，盍亦思往古而评来今？昔也江表为镇、为牧、转运、节度、刺史、都督，世代旋移，几千万人之相躅。晋则谢玄、桓中，唐则韩滉、德裕。旌旄拥于江皋，貔貅夹于津渡。辩士谋臣，歌姬舞女，蜗触蜂衙，蝇钻蚁聚。莫不乐其功赏夸荣，前度伟言，论于青史，骋英豪于兹土矣。观其踊跃功名，际遇风云，凌厉山川，指麾民人，恍千古如一日，追陈迹而无存。慨江流之如昨，情百感而难陈。吾方与子揽江山之胜概，濒渔樵之洲岛。渺天地之一身，若惊尘之栖草。嗟既往之难留，思无穷之奚了。于是挹林风而振长袂，坐磐石而饮清流。知天命之已定，与造物而同游。任去来之自得，复遑遑兮何求？"①

　　作品开篇写南游所见，"残雪既消，寒烟弄晴，长江浩瀚，海门东倾"，应该是初春季节，天气转晴，江天万里，大海辽阔，可谓景物宏阔，气象万千。在作者的视野中，所游之地位于建业与广陵之间，天目山、焦山遥遥在望，还有北固山、中泠泉、西津渡、瓜步山如在眼前。在作者笔下，山高水远，碧树参差，岚光相萦，云涛千顷。如此壮观的景象，为后面的议论做了铺垫。然后作者仿汉赋结构，主客问答，高谈阔论风流俱往、物是人非之感。作者先讲南徐州（址在京口，今江苏镇江）的历史变迁和地理位置，既是战略重地，又是交通要冲，这才是它被人所推崇为南方胜地的重要原因。然后作者联想到江南的世代迁移，往哲圣贤、辩士谋臣、歌姬舞女，千古风流人物，如今皆作烟尘，"恍千古如一日，追陈迹而无存。慨江流之如昨，情百感而难陈……嗟既往之难留，思无穷之奚了"。可谓百感交集。作者由此引出乐天知命，来去自

---

① 《存复斋文集》卷之三。

得,逍遥无求的感触。如此述古话今,信手拈来,由物事之变转入世理之论,颇有曲径通幽之妙。

在该赋中,作者的许多描写十分精细,如"抠衣蹑屦",生动地写出了小心翼翼的神态,非常传神。再如"寒烟弄晴",一个"弄"字把天气由阴转晴写得充满了动感。又如"挹林风而振长袂,坐磐石而饮清流",形象生动地表现出洒脱逍遥的人生态度,显示出作者高超的文学语言技巧。

第二节 以楚辞为范的骚赋

在朱德润文集中,有许多访僧问道的记录,亦包含有大量对归隐生活和僧道仙景的描写与赞美,就赋体而言,属于骚赋,以《答招隐》《答招隐寄兀颜子中都司》《山中》《南山招隐辞寄予王君实左丞》《山阳招隐辞为段吉甫助教赋》等最为典型。

骚赋一向具有重情的特质,楚骚悲情,楚辞从发轫之端就弥漫着一种哀伤情调。司马迁训离骚,言其有"遭受忧患"之意,"《离骚》者,犹离忧也"(《史记·屈原贾生列传》),班固也说,"离,犹遭也;骚,忧也。明己遭忧作辞也"(《离骚赞序》)。王逸训释为"离别的忧愁",《楚辞章句·离骚经序》云:"离,别也;骚,愁也;经,径也;言己放逐离别,中心愁思,犹依道径,以讽谏君也。"皆此谓也。因此,此类作品从其发端便具有一种"士不遇"的悲情。

考之元代,由于汉族士子文儒地位低下,"身仕异族",或不得志于朝,或不得用于野,此类情绪更加浓厚,骚体赋创作亦成规模。如郝经的《秋风赋》《幽诉赋》、虞集的《别知赋》《古剑赋》、任士林的《复志赋》《闵己赋》、袁桷的《素轩赋》《广招》、揭傒斯的《幽忧赋》《九招》、吴莱的《大游赋》《定命赋》、陈樵的《节妇赋》《李夫人赋》、马祖常的《伤己赋》《悠然阁赋》、王沂的《函谷关赋》《不寐赋》、黄溍的《送魃赋》《离居赋》、汪克宽的《皇极赋》《天府赋》、杨维桢的《些马赋》《哀三良》等,蔚为大观。朱德润的《幽怀赋》《沅湘图辞为巙子山太监作》等亦是这方面的典型。且看《幽怀赋》:

肇姬封之邾裔兮，老睢阳之曾孙。历淮汉而届都兮，瞻邦畿之无垠。茂品物之化育兮，酝六合而俱春。揽太古之象教兮，齐民风而俗醇。何世降兮，谓其时兮。欲穷而忕生兮，宠专而势危。物情胶而倘论废兮，□端行而政教亏。礼度疏兮豪滑僭，兼并盛兮良民饥。饥寒迫兮廉耻丧，苟苴行兮仕禄卑。淫祀盛兮正直塞，游食多兮末技施。我思古人兮邈其远，而观所行兮或放或持。尽大智兮弗机，躬力行兮弗驰。享尊荣兮弗荣，临患难兮弗欺。苟余心之无慊，虽众毁而何疑？岂矫世兮独立，俟同心而可为。嗟盛年之不偶，抚朱弦兮自悲。倘效用之得所，虽殁身其何辞。秋风兮水落，远道兮陆离。耿幽怀之惓惓兮，慕重华而致词。愿皋夔之谟明兮，历康衢而歌之。①

在古代文学作品中，"幽怀"题材举不胜举，多为感慨盛时不再、志大难酬之情，诗如唐韩愈的《幽怀》："幽怀不能写，行此春江浔。适与佳节会，士女竞光阴。凝妆耀洲渚，繁吹荡人心。间关林中鸟，亦知和为音。岂无一尊酒，自酌还自吟。但悲时易失，四序迭相侵。我歌君子行，视古犹视今。"再如金末元好问的词《临江仙·自洛阳往孟津道中作》："今古北邙山下路，黄尘老尽英雄。人生长恨水长东。幽怀谁共语，远目送归鸿。　　盖世功名将底用，从前错怨天公。浩歌一曲酒千钟。男儿行处是，未要论穷通。"赋如唐李翱《幽怀赋（并序）》："朋友有相叹者，赋幽怀以答之，其辞曰：众嚣嚣而杂处兮，咸嗟老而羞卑。视予心之不然兮，虑行道之犹非。傥中怀之自得兮，终老死其何悲？"皆悼古伤今，抒写英雄不遇的怨艾不平之意。故幽怀者，抒发怀抱也……该作亦如此。作者在文中讲述了自己的出身、先祖经历及个人心志。身为睢阳朱氏的后代，有承前启后的理想和经国济民的抱负，如能为皇上所用，即使献出生命亦在所不辞。无奈时不我与，人情浇薄，权贵当道，礼崩乐坏。遥想古代贤哲或者放浪形骸，或者矜持稳重，但大智与大行皆能恰到好处。遇贵而不以为贵，临难而不以为困。假如心地坦荡，即使有人诋毁又有什么？唯求人格独立、志同道合、有所作为可也。可惜的是

---

① 《存复斋文集》卷之三。

青春难再，只有抚弦自悲而已。作品表达了作者怀才不遇、志大难抒的怅惘之情。

还有《沅湘图辞为巙子山太监作》：

挂扶桑之弯弓兮，临东方之启明。骋六骥于广莫兮，岂修途之可量？及前贤之方驾兮，又何謇乎吾行？慨时俗之淫薄兮，曷淳风之浑庞？纷鸡虫之得失兮，孰澄清之是遑？耿予怀之逡邈兮，写秋风之沅湘。苟□天定之或存兮，虽王傅其何伤？倘鸮鸾之可辨兮，愿俟时乎吾将行。信弛张之有道兮，聊随宜而徜徉。①

就该文描写的景物看，当为作者赴高丽后所作。作品意象开阔，大气磅礴，表达了不畏艰险、驰骋广漠的远大志向。一方面写出了世俗淫薄、小人当道，另一方面亦写出不为世情所惑、不为外物所动的决心。作者相信张弛有道，只要相机而行，一定能实现自己的理想。

再如《秋风辞为柳道传待制赋》：

秋风飒飒兮鸿雁飞，山空木落兮猿狖啼。我所思兮天一涯，好其仪兮婉其辞。怅望弗及兮莫将归，兰桡桂桨兮江之湄。歌楚曲兮慰所思，白云满川兮佳人忽来。②

知音挚友，天各一方，思念之情，溢于言表。赋文赞扬柳氏修为有度，表达渴念相思之情。

"答招隐"亦是朱德润骚赋中的重要篇章，此类题材的诗作在古代甚多，如楚辞中有淮南小山的《招隐士》，三国魏曹丕有《大墙上蒿行》，晋左思有《招隐》诗，等等，其内容大都为陈说山中艰苦险恶，劝告所招隐士归来。承传楚辞旧制，朱德润的招隐赋在主题上分为两类，一类是隐居艰苦，劝隐者归来。如《山阳招隐辞为段吉甫助教赋》：

---

① 《存复斋文集》卷之三。
② 《存复斋文集》卷之三。

> 有美人兮山之阳，芰荷衣兮芙蓉裳。抱修能与姱节兮，愿俟时乎将行。何茝蒻之杂沓兮，欲蔽美乎兰芳。山之阳兮连林重冈，峣嵼碨硊兮嶽崿巉嶈。石濑兮珊珊，云容兮英英。潜蛟跃渊踔尾兮深不可量，赤豹文狸兮左腾右骧。美人归来兮，山中不可久留兮，盍将返乎吾乡？①

该文赞扬段吉甫其人有美好的品格与才干，隐居于山泽之中实在可惜，望其能早日归来，为朝廷所用。在内容上，作者同淮南小山的《招隐士》一样，极写隐士的居住环境，"山之阳"自指南山，即终南山，为商山四皓所在。这里林岗交接，悬崖陡壁，野兽出没，水深难测，实在不适合人类居住。想到隐士的卓越才华在此埋没，实在可惜，于是发出呼唤："美人归来兮，山中不可久留兮，盍将返乎吾乡？"

还有《南山招隐辞寄王君实左丞》：

> 有美人兮南山之南，紫霞衣兮白霓襜。步兰皋兮逍遥，采芳洲兮宜男。生好修而淑美兮，情肃穆而守谦。众增妒而嫉美兮，何灵琐之不椷？虎豹九关兮嶽崿崭岩，骐骅骖磕兮渊泉潏灒，深不可测兮高不可参。寒多蝮兮暑多虺，猿啾啾兮鸟喃喃。崩崼埭垣兮居处孰堪？静不可默兮躁不可谈。叫帝阍而路杳兮，老将依乎彭聃。美人美人归来兮，南山不可以久淹。②

才德之士遭小人嫉妒，于南山之中遁世而居。然而深山寒暑，孤寂难堪，野兽出没，令人寝食不安，将才德湮没于此实在不值。作者认为还是归来为宜。

另外像《答招隐寄兀颜子中都司》，题材与上述类似，作者写凤凰当鸣于高冈，梧桐当生于朝阳，作者劝隐者在当朝盛世，应果敢出仕，做治世之能臣，实现其志向。

在朱氏招隐之赋中，《答招隐》篇在主题上别开生面：

---

① 《存复斋文集》卷之三。
② 《存复斋文集》卷之三。

第四章 宗汉祖骚，感古伤今

　　山之阳兮兰茝芳，泉甘土肥兮稼穑香。食耕钓兮衣蚕桑，随所适兮将何望？高门列戟兮公侯之防，深宫网户兮室家之光。秦筝齐缕兮绮纨之常，蛾眉曼睩巧笑之戕。吴歈蔡讴兮雅音之伤，炮羔蜜饵兮鼎食之良。美人兮召余，霞佩兮颉颃。吾不能以此易彼兮，惟山之阳。①

　　该赋极写隐居环境之美，表达隐者山居不去之意。隐者耕钓蚕桑，随意任性，胜过高门列戟富贵荣华的深宫侯门。因此，即使有君上招我，也不会以此易彼。赋中表达不恋世情诱惑、放情山水之间的遁世情怀。这种主题的变化是否与作者的境遇变化有关，值得研究。
　　在辞赋之中，朱德润的一些短篇小赋也写得颇为隽永，如《濯沧浪》：

　　尘襟兮欲濯沧浪去，沧浪水深不可渡，风高浪翻潜蛟怒。欲掇芳兮君之故，芳馨盈怀兮君不我顾。白云漫漫兮来时路，青山白屋兮我安所处。②

　　短短数句，写出了一种悲慨的人生境遇。仕途茫茫，吉凶难测。朝廷难得重用，顿生归意，青山茅屋也许是最好的去处。作者借古喻今，实乃有感而发。
　　再如《棹歌》：

　　云溶溶兮山崦，屋渠渠兮林隈，怅怀君兮何所？倚兰棹兮徘徊。③

　　短短四句，既写出了行旅景观，又透露出深切的怀友之思。
　　总之，朱德润的辞赋创作，在"祖骚宗汉"上皆有所得，且能忠实

---

① 《存复斋文集》卷之三。
② 《存复斋文集》卷之三。
③ 《存复斋文集》卷之三。

继承中国古代汉赋和楚骚的原始风貌，因情立赋，以理辅情，情理兼胜。有学者将元代赋文创作按情感特征分为三个阶段，认为前期辞赋"积极用世、退隐自适、仕隐矛盾"，中期辞赋"赞美复科、崇古尚理、怨世自伤"，后期辞赋"超世解脱、批判现实、迎新怀旧",① 朱德润的赋文似乎并不受此限制，三个阶段的情感特征在他的作品中都不同程度地存在。《雪猎赋》《轧赖机酒赋》和《游朱方赋》属于散体汉赋的风格，开头以散文体的序代首，中间和结尾用韵文，相较而言，《轧赖机酒赋》更加自由灵活。三者皆属问答体，首尾用散文，中间部分用韵文。韵文以四、六言为主，杂以三、五、七言，或更长的句子。有时还采用楚辞的"兮"字句和迭字的运用，节与节之间，多用散文性质的连接词，如"于是乎"、"若夫"、"况夫"、"岂必"等。在表达方式上多以抒情为主，兼以说理，情理相生，体式多变，文采华丽、辞藻丰富、铺张扬厉、踵事增华，具有浓烈的主体审美特征。

---

① 李新宇：《元代辞赋研究》，第233页。

第 五 章

遣志抒情，烛照现实

——朱德润的诗歌创作

在朱德润文集中，诗歌是一个重要组成部分，十卷本的《存复斋文集》，诗歌占了三卷，《存复斋续集》收诗文135篇，诗歌占了58篇。作者的青少年时代正值元代中期，元朝的新风新政与社会矛盾在其诗歌中皆有反映。加上他曾入仕于朝，作为新政权中的一枚棋子，经历了报国有路和失意辞归的过程，因此，登高凭吊、临风怀古，触景生情、感古伤今，反映生活、映照现实，诗歌成为他表达情志最为直接的疏泄渠道。虞集曾言"泽民文章典雅而理致甚明，独惜以画事掩其名"（《存复斋文集序》），俞焯则称其"理到而词不凡下"（《存复斋文集序》），然清代《四库提要》则认为，俞焯语"差得其实。诗则肤浅少深致，益非其所长矣"。可见，历史上对朱诗的评价并不一致。

就题材而言，朱氏诗作包括了咏物、叙事、送别、纪行、咏史、怀古、讽刺、赠答、题画、游仙、招隐等类型，本章试从其各类题材所表现的思想情感入手，探讨其诗歌的基本特征。

第一节 纪录生活境遇，表达不遇之情

诗缘情，诗言志。对精于书画、沉于经术的朱德润而言，诗并不单纯是一种艺术创作，更是纪录其生活经历见闻感受的重要途径，诗歌创作与其人生道路和生活境遇密切相关，故通过其诗，可以窥到这位画家的情感波动和人生思考，走进其矛盾而复杂的内心世界。

一　对仕途的向往

青年时代的朱德润，是一个充满理想奋发有为的艺术才俊，他"俊气溢发，一以古人为师。诗师谪仙，笔札师逸少，画则规矩出入李昭道父子之间"①。在姚式、高克恭、冯子振、赵孟頫等人的指导和推荐下，他有了到京师游学的经历。当时他二十多岁，对自己的前程充满期望，诗中呈现出的是一个朝气蓬勃、志在天下的青年形象。比如1319年，朱德润赴京都游学，横渡长江时有诗感怀：

> 白露下蒹葭，秋序倏云暮。
> 轻车过岩麓，津吏远迎渡。
> 击鼓动连艘，牵帆若飞溯。
> 盘涡旋欲没，楫急浪花舞。
> 水深蛟龙蛰，日落鸥雁度。
> 金山峙鳌头，矗矗山畔楼。
> 浮屠夹石柱，结构逾青楸。
> 黄金铸古象，岁月逐江流。
> 谁云限南北？空怀千载忧。
> 浩荡洗胸臆，援毫图壮游。②

秋天的一个黄昏，行车通过了山脚来到渡口。客船相连，船帆高挂，水深浪涌，鸥雁齐飞。金山雄峙，寺塔高耸，佛像隐约可见。"谁云限南北？空怀千载忧。"浩渺江水，怎么能限制住南北的交通，又怎么能限制住青春少年的行程？在作者眼中，天地是如此之大，任由驰骋。"浩荡洗胸臆，援毫图壮游"，作者胸中充满了浩荡之气。

《泛太湖访友》，亦当为作者青年时代所作：

> 扁舟去何所，渺渺太湖阴。

---

① （元）冯子振：《赠朱泽民序》，《存复斋文集·附录》。
② 《九月十二日渡江》，《存复斋续集》。

> 依依桑梓村，拍拍枕寒浔。
> 飞云入遐睇，鸟道横青岑。
> 篙师戒勿渡，柔橹力不任。
> 我身虽骨立，未肯折壮心。
> 放船当中流，浩歌激清音。
> 何当被官锦，再作峨嵋吟？①

泛舟太湖之上，周围村庄相连，有寒冷的水声传来。远望云飞处，弯弯小道横在山峰之间。船工告诫水浪太急橹柔难支，但作者壮心勃郁，放船中流，虽然身体瘦弱，依然放声歌唱，对前途充满了憧憬与希望。

朱德润赴京后，因王璋举荐，在玉德殿受到元仁宗的召见，并被任命为应奉翰林文字同知制诰，兼国史院编修官。前职为从七品，后职为正八品。对年仅二十六岁的学子而言，如此平步青云，实属罕见。"茫茫觇六合，况敢事一室？仰观浮云变，清晖易升没。执策登前途，秣马俟明发。"（《和虞先生榆林中秋对月》）即使和前辈虞集唱酬，亦踌躇满志。志在天下，时不我待，实为此时朱德润的心情写照。

然而好景不长，次年，仁宗驾崩，英宗继位。青睐朱德润的王璋由于与新君所宠幸的近臣不和而遭排斥，赴浙江天童寺避祸，朱德润亦陪同前往。两年后，授镇东行中书省儒学提举。虽然官阶提升了，但并未有被朝廷重用的迹象，反而被派往高丽做抄写佛经的文化官员。对此，他甚感抑郁，认为去非所适，难展其长，"无由振长策，肯使服短辕"（《呈刘侍中博士》）。骏马破车，难至千里，实乃英雄无用武之地也。他渴望得到高德荐举，梦想早日受到重用。1322年，他从高丽回国，在给宰相拜住的诗中写道："木茂鸟翔集，溪深鱼游聚。佳氛凝四时，胜境环百武。""仲尼登东山，诸葛吟梁父。人生驹隙耳，忠孝事明主。"希望得到宰相推荐，从而为皇帝效忠，只有这样才能万世流芳。

他在《为仪凤山作》一诗中，亦表达了相似的思想：

> 物灵不自显，凤兮在山楸。

---

① 《存复斋文集》卷之八。

> 文章日益著，律吕音相求。
> 山川何岩峣？摇落关河秋。
> 征雁度空碧，乌鸟满林丘。
> 仲尼久已往，郊薮谁能留？
> 行看太平日，君臣协成周。
> 瑞世当一见，孤鸣扬九州。①

诗作在希冀之中渗透着怨艾，实乃不遇之情的真实流露。

青年时代的朱德润，可谓抱负不凡，志存高远，即使身处异国，山川万里，收到家书，其中反复提到的依然是如何成就伟业、光宗耀祖：

> 乡关隔万里，执策辽海东。
> 山川何寥廓！草木撼霜风。
> 中原有兄弟，贻我书数封。
> 离别皆不道，努力强吾宗。
> 回观亲舍下，白云正重重。②

可是又有谁知他在异国他乡不被重用的隐忧。

二 仕与隐的徘徊

然而，就在朱德润对官场前程充满期待之时，元朝宫廷风云突变，南坡之变，拜住被杀，英宗被弑于卧榻之上。以铁失为首的奸党政变成功，泰定帝即位，元朝权力集团面临一场新的洗牌。朱德润作为英宗看重的官员，同时与前丞相拜住交好，其未来处境吉凶难测。他似乎嗅到了即将来临的血雨腥风，对自己的前路信心动摇，这在他的诗歌中得到生动的反映，如《山阿》诗中所写：

> 微云拂林表，日色在山阿。

---

① 《存复斋文集》卷之八。
② 《得家书》，《存复斋文集》卷之八。

中有求聘姿，请为怀春歌。
商於老不起，汉嗣将如何？
说筑傅岩像，那知非梦讹。
由来出处难，贵在名不磨。
洁白事王室，磊落无纤瘕。
尚愧斗筲人，持以测海蠡。
留侯妇子貌，太史疑匪他。
明哲既保身，大节镂嵯峨。①

诗借山阿喻山野之人。从诗意看，作者对是否退隐似乎还有些犹豫。而《写怀次贺伯京提举韵》中则思退心起：

其一
四时更代谢，人事增束约。
百卉春已荣，严霜秋复作。
孤身处世间，元气鼓一橐。
心行既不悖，俯仰终何怍？
凭高独回首，微云度廖廓。

其二
门前官河水，冻解春流急。
河流无停时，客行亦汲汲。
物役岂有程，人情自相及。
请观醉人歌，感忆醒时泣。
何时心无萦？静看山云入。②

前诗感叹世事艰难，物役烦劳，百卉才发，严霜又至。人情最值得珍贵，希望能早日脱离凡俗之念，归隐自然。白云长天，才是最美的所在。后诗言人世纷纭，物欲无边，人为物役，何时得脱。只有看透人生，

---

① 《存复斋文集》卷之八。
② 《存复斋文集》卷之八。

才能与山云同在。显然,作者对世间的纷扰已经产生厌倦之情,坚定了归隐之意。

在《存复斋续集》中,收有《写怀》诗一首,当是他归隐后忆旧之作,正表达了他在此阶段的心情:

> 晨起步东郊,飞红坠残枝。
> 念兹物候改,怀思竟袖疲。
> 长歌忘宫徵,雅音变风诗。
> 忆辞京国日,贤豪欲何之?
> 西都贵佚荡,厚俗颇相违。
> 精祲化妖□,毒燔令人悲。
> 何如商山翁?橘隐乐无涯。
> 旷情适所愿,松柏良自期。

作者认为,自己淳朴的习性不适合在京城生活,不如像商山翁那样归隐山中。商山翁指商山四皓。秦末东园公、绮里季、夏黄公、甪里先生,避秦乱,隐商山,年皆八十有余,须发皓白,时称商山四皓。作者在此借古人事迹表达了对隐逸生活的向往。归隐之想油然而生:"平生自有泉石念,寸禄无干何用名?熏天富贵那足恃?厚禄未为身后计。破垣发屋笑王涯,良弃勋名如脱屣。"① 作者认为只有读书,方知古代贤者之伟大。官爵俸禄究竟有何用?为何还要去博取功名?齐天富贵并非自己所求,归隐才是自己的初衷。于是,他决计告别官场,归隐田园。某日,他对朋友说:"吾挟吾能,事两朝而弗偶,是宰物者不吾与也。其归饮三江水,食吴门莼乎?"② 之后买舟南下,回到苏州。

可见,对时值而立之年的朱德润而言,远离元朝社会的权力中心,最重要的原因,除不被见用之外,就是对统治阶层相互争斗的畏惧与逃避。他对自己的前路似乎有一种不祥的预感,害怕过那种前途未卜、如履薄冰的日子,在经过一番痛苦的思想斗争之后,毅然告别了官场。

---

① 《春暮感怀》,《存复斋文集》卷之十。
② (元)周伯琦:《有元儒学提举朱府君墓志铭》,《存复斋文集·附录》。

三 恬静安闲的心境

退隐后的朱德润,曾经有过一段悠闲安谧的生活,"杜门屏处,讨论经籍,不求闻达"①,埋头经书,放情山水,从他的诗作中,可以看到其恬静安闲的心境。如《自二月一日到杭至三月三日风雨相半》:

其一
昔年来湖山,乘兴登高阁。
风轻花木鲜,日暖游丝落。
依依青嶂开,冉冉春云薄。
适此淡忘归,怡然动春酌。

其二
今年来湖山,风雨遇春半。
巷迥客过稀,泥泞衣裳漫。
读书非治生,足食转疏懒。
时挥双墨毫,画纸供新玩。②

前诗记昔日来湖山时登阁宴聚之景。风轻日暖,花木清新,空中的蛛网亦随风飘落,山青如屏,云雾稀薄,春意盎然,令人忘归。后诗写春将过半,重游湖山,途中遇雨,游客稀少,挥墨作画,十分自在。

作者对安闲平静的生活感到惬意,对清贫的日子亦不以为困。他在《赓龚子敬先生十清诗·齑瓮冰》中写道:

杵冻虽受辛,和羹非灌畦。
醉中嚼寒玉,未敢论醯鸡。③

咸菜上的冰屑嚼在嘴里如同寒玉,这种感觉自是见识浅陋的表现,

---

① (元)周伯琦:《有元儒学提举朱府君墓志铭》。
② 《存复斋续集》。
③ 《存复斋文集》卷之八。

与瓮中小虫相似。在作者的自嘲与调侃中，可以感受到他对贫困俭朴生活的坦然与乐观。

能否安贫乐道，关键在于心胸。作者的《晨起》一诗，表达了对达者心胸的赞美：

> 晨起忽戚戚，所忧非穷通。
> 閟閟歧路间，征人行且逢。
> 一为名与利，心劳日匆匆。
> 一为世情迫，嘘吸成春冬。
> 贵者虑其职，贱者虑其佣。
> 富者虑其赀，贫者虑其空。
> 直道本无虑，人情亦汹汹。
> 春花必红谢，岁晏多青松。
> 唯天固有命，达者当从容。①

作者认为，名利、世情、权力、财富，皆为世俗追求，为此心劳忧虑，必然误人一生。富贵在天，生死有命，坦荡从容，方为直道。

在《读书》诗中，作者表达了自己的穷达观：

> 忆初垂髫时，读书义微茫。
> 岂知礼法贵，衣冠自虞唐。
> 岁月忽云迈，壮年无寸长。
> 幸逢尧舜君，讴歌乐时康。
> 穷达固有命，为学当自强。②

作者庆幸生逢太平之世，虽穷达有命，亦当发愤苦读。

远离官场，万念俱寂，在朱德润的生活中，更多的是孤独寂寞中对自然的倾听，对物候的体察，在万物生灭中感受着生命的脉动，以及对

---

① 《存复斋续集》。
② 《存复斋文集》卷之八。

人生的冥想。如《晓春即事》：

其二
谁道林莺老？金衣薄更新。
春来复春去，老却看莺人。
其四
柳丝缲十丈，蘸水绿条鲜。
何事江边客，相过不系船？①

若非心静如水，如何体悟得出林莺之老？若非情闲似风，如何能留心得到江客相过？"老却看莺人"，"相过不系船"，时间的流逝，人事的飘忽，作者通过微小的细节生动地表现了出来。

再如《晓晴》写秋晓寒林：

天寒欲晴犹雨，晓色将明未明。
万里碧云平野，一林落叶无声。②

秋日黎明，天寒又雨，平野万里，叶落无声。作者在自然变化中感受着生命的韵律。

又如七言绝句《出郭》写郊外野趣：

步出东皋隔市尘，青山高下欲迎人。
汀花有意开何晚，野草无名亦自春。③

远离尘世喧嚣，青山如友相迎，汀花盛开，野草泛绿，春意盎然，物我相融。还有《对月》写月下之思：

---

① 《存复斋文集》卷之八。
② 《朱德润集辑佚》，载陈才生校注《朱德润集校注》，中国社会科学出版社2021年版。
③ 《存复斋文集》卷之九。

> 云间一片月,照我披素襟。
> 为持一樽酒,聊成对月吟。
> 月虽不解饮,我来意自深。
> 乔松引长风,吹作丝篁音。
> 瑶光映几席,六合清沉沉。
> 情舒物理畅,万古同兹心。①

月光使作者回归本心初念,对月饮酒,其意颇深。松引长风,发出优美的乐音,月光照射在几席之上,天地一片澄清。作者情舒意适,对万物之理的认识更加通畅。这种融于自然返归本真的感受,只有在心境沉寂之后才能感受得到。

四 对达士圣贤的敬仰

在朱德润所受的教育中,古来圣贤的处世品格是他行为的楷模,他们的崇高人格是他精神的支柱。这在他的诗作中常有表现。如《三爱诗》,作者借古人表达自己的心志:

> 吾爱房与杜,秉国之纲维。
> 吾爱元鲁山,冰檗每自持。
> 吾爱李谪仙,岂特文与诗?
> 不奉宫内宠,不受金闺羁。
> 眼底汾阳王,所系唐安危。
> 英材济当世,万古声光辉。
> 古人不可见,默坐劳神思。②

作者讲述自己最喜爱的四位古人:房玄龄、杜如晦、元德秀、李白。房玄龄善谋,而杜如晦处事果断,因此人称"房谋杜断"。后世以房玄龄和杜如晦为良相的典范,合称"房杜"。元鲁山即元德秀,唐朝河南(今

---

① 《存复斋文集》卷之八。
② 《存复斋文集》卷之八。

河南洛阳市）人。少孤，事母孝。举进士，负母入京师。既擢第，母亡，庐墓侧，食不盐酪，藉无茵席。家贫，求为鲁山令。岁满去职。爱陆浑佳山水，乃居之，陶然弹琴以自娱。房琯每见，叹息道："见紫芝眉宇，使人名利之心都尽。"卒，门人谥曰文行先生。学者高其行，称曰元鲁山。著有《季子听乐论》《寒士赋》等。李白诗文绝佳，更有着非凡的志向，他一向以"奋其智能，愿为辅弼，使寰区大定，海县清一"的功业自许，一生矢志不渝地追求"谈笑安黎元""终与安社稷"的理想，《梁甫吟》《读诸葛武侯传抒怀》《永王东巡歌》《行路难》等都反映了他的这种思想。据说李白曾经搭救过犯死罪的郭子仪，后来郭子仪平定"安史之乱"，一身系着唐朝安危，这可谓李白的一种特殊贡献。朱德润认为，这几位古人的品质，都表现在以国事为重，性情耿直，不为名利所诱，不受声色所惑，心系国家安危。他们的卓越才能可以经世致用，声名传之千古。可惜的是，他们一个个都成为历史，自己无法看到这些人，念之不禁默然。诗作表达出一种深深的孤独感。

在《次方叔渊先生自赵屯归城中韵》一诗中，作者通过叙事的方式表达了对不为世俗所诱的固穷之士的赞美：

> 晨发赵屯路，郊务曷胜纪？
> 扁舟转重滩，棹激浪还汜。
> 村深鸡竞鸣，时见出农耜。
> 枫林宿霭收，茅屋炊烟起。
> 依稀远江湖，渐觉近城市。
> 逢人问归程，舟子行且喜。
> 宿雨起新涨，蒹葭没秋水。
> 思倦名利途，醒心甘洗耳。
> 先生弃儒冠，高蹈出乡里。
> 优游吴楚间，生事丹砂里。
> 壮年厌世纷，岁莫少知己。
> 欲拂珊瑚竿，东溟钓青鲤。
> 学仙终难期，世事那有已？
> 得钱聊问道，垂老无妻子。

故人怀千金，岂念固穷士。①

这虽然是一首和诗，写的是好友方叔渊的归隐生活，但从中可以看到作者对这种生活方式的同情与支持。还有《季宗摄棐石图》是一首题画诗：

高坡俯长流，八月气已肃。
疏林悬古藤，脱叶下乔木。
终然抱高节，岁晏凛如玉。
及兹霜霰繁，斧斤在空谷。
会令柱天阙，伟耀惊世目。②

诗中棐石的形象具有强烈的象征意味，代表了作者的理想人格。故名为题画，实乃托物言志也。

另一首题画诗《雪竹双雉图》写道：

雪压林梢竹倒垂，石边双雉欲惊飞。
天寒野静寻余粟，犹胜樊笼刺锦衣。③

作者由寒野雉鸟寻粟，生自由无拘之想。

又如《和柯敬仲博士幽兰诗》：

其一

阳和遍岩谷，猗兰发初芳。
幽姿不自媚，随风忽飘香。
宁辞雨露恩，感此岁月长。
愿随郎官握，得上中书堂。

---

① 《存复斋文集》卷之八。
② 《存复斋文集》卷之八。
③ 《朱德润集辑佚》。

不惭山泽姿，高贵比金张。
灵芝在宣室，岂独怀沅湘？

其二

孤根托山阿，奕叶留清芳。
春花竞红紫，未敢并幽香。
攀缘上乔木，不及丝蔓长。
愿结君子心，永焉贮高堂。
缔彼金石交，辞君罗绮张。
雅道出岩谷，良时非楚湘。①

诗作以岩谷幽兰喻君子之德，借兰植中堂喻友情之可贵。

以上写棐石、写双雉、写幽兰，看似写物，实乃言志，是作者理想的寄托，表达了独处之中的精神境界。

朱德润曾有多首咏松之诗，从松树的意象中，亦可看到他对自由人格的坚守。如《双松》：

双松倚磐石，风雨太山阿。
忽化苍龙去，参天节概多。②

从中国传统的审美视角看，松树具有独特的阳刚之美，且常青不衰，是民族心理中吉祥、长寿的象征。在数千年的文学长河中，化作比较固定的文学符号，成为一种坚贞持节的永恒母题。以松为对象的取譬联想，可谓汗牛充栋，自诗经中"如竹苞矣，如松茂矣"（《诗经·小雅·斯干》）之后，以松之性比君子之德便不绝如缕，如孔子"岁寒，然后知松柏之后凋也"（《论语·子罕》），汉刘桢的"岂不罹凝寒，松柏有本性"（《赠从弟》），晋左思的"郁郁涧底松，离离山上苗，以彼径寸茎，荫此百尺条"（《咏史八首·其二》），晋陶渊明的"连林人不觉，独树众乃奇"（《饮酒二十首·其八》），唐李白的"松柏本孤直，难为桃李颜"

---

① 《存复斋文集》卷之八。
② 《存复斋文集》卷之八。

（《古风五十九首·其十二》），唐杜甫的"青松寒不落，碧海阔愈澄"（《寄峡州刘伯华使君四十韵》），宋苏轼的"白首归来种万松，待看千尺舞霜风"（《寄题刁景纯藏春坞》）等，松已成为君子人格的象征。朱德润显然秉承了这一审美趋向，在《双松》中描绘出一幅风雨中生长于磐石之上高挺耸立的松树图。作者由松上麟斑产生幻觉，松树犹如苍龙冲天而去，那种不畏风霜严寒的浩然正气和坚贞不屈的操守令人赞叹。

此类作品还有《汤君载五松图》：

五松蟠柯双顶高，拂天翠盖森飘飘。
下有千岁茯苓根，上缠百尺红凌霄。
长山短山献平远，乱山滩头水奔溅。
丹凤飞来倘可期，苍龙化去君须见。①

诗中言五株松树高古繁茂，令人望之肃然。又如《长松》：

长松高千尺，风动青扶疏。
轻花扬金粉，细韵吹笙竽。
孤根抱幽泉，直干凌太虚。
炎夏日正永，清阴覆长途。
宁依晋处士，羞对秦大夫。②

诗写松树之貌，赞松树之品。再如《写怀》：

江乡五月雨，靡气方郁隆。
轩窗面南开，潇洒吾庐中。
有志乐经史，无心较穷通。
嗤彼名利徒，交攻不相容。
家给知礼义，非谓食万钟。

---

① 《存复斋续集》。
② 《存复斋续集》。

薄宦识衣冠，非待禄位崇。
南俗尚富贵，此道非华风。
君看物候变，岁晏惟青松。①

该诗赞美高尚的气节，表达了自己的志向和追求。

朱德润不仅于诗中写松，还常常以松为题作画，如《松下高论图》《松溪钓艇图》等，都表现了他在独处生活中对坚贞超拔人格的追求与向往。

五　纵情山水，赞美友情

在退隐生活中，纵情于山水之间，与朋友同游共酌，亦成为朱德润生活的一个重要部分。这在他的诗中同样得到显现。如《和龚子敬先生游春韵》写春日朋友相聚的欢悦：

烹泉热旨酒，坐石得嘉宾。
好鸟时鸣昼，幽花不放春。
山遗今古事，诗著往来人。
楚地龚夫子，诸生□问津。②

春暖花开之时，好友相聚，临泉傍石，听鸟语，闻花香，对酒赋诗，谈古论今，得山水之乐，浑然忘归。诗句真实地再现了文人骚客诗酒雅集无拘无束的自由情怀。《寒食日偕俞元明过城西刘月心家》中对朋友间的情感描写更加细腻：

山郭有佳兴，相携过驿亭。
风烟多物色，花柳半郊坰。
庐井如棋布，山溪列画屏。
麦畦高下绿，竹树浅深青。

---

① 《存复斋文集》卷之八。
② 《存复斋文集》卷之八。

> 访隐喜人静，叩扉闻篆馨。
> 相看青眼瘦，深欹白云扃。
> 矮屋依荒堑，横窗瞰小泾。
> 儿童欣有客，几席布中庭。
> 握手论高致，谈玄试静听。
> 情真不纳礼，坐久即忘形。
> 晓圃栽蔬菊，山肴荐浊醽。
> 兴怀成俯仰，感旧叹飘零。
> 笑语摈凡俗，真诚见典刑。
> 独惭歌叩角，谁与附修龄？
> 倚石和衣冷，临流醉眼醒。
> 重来恐寥落，挥别更丁宁。①

这是一首叙事诗。诗叙寒食日与俞元明过城西拜访隐居的朋友刘月心之事。全诗采用顺叙，先写沿路景色，后写到隐者刘月心家时见闻，最后写与刘月心交谈情景，如行云流水，水到渠成。诗作充满了生活气息，生动地表达出挚友间的深厚感情。

《游吴江怀陆子顺》写吴江之游甚美：

> 昔同书画舫，山水弄清晖。
> 共泛澄江曲，相携竟日归。
> 壶觞随处乐，鸥鸟狎人飞。
> 黄鹄乘仙去，青冥振羽衣。②

诗人游吴江，想起当年与好友陆子顺游澄江的情景，如在目前。山水明丽，船歌悠扬，相携终日，乐而忘归。饮酒赋诗，鸥鸟亲近，黄鹄远翔。景色愈美，愈衬托出对故人的怀念之情。

作者有许多送别之词，表达出友人之间的关怀与期盼，如《送冯海

---

① 《存复斋文集》卷之八。
② 《存复斋文集》卷之八。

粟待制入京》：

其一
人生百年间，会面能几何？
昔年送公去，冰雪满长河。
今年送公去，堤柳青婆娑。
春塘漾轻舸，晓日生微波。
柔橹数声动，游子行不歌。
梦随征帆去，思逐春流多。
落花粘空樽，错落金叵罗。
聚散未足道，且使朱颜酡。

其二
大鹏举千里，四海为盘涡。
六翮振天表，天门高嵯峨。
安得上天去？为公驻羲和。
请照孤心丹，未管双鬓皤。
众子不解此，徒以测海蠡。
我想古先哲，言论耿不磨。
物论自纷杂，天理终无它。
何当附长揖，相与扣弦歌。①

此为作者送别冯子振的赠别诗。前诗感叹人生中友人之间的相见太少。后诗赞赏冯子振志行高远，希望有朝一日能再与冯子振在一起饮酒相庆。

又如《送答罕同知之南雄》：

秋风吹岩谷，客子将何之？
下有虎豹林，上有猿猱枝。
怀器报明主，不畏路险巇。

---

① 《存复斋文集》卷之八。

只愁羊肠曲，世道不可夷。①

南雄地处岭南山区，路途艰险，答罕前去赴任，诗人送行，诗作表达了对友人的担心和敬佩。

《别后怀权赞善李仲思二宰》一诗表达了对朋友的思念之情：

　　采采凌冬花，夹道多荆菅。
　　驱车蹈前辙，我仆衣裳单。
　　良集既已定，敢辞行路难。
　　怀人在东南，岁晏路漫漫。
　　轩车来何晚！凝睇登巑岏。
　　苍天虽咫尺，安得生羽翰？
　　幽居竟晨莫，旅食惟加餐。
　　夜寒飘风寂，水涸零露溥。
　　相思不得寐，起舞影蹒跚。
　　天垂四野静，落月金团团。②

在一个远离仕途归隐乡野的儒者眼中，友情也许就是他生命中最重要的精神支柱了。朱德润珍视朋友之间的友谊，关注朋友的沉浮与安危，在与朋友的情感交流中表达出他自己的精神追求。

六　刺时论世，愤世嫉俗

在朱德润的诗作中，有一部分诗作是对社会现实的感受，表达了他的愤世嫉俗之情。如《伯劳捕雀诗寓太湖张君用林亭赋所见》：

　　长林松萝交，众鸟鸣未息。
　　伯劳飞转低，健翮掠寒棘。
　　微生亦奸险，毛羽空颜色。

---

① 《存复斋文集》卷之八。
② 《存复斋文集》卷之八。

> 苍雀不惊猜，饮啄共林隈。
> 风轻暮入静，逼雀下蒿莱。
> 侧身奋一攫，嚼血向寒灰。
> 嗟尔伯劳鸟，蜜口怀剑腹。
> 尔不鹰其毛，食彼同类肉。
> 我曹良君子，勿蹈险人屋。
> 请作伯劳诗，聊以敦薄俗。①

该诗重点描写了伯劳鸟捕食小雀的场面。诗中白描，甚为传神，如"风轻暮入静，逼雀下蒿莱。侧身奋一攫，嚼血向寒灰"，其中，"入""逼""下""侧""攫""嚼"等动词的运用，简洁、准确而生动，形象地描绘出小雀觅食遭遇危险的过程。诗作借物模拟，喻世事纷杂人间阴险。再如《题淮阴梅鼎画蜀山图》：

> 西望巴江隔锦官，青泥黄栈细盘盘。
> 人间到处羊肠险，何必长歌蜀道难。②

作品极写蜀道之曲折险远。但与人间险恶相比，蜀道又算得了什么！"人间到处羊肠险"句犀利而深刻。又如《次韵陆友仁写二首》（其二）：

> 糠秕酿糟粕，众子醉未醒。
> 道义混薄俗，荆榛绕闲亭。
> 不见仲山甫，夙夜忧王庭。
> 不见桓叔夏，歌筝良可听。
> 古人不可见，默坐心冥冥。③

作者愤世嫉俗，叹世风浇薄，道义不显，贤相不出，良臣难再。对

---

① 《存复斋文集》卷之八。
② 《朱德润集辑佚》。
③ 《存复斋文集》卷之八。

当时的政治氛围感到悲观失望。

七 孤独愁苦，顾影自怜

然而，归隐只是一种生活态度。从朱德润归隐后的诗作看，无忧无虑的生活只是表面现象，他内心的波澜一刻也未停止。一个曾经充满理想的官场弄潮儿，于驰骋奔进中戛然而止，远离施展才华的疆场阔野，不可能没有思想斗争。从一些诗作中可以看到，他的济世报国之心并未泯灭：

> 夕月出东岭，晓日生嵎夷。
> 昏旦逐时变，鬓发忽已衰。
> 盛年不努力，岁晚以为期。
> 历览古坟典，余子多费辞。
> 岂无济时策？牢落安所施。
> 秦强固贱士，众女妒蛾眉。
> 慨此时俗薄，残卷无心披。①

在诗中，作者读圣贤之书，恨不能一展才华以报朝廷。无奈为时俗所困，有心无力。岁月无情，转眼已老。也曾有济时之策，然无处实施；也曾有大志在胸，然遇谗遭嫉。他感觉自己就像那荒郊窠石："终然抱高节，岁晏凛如玉。及兹霜霰繁，斧斤在空谷。会令柱天阙，伟耀惊世目。"② 如今窠石坠于荒林，虽尘封霜罩，志节依然高洁，然而不被启用的孤独、寂寞与惶惑又是何等无奈。

《团扇古木自题》一诗写的是他归隐后的真实感受：

> 纨扇何皎洁！团团无纤翳。
> 聊挥古木枝，换却月中桂。③

---

① 《倦读》，《存复斋续集》。
② 《季宗摄窠石图》，《存复斋文集》卷之八。
③ 《存复斋文集》卷之八。

这种聊挥团扇对月伤神的落寞心境，成为他后半生诗歌中一层抹不去的灰暗底色。

在《次韵陆友仁写二首》中，作者志大难抒的心理表现得更加突出：

其一
钟声警晨思，枕底宿梦醒。
盥罢出庭户，众木高亭亭。
细雨绿渐暗，清飙满中庭。
朱弦作还辍，雅音谁我听？
安得附黄鹄，携子凌苍冥？

其二
糠秕酿糟粕，众子醉未醒。
道义混薄俗，荆榛绕闲亭。
不见仲山甫，夙夜忧王庭！
不见桓叔夏，歌筝良可听！
古人不可见，默坐心冥冥。①

前首言志在高远，知音难觅；后首叹世风日下，道义沦丧，贤相不出，良臣难再。仲山甫是周宣王时著名的贤臣。《诗经·大雅·烝民》言其为人师表、不侮鳏寡不畏强暴、总揽王命颁布政令、天子有过他来纠正等高尚品德。桓叔夏即桓伊，他曾与谢玄、谢琰大破秦军于淝水，稳定了东晋的偏安局面，官至都督江州荆州十郡豫州四郡军事、江州刺史，喜音乐，善吹笛，当时称为"江左第一"。在上述两诗中，作者表达了对当时社会黑暗的不满，悲观失望充溢于诗中。远离官场，理想失落，济世无路，报国无门，自己的安邦之策有谁听？高飞翱翔之日又在何时？这种学无所用、壮志难酬的哀苦给他的诗作增添了几分悲慨的气氛。

其实，自元朝初始，至朱德润时代，靠武力雄霸中原一统天下的元朝统治者，虽然逐步推行了科举制度，并收揽任用了一批汉族文人，但

---

① 《存复斋文集》卷之八。

在真正掌权者皆为蒙古贵戚、色目世臣的朝中，总体上对知识分子是持歧视态度的。姚燧《牧庵集》卷十五中，曾记载忽必烈对潜邸旧臣董文忠之言："汝日诵四书，亦道学者。"董文忠对曰："陛下每言'士不治经，究心孔孟，而为赋诗，何关修身？何益为国？'由是海内之士稍知从事实学。"① 治经也好，诗赋也罢，在统治者眼中，皆不过尔尔。朱德润的自哀自怜，不仅是他个人的悲愤，同时也反映出当时汉族文人的共同心态。

在作者晚年的创作中，有诸多状写愁思的作品，令人看到了其心理世界的另一面。如《秋日重过扬子江》：

> 愁凝黛眉江上山，倒蘸碧树沧波间。
> 茫茫万顷秋色改，海门双阙如银环。
> 忆昔大禹疏凿始，岷山东别回狂澜。
> 洪流东奔八柱立，蛇虫却走生人完。
> 绿树亭亭似迎送，浩歌高鼓临江湾。
> 长年浪游适兴耳，江流无穷石转顽。
> 夜深风涛潜蛟怒，愁心冥冥喟其叹。②

诗中写景状物生动形象，表达了旅次中的愁思。这与他青年时代过扬子江时的那种意气风发高歌奋进已判若两人。

更多的时候，作者生活在对过去的回忆之中，如《群峰秀色图仆廿八年前所作也恭甫出以见示且征题诗因成长短句书于卷后并奉叔方府博一笑》：

> 青天不补罅，山色秀可揽。
> 红树醉秋风，碧峰开菡萏。
> 崎岖深谷有行人，攀磴扪萝不知险。
> 倚岩楼阁高复低，时见隔溪云冉冉。

---

① （元）姚燧：《董文忠神道碑》，《牧庵集》卷十五，《四库全书·集部·别集类》。
② 《存复斋续集》。

> 忆昔少壮日，征鞍度居庸。
> 画笔记行稿，点滴苍翠夸全工。
> 三十年来重看画，星星两鬓生秋蓬。
> 今看古画我何数？因画思人今亦古。
> 但愿升平日，鱼钓山中泉，食耕山下土。
> 归乎归乎盘之阻。①

睹旧画而思过往，"三十年来重看画，星星两鬓生秋蓬"，状人生短暂，甚为悲慨。

从以上所列诸诗可见，朱德润晚年并非那么安静闲适，那种郁郁不得志之情不时在笔下浮现，与此同时，空虚无聊之感亦出现在他的诗作之中，比如《倚阑》：

> 水净兼葭碧，秋高独倚阑。
> 渔收溪畔网，人立渡头滩。
> 空忆同舟济，休看怨铗弹。
> 茅堂一尊酒，风雨话平安。②

观渔人劳作，思人生过往。同舟共济也好，壮志难抒也罢，都已是过眼云烟，最好的方式还是在茅屋中自斟自饮，祈求平安。诗作流露出作者晚年生活的落寞与无奈。

在寂寞而漫长的隐居生活中，朱德润感到时光难再，玩世不恭、及时行乐的人生观也随之出现：

> 日行三百六十五，今夕方除岁云暮。
> 人生忧乐百年期，又见日除当此度。
> 养和适情宜及时，古今中寿七十稀。
> 自非金石不可永，刀圭谁保长生期？

---

① 《存复斋续集》。
② 《存复斋续集》。

彭宣老聃亦何之？不须更作送穷诗。
客闻此辞莫伤咨，尊前且醉黄金卮。①

人生有限，难保长生，故当适情，及时行乐。再如："人生得意须尽醉，酒渍啼痕秋梦长。东山谢傅等陈迹，洛阳金谷何茫茫！月明上马清露下，无使乐极生悲伤。"② 细究之，这种沉迷醉乡酒中作乐的玩世不恭，不过是作者愤世嫉俗的忧患意识的戏谑式表现罢了。

观朱德润近四十年的归隐生活，虽然五十九岁时因江南动乱有过一段被重新起用的经历，但他人生的后半段基本上都是在思想的孤独与寂寞中度过。研读经书之外，时有"出山"之思，四顾茫然之中，常有愤世之想，乐则歌之，忧则怀之，诗歌成为他慰藉心灵的良药，也成为他情感思想的避秦桃源，从中可以窥到一个正直而善良的文人痛苦而矛盾的内心世界。

第二节　向往自由，寄情世外

纵观中国诗歌史，元代山水田园诗的勃兴堪称奇观。元朝疆域的广大为文人创作提供了广阔的空间，成就了一大批优秀的山水田园诗人。就诗作内容看，大体以仁宗延祐年间为界，分为前后两段，前期历宋元更迭新朝趋于稳定，顺之者借山水田园表建功立业之心，恋旧者则多流露故国之思及徘徊仕隐之间的矛盾心理，如刘秉忠、王恽、郝经、刘因、姚燧、戴表元、仇远、白珽、陈孚等人的诗作；后期元王朝日渐衰微、社会矛盾加剧，作者多借山水田园抒发归隐情趣，如吴莱、贡师泰、杨维桢、袁桷、柳贯、周伯琦、杨允孚、倪瓒、顾瑛等人的作品。朱德润入仕于元朝中后期，且仕而后隐达近四十年之久，其山水田园诗创作既不同于前期诗人，亦与许多后期诗人有别，在展现归隐情趣的同时，更多体现出对自由生活的向往和自由人格的追求。这既表现在他的纪行诗和咏物赠答诗中，亦表现在他的题画诗中。

---

① 《除日》，《存复斋文集》卷之十。
② 《八月九日武林达宣差招宴时武良弼太守廉山御史同席》，《存复斋续集》。

一　状写山水之美，向往自由生活

归隐之后的朱德润，远离了官场仕禄，生活在乡野郊外，除了读书治经，创作和欣赏山水画卷，便是与友人一起徜徉于山水之间，其诗歌创作亦对此有生动的反映。如《为张伯雨游山诗韵》：

内史山行挟歌舞，蜿蜒山木惊风雨。
吴下诸贤展席频，麤醓膏铏作新具。
醉余诗笔作颠草，未说中年学黄老。
琅函玉轴不藏山，留落人间世称好。
药囊琴担往来多，无奈书楼避俗何！
会稽狂客善谈笑，绝粒餐花随绮罗。
生刍虽存白驹逝，还应跨凤听猗歌。①

可以想见几个文友在山水之间饮酒赋诗、挥毫作画、谈古论今、载歌载舞的情景，诗作极言山野情趣之美、诗友相聚之欢和隐居独处之乐。

又如《秋林平远图》：

碧树远林杪，西山爽气浮。
微官抑何绊？不及谢公游。②

碧树阔野，秋高气爽，如此美好的景象面前，小小的官帽怎么能羁绊住游者的脚步呢？作者对官场似乎毫不留恋，大自然的美好胜过了一切。

再如《题海好问山居图》：

岐山之南渭之阳，梧桐丹凤鸣高岗。
玉关昆仲今秀绝，变化五彩为文章。

---

① 《存复斋续集》。
② 《存复斋文集》卷之八。

> 科名接武真拾芥，传家时礼多贤郎。
> 山居爱此秋色静，松竹成蹊雏凤翔。
> 风烟惨淡溪树杪，草绿裙腰湖路旁。
> 湖山有景画不尽，扣舷一笑歌沧浪。①

秋水明净，松竹成溪，风烟惨淡，草绿裙腰……有如此美好的湖山美景，才有无数的"贤郎"出现。作者歌颂的人才荟萃之地，与美好的自然环境密不可分。

通过对山水田园生活的描写，表达对自由生活的赞美，是朱德润田园山水诗中最常见的主题。如《廿八日晚泊枫桥》：

> 枫桥回棹晚，暝色暗群山。
> 灯火深村夜，舟船浅水湾。
> 乌投烟树杪，犬吠石林间。
> 明发归家近，妻儿问早还。②

诗写晚年生活之景。黄昏群山隐约，乡村一片灯火。乌鸦早已归巢，石林中传出狗吠的声音。外出甚晚，家人望归。江南水乡，一片和谐。

作者正是通过对乡村美好的描写，表现出对田园生活的热爱和对自由生活的向往。

二 状写仙道境界，表达世外之想

除了对自然山水和田园风光加以赞美外，作者在许多作品中还描述了仙境道山之美，表达了一种对世外境界的渴望。

有些诗作，只是客观地描写世外仙界之美，作者似乎居于旁观者的位置，但通过笔底文字，亦可窥见作者心境。如《唤舟》：

> 唤舟澄江渡，税驾长林薮。

---

① 《存复斋续集》。
② 《存复斋续集》。

> 风回落叶舞,蔓密层崖黝。
> 招提映绝壁,客子上高阜。
> 那知秦无人?只见山有杻。①

写客居他乡,如同幻境。山林湖泊,石崖藤蔓,落叶飘飞,古寺无人,可谓世外仙境。再如《题小庐山》:

> 岷峨天险阻,庐阜昔曾临。
> 窈窕峰峦入,丹青殿阁深。
> 猿声崖下果,僧过渡边林。
> 野老无机事,盟鸥赋短吟。②

峰峦叠嶂,山道险远,猿声不断,殿阁幽深。写小庐山之幽雅静寂,如入化外。又如《访刘道士》:

> 春入山坳长蕨芽,青童邀我饭胡麻。
> 野桃开处仙家近,闲向溪头数落花。③

方外之地,幽静安闲,花开花落,生灭自然。写道山之幽。还有《题拙作小图》:

其一
> 碧山高阴浡,老树立突兀。
> 岚光凝晓候,隐见苍林密。
> 空谷有佳人,胡宁欲行役。

其二
> 招提抱层岩,栏楯出虚迥。

---

① 《存复斋续集》。
② 《存复斋续集》。
③ 《存复斋文集》卷之九。

> 微微宿霭收，转见苍林静。
> 客子更何之？扶筇蹑云磴。①

两诗状写画作中意境，表达对世外之境的赞美。前诗写青山巍巍，乌云密布，古树耸立。清晨山岚云气蒸腾，隐约可看到苍翠树林。空谷中定有贤者在，为何一定要远行呢？后诗写招提寺在层岩之间，栏杆横入空中显得遥远。淡淡的薄雾散尽，只见苍翠而静寂的森林。行客早已起程，拄杖踏上了云中的山道。皆道出仙界之美。

有些诗作中，作者直抒胸臆，表达出对大自然浓厚的亲近意识。如《为八扎御史作山水图》中，已明显融入作者的情感：

> 岩隈松萝交，雨歇石燕舞。
> 客子重负戴，攀石行伛偻。
> 山高苍翠凝，萧寺绀崒堵。
> 僧还白马去，此道竟千古。
> 临溪两三士，退食来唤渡。
> 看云忘心期，恍若坐天姥。
> 明朝弃丹青，我亦上天去。②

作者送《山水图》给八扎御史，并以诗相赠。诗写山回路转，松萝交织。雨过天晴，燕子飞舞。行客背着沉重的行囊，攀石而行。高山苍翠，古寺隐约，山道有千年的历史，溪旁有两三人在喊渡船，似是归隐之人。山中风景使人忘记俗念，恍如坐在天姥山上，等来日放下手中画笔，定当登天而去。这里，作者已不仅仅是在赞美山水之幽，"明朝弃丹青，我亦上天去"，诗中明显融入了诗人的理想。诗作《黑谷东路山》亦表达出同样的情感：

> 高岗盘崔嵬，白石落绝壑。

---

① 《存复斋文集》卷之八。
② 《存复斋文集》卷之八。

鸣泉咽古窦，岩麓净如削。
缅想融化初，元气下磅礴。
山灵托奇范，株脉下连络。
大峰齐云霄，群峤入云脚。
朱阑围碧瓦，隐见仙人宅。
良境不可负，行将埋芒屩。①

诗写黑谷东路山的奇险。高岗盘旋，白石险壑，山泉在孔洞中鸣响，岩壁如刀削一般。想必是造化之初，有磅礴之气凝集于此。山灵之神用奇特的模具使山树之间有了联络。高峰入云，山道向天而去。红色栏杆若隐若现，应该是仙居之处。如此美好的景色怎可错过，赶快整理自己的芒鞋准备上路吧。再如《晓出阳山》：

晨征何所上，行露湿衣裳。
树密识山近，马疲知路长。
鱼梁当涧曲，樵响隔林塘。
即此寻幽地，何须期帝乡？②

空气湿润，林密道长。鱼梁横置于山涧，林中传来樵夫伐木的声音。诗写阳山之幽。结尾两句"即此寻幽地，何须期帝乡"表明了此处胜却官场。还有《山水图诗呈解之昂御史》：

山川结灵根，厚地乘阴窍。
神功自模范，嵁岏起双峤。
层峦倚天开，仰盼绝飞鸟。
岚光变气候，草木通深窈。
东山吾旧游，纨素记行稿。
平生丘壑情，藉此写怀抱。

---

① 《存复斋文集》卷之八。
② 《存复斋续集》。

> 荆关竟已矣，呀吰岂真好？
> 会当蹑丹梯，共登天门道。①

层峦高险，飞鸟难至。山岚变化，草木幽深。丘壑行稿，藉写怀抱。作者在诗中明确表示，赋诗作画并非爱好，寻仙访道才是真正归处。

值得注意的是，在朱德润文集中，此类状写仙道之境意欲求之的诗作甚多，还有像《山水屏图诗》一诗，写女娲五色石，神鞭驱画中。石峰来历不凡，气象峥嵘。霞彩万丈，千峰明朗。洞庭潇湘，白云密布。风雨之中，船帆卷起。黄苇森森，插有渔罟。庄前流水，桥头夕阳。群山静立，天低可扪。诗中状写画中仙景。山水秀丽，天地清明，超然世外，自在悠闲。结尾六句："我欲托身上山巅，丹梯百尺何由缘？尽兴欲来别有趣，颠毫醉墨飘如仙。□成却服九还丹，两腋清风飞上天。"直抒胸臆，表达了对道山仙界的向往之情。在《游西山作》②一诗中，作者写宛平山水之美。登上群峰顶，俯瞰青莲宫，但见长松翠绿，古道如虹，云雾开处，有如仙境。结尾写道："长啸出林杪，振袂扬天风。愿同安期生，携手凌昊穹。"真想长啸一声，冲出林莽束缚，振振衣袖，升入九天之上，与安期生一起，在长空漫游。诗作表达了对自然的向往与归隐之思。在《七月九日登武夷山》③一诗中，作者写松林稠密，山如鬐梳。藤蔓交结，溪回路转。仙人居处，高不可攀。山涧之中，舟如鱼贯。黄昏时万物寂静，但山气日夜不同。诗歌尾句"安得阴长生，携手凌清虚"表达出对归隐生活的期盼。在《次韵贡仲章学士题仙山图》④一诗中，作者认为，自己过去三十多年的人生岁月，是迷失了志向错误地落入世俗之中，从南方到北方，经历竟如手掌翻转。本来应与猿鹤相约，谁知步入一片榛莽之中。想来那仙界之中，草霜未落，灵芝还在。神仙们依然如故。"缥缈星霞裾，虚室绝华想。欲从道无因，写此寄清旷。"自己想以星霞为衣，绝除尘俗之念，却苦于无路。诗人借和诗表达自己对仕途

---

① 《存复斋文集》卷之八。
② 《存复斋文集》卷之八。
③ 《存复斋续集》。
④ 《存复斋文集》卷之八。

意兴阑珊之意。这种望仙思想发展到极致，便是游仙诗的出现。

三　与仙共游，赞美永恒极乐

　　游仙诗本为歌咏仙人漫游的道教诗体，早在楚辞中已有端倪。秦始皇曾作《仙真人诗》，令乐人歌弦之。魏晋以降，东晋郭璞、晚唐曹唐等，根据列子、庄子等人对于神仙传说的描写，创作有大量游仙作品，状写仙人漫游与仙界奇境。至元代，仙逸诗泛滥，然多为"烧丹辟谷，缩地升天，治鬼伐病"之作，"愚而失身，奸而惑众者"多矣，"间有隐逸诡异之徒，或毛人木客出于山谷，或羽衣星冠巢于林涧而眩于都市，则世之好奇者悦之，而诗人尤喜谈焉"①。朱德润的游仙诗显然与此不同，乃借仙以喻人，借仙界以讽时，借仙逸之境以表心志。就表现形式言，传统的游仙诗分两类，其一仅神仙自游，作者不在其内，为近体。其二乃作者同神仙共游，为古体。两种诗体，朱氏作品皆有体现。如写神仙自游的作品：

> 共工触山山柱折，女娲补天天罅裂。
> 炼成五色落人间，突立坤维起双阙。
> 苍云拥出金芙蓉，扶舆气结如飞龙。
> 仙人楼观五云里，天鸡晓唱山无风。
> 临流结亭者谁子？藤萝绕扉窗槛启。
> 瑶琴一曲松风鸣，岩花静落杯盘里。
> 世间物情如草露，那须丹青点绡素？
> 昔贤事业俱黄土，虎头痴绝真何补？②

　　山呈五色，云环雾绕，峰耸于天，岚气如龙。隐约可见仙人楼观，依稀可闻天鸡鸣唱。河畔结亭，藤萝绕窗，瑶琴一曲伴松风，岩花静落杯盘里。诗作咏仙境宁静美妙与永恒，叹世间风物如草露转瞬即逝。往昔圣贤的丰功伟业皆化作黄土，画中之物又有何用？结尾四句表现出人

---

① （元）方回：《瀛奎律髓序》，《瀛奎律髓》，清康熙刊本。
② 《为史玄圃作仙山图诗》，《存复斋文集》卷之十。

生虚无之感。

又如《仙山图为赵彦昭赋》：

> 崆峒之山戴斗极，迭嶂横陈开碣石。
> 翠崖丹磴互低昂，复阁层阑转空碧。
> 碧桃花落笙声幽，双成吹玉彩鸾讴。
> 跨凤腾云去无迹，清猿啼断层崖秋。
> 霞光隐映山长在，寰海茫茫隔烟霭。
> 旧游仙侣漫招呼，误落人间几千载。
> 吴争越战何可数？束书欲问桃源路。
> 画图空见避秦人，隔水渔郎不相顾。①

诗赞方外和平，叹人间纷争。碧桃花落笙歌悠扬，仙女吹着玉笛一片欢欣。骑凤驾云来去无迹，猿猴的叫声唤来了秋天。仙侣们相互打着招呼，而人世已过千年。

再如《石民瞻山图》：

> 女娲炼五色，大块补不牢。
> 至今西天首，天近山常高。
> 嵯峨苍云表，百鸟不敢巢。
> 仙人十二楼，城阙金岹峣。
> 下连丹砂井，皓气冲寂寥。
> 似闻笙竽韵，有客醉仙桃。
> 采芝者谁子？霞冠赤霜袍。
> 手持长年书，邀我同游遨。
> 我今胡不乐？失志在蓬蒿。
> 思仙不得去，作图谢尘嚣。
> 终当访王子，跨凤腾九霄。②

---

① 《存复斋文集》卷之九。
② 《存复斋文集》卷之八。

诗言女娲补天之时西天空缺，故西山高耸入云，飞鸟难栖。上有仙阁群楼，城墙屹立，下有长寿之井和仙乐、仙桃、灵芝。恍惚中有仙人着霞冠玉袍前来，邀作者同游。惜不能去，只好以画表达心迹。他相信总有一天会造访王子乔，飞上九霄。诗作借与仙共游之幻觉表达生不逢时的失意心境。

在朱德润的游仙诗中，也有写与神仙共游的作品，如：

> 岱舆员峤勃海东，仙台鹤观金重重。
> 山根连络不得峙，出没屡逐洪涛风。
> 帝命策疆鞭巨鳌，力峙始作蓬莱宫。
> 翠树丹崖彻天关，星经宿纬手可攀。
> 上有仙人邀我同盘桓，便当从君服还丹，侧身跨鹤青云间。①

作者在《仙山图》中所描绘的仙界景观：岱舆、员峤，楼阁层层。传说很久以前天帝鞭打着巨鳌划分疆界，用力建造了蓬莱仙宫。只见绿树丹崖直插天门，天上排列的星宿举手可触。上面有仙人邀请逗留，趁便还服了仙家的金丹，并回身跨上仙鹤遨游云间。这种无忧无虑自由自在的生活在尘世间哪里能找到呢？

再如《为张畴斋承旨作仙山晚渡》：

> 十月之交，朔风其飘。
> 我来自南，于以游遨。
> 清霜着乔干，落叶洒江皋。
> 野桥驾略彴，苍石浴寒潮。
> 客子莫担簦，蹀躞上轻舠。
> 澄江静可渡，不惮前山遥。
> 闻有列仙人，炼玉遗丹膏。
> 凤音虽寂寞，素鹤可相招。

---

① 《张雷所道录仙山图》，《存复斋文集》卷之十。

愿寻长生道，白日登云霄。①

时令十月，北风呼啸，诗人从南方来此地游览。高高的树干蒙着白霜，落叶洒在江边。野桥如勺驾于河上，苍石沐浴在寒潮中。行客在奔走跋涉。澄江平静，前路遥远。红叶如丹，白鹤飞翔，但愿能找到一条长生之道，登上九霄云外。作者写画中仙界之境，状求道者不畏山高路遥之态，有方外之想。

在朱氏游仙诗中，最奇幻者当属《十二月七日夜纪梦四绝》：

其一
梦入仙家读古书，琳琅金薤篆文疏。
高阳科斗无人识，争似先天未画初。

其二
中夜神游帝子乡，坐骑丹凤恣翱翔。
五云低拂珠帘卷，无数神仙拱玉皇。

其三
白云扶起碧阑玕，中有仙人为我欢。
玉芝擎酒流酥滑，袖拂金茎露未干。

其四
琅玕簟上半床书，玛瑙盘饤红珊瑚。
青童引步玉阶滑，侧身自觉空跼蹐。②

其一写在仙家读书，各类古籍琳琅满目，尤其是上古时期的蝌蚪文难以识别。其二写诗人骑着丹凤任意翱翔，但见五色祥云中珠帘卷起，无数神仙正和玉皇大帝在一起。其三写白云中青色栏杆隐约可见，上面有神仙在欢迎，但见玉芝高举流苏晃动，承露盘里面的露水还在。其四写用美玉做的席子上有半床书，玛瑙盘里盛满果肴和红珊瑚，仙童引路走过玉砌的台阶。组诗语言瑰丽，想象奇特，洋溢着一种神秘、祥和、

---

① 《存复斋文集》卷之八。
② 《存复斋文集》卷之九。

超迈的氛围。

朱德润游仙诗中的神仙世界,物质丰饶,自由祥和,无争无忧,处处都表达出他对世人艰难困苦、世间虞诈纷争的厌恶,借与仙人共游的欢乐表达了对现实生活的疏离。这种避世思想与元朝后期动荡不安的局势有着密切关系,尤其是江南地区战乱频繁、灾荒不断、盗匪出没,人民生存于水火之中,作者身临其境,无奈之中,只有在虚幻的世界寄托自己的美好理想了。

欧阳修曾言:"凡世之蕴其所有而不得施于世者,多喜自放于山巅水涯,外见虫鱼草木风云鸟兽之状类,往往探其奇怪。内有忧思感愤之郁积,其兴于怨刺,以道羁臣寡妇之所叹,而写人情之难言,盖愈穷则愈工。"[1] 朱德润的山水田园诗作,描自然之空灵、清新、幽深、禅寂,写田园之恬淡、质朴、闲逸、无争,幻仙逸之浪漫、瑰丽、玄远、辉煌,这种审美趣味亦当是其归隐后追求淡泊心志和高洁情怀的反映。其中渗透着他离群索居的落寞之感,亦蕴含着他孤芳自赏的人生体验。

第三节 怀古咏史,月旦春秋

在朱德润文集中,收有一部分怀古诗和咏史诗,面对古往陈迹和历史史实,作者有感而发,表达对朝代兴亡与历史成败的看法。

一 借物怀古

朱德润在青年时代求仕时,南方归元已近半个世纪,归隐之后,已是元朝后期,宋朝国祚早断,社会变更,物是人非,许多元初诗人笔下的前朝遗恨对他而言几近于无,如元好问、汪元量、谢枋得、陆秀夫、谢翱之"丧乱诗","河汾诸老"之遗民诗,"贪征往古兴亡事,不觉城头已湿衣"(段克己《云中暮雨》)之感,"却怜横槊英雄志,留与诗人说废兴"(杜瑛《西陵》)之叹,对朱德润而言,早已是隔世遗音。虽然其高祖朱贯曾于北宋任兵部郎中,且代有食禄,然至其父朱琼,亦只是一县学教谕而已,且有言:"今世仕禄不足养廉,将学而取诸人乎?抑自

---

[1] 《梅圣俞诗集序》,《欧阳文忠公集》,北京图书馆藏本。

营以资其生乎?"遂日以读经为务,"三十年不出城府"。① 故朱德润对前朝往事并无多少个人情感纠结。其凭吊旧迹,研读历史,多从宏观视角思兴亡更替,怀古圣先贤,这主要表现在其记游诗、读书诗和咏物诗中。如《陈留二首》(其二):

> 古木撑颓岸,奔流出远滩。
> 庙谋开国后,平易近民难。②

陈留在今河南开封。战国时魏惠王都大梁,即其地也。汉高祖刘邦在西进灭秦途中曾攻占陈留。东汉末年,董卓暴乱天下,曹操乃自此兴兵倡义。商汤时著名宰相伊尹、东汉蔡邕与曹操部将典韦等均是陈留人。面对历史积淀如此深厚的古镇,诗人深有感触。陈留镇古木参天,堤岸溃败,河水在默默地朝远方流去。联想到发生于此地的历史事件和活动于此地的风云人物,作者发出由衷感叹。大凡开国之前,官与民相亲,一旦掌权统治天下,就很难再平易近民了。水可载舟亦可覆舟,也许正是历史上那些得而复失者的历史教训吧。作品意味深长,令人深思。

《泊淮阴》亦是一首触景生情借物咏史的怀古诗:

> 淮泗分南北,西源接汉阳。
> 离离云树晚,索索水风凉。
> 两晋谁真相?三齐误假王。
> 虚名足自感,临素写秋塘。③

此诗乃作者行至淮阴地界时触景生情,联想到当年出生于此地的大将军韩信。想到了他灭魏、徇赵、胁燕、定齐,立下赫赫战功之后,向刘邦提出称"假王"于齐的要求,从而引起刘邦猜忌的那段往事。如今,这一段惊心动魄的故事都已化为历史,诗人不禁心有所感。面对秋塘之

---

① 《朱氏族谱传序》,《存复斋文集》卷之六。
② 《存复斋文集》卷之八。
③ 《存复斋文集》卷之八。

景，倍感萧索。韩信所自持的，也无非是个虚名罢了。

《过岳鄂王庙》也是一首思考深刻的怀古诗：

> 汴宋南迁社稷忧，忠魂应念国包羞。
> 钱塘千载英雄恨，古木残阳掩暮秋。①

此诗可与赵孟頫的《过岳鄂王墓》对读：

> 鄂王坟上草离离，秋日荒凉石兽危。
> 南渡君臣轻社稷，中原父老望旌旗。
> 英雄已死嗟何及，天下中分遂不支。
> 莫向西湖歌此曲，水光山色不胜悲。②

两诗主题几乎相同。北宋皇帝的偏听偏信，致使奸佞当道、国破家亡，南迁后，按说统治者应该怀念被残害的抗金忠良，总结教训，然而，又有几人能念及于此痛改前非呢？它使人想起南宋林升的《题临安邸》："山外青山楼外楼，西湖歌舞几时休？暖风熏得游人醉，直把杭州作汴州。"统治者沉溺于骄奢淫逸的生活难以自拔，其版图日蹙终致覆灭也就在必然之中了。面对岳飞墓园荒芜的凄凉景象，敏感的诗人发出相似的感慨。

《次韵龚子敬先生〈题春申君庙〉》也是一首咏史诗：

> 吴楚兵销泽国秋，谁营遗庙暮江头。
> 草深殿趾埋幢戟，尘暗宫墙画冕旒。
> 古像空遗人血食，忠魂应念国包羞。
> 寄君千载声名重，落日西风兰杜洲。③

---

① 《存复斋文集》卷之九。
② 载罗荣本《西湖景观诗选》，浙江工商大学出版社2013年版，第199页。
③ 《存复斋文集》卷之九。

龚式是元代著名诗人。赵孟頫曾把龚式与袁易、郭祥卿合称为"吴中三高士"。该诗是作者与龚式的和诗。春申君（？—前238）即黄歇。战国时楚国贵族。顷襄王时任左徒，考烈王即位，任为令尹，封给淮北地十二县。考烈王十五年（公元前248年），改封于吴（今江苏苏州），号春申君。门下有食客三千。曾派兵救赵攻秦，后又灭鲁。考烈王死后，在楚国内讧中被杀。该诗是对春申君的颂赞。吴楚相争都化为历史，南方水国一片秋色，黄昏的江边不知是谁营造的庙宇尚有遗址残存，殿址被荒草淹没，墙上画的冕旒也被尘埃掩盖。庙内空无一人，古像前尚有摆放的祭品，忠魂被冷落是国家的耻辱。春申君千百年来声名显赫，就像西风河洲中的兰花杜若一样芳香永存。

《山阿》一诗，以景起兴，实为咏史。值得注意的是，作者在诗中引用了一个典故，即"留侯妇子貌"。《史记》卷五十五《留侯世家》中记载：

> 太史公曰：学者多言无鬼神，然言有物。至如留侯所见老父予书，亦可怪矣。高祖离困者数矣，而留侯常有功力焉，岂可谓非天乎？上曰："夫运筹策帷帐之中，决胜千里外，吾不如子房。"余以为其人计魁梧奇伟，至见其图，状貌如妇人好女。盖孔子曰："以貌取人，失之子羽。"留侯亦云。

作者表面上是在吟咏史事，又何尝不是在表露自己希望效忠皇上的心迹呢！

二 谈经论史

在阅读经史过程中，作者对历史记载展开思考，以诗论史，表达自己对过往史实的分析与判断。比如在《读隋书炀帝平陈》中，作者由《隋书》中的一段史实产生联想：

> 广通渠边渭水流，长安猛将悬兜鍪。
> 陈郎酣睡未知晓，采石夜渡江声秋。
> 韩擒不待贺若报，呼得蛮奴作乡导。

> 铜钲一声歌管阑，望仙阁下旌旗绕。
> 兵家女儿发照人，金井梧桐三坠身。
> 血痕已污青溪草，遗恨空怜高使君。
> 当时只道明良会，三十年间转头事。
> 江都未放锦帆回，晋阳城内惊尘起。①

"炀帝平陈"于《隋书》有载：开皇七年（587），杨坚采纳大臣灭陈之计，多方误敌、疲敌，同时加紧赶造战船，并下诏揭露陈后主罪行，争取陈国民心。八年（588）十月，杨坚发水陆军五十余万，分兵八路攻陈。年底，各路大军都已到达长江北岸。在敌人大军压境的紧急情况下，陈后主自恃长江天险，仍沉湎于酒色。九年（589）正月，下游隋军主力乘陈朝欢度元会（即春节）之机，分路渡江。行军总管韩擒虎、贺若弼两军配合钳击建康（今南京），贺若弼军与陈军主力激战于白土冈（今南京城东），陈军全线溃退。韩擒虎军首先进入建康城，俘陈叔宝，结束了东晋以来二百七十余年南北分裂的局面。

读到这段历史，朱德润十分感慨，当陈后主尚在酣睡之中，隋军已从采石矶渡江了。灭亡陈朝只道是天下一统，隋朝君臣励精图治，孰知三十年后，隋炀帝的官船不见踪影，晋阳城内反隋的旗帜高举。血迹染溪草，诗中留遗恨。诗人感叹，历史竟是如此诡异和无情。

也许是身处南宋灭亡元朝兴起之际，对统治者成败得失社稷兴亡的思考，成为朱德润怀古诗中一个重要的主题。如《读南史》：

> 上流骨肉自相残，萧詧西降作周辅。
> 太平玉烛谁议之？淮海长鲸授首迟。
> 客星夜半入翼轸，俄见江陵着素衣。
> 贞阳北入王郎误，晋安不及王琳顾。
> 金陵城阙又新陈，江水无情日东注。②

---

① 《存复斋文集》卷之十。
② 《存复斋文集》卷之九。

诗人认为，南朝诸国的灭亡有一个共同的原因，即宫廷生活骄奢糜烂，皇亲国戚相互倾轧，骨肉相残。

在《存复斋续集》中，新乐府诗《吴宫娃》，亦是一篇怀古之作：

> 吴宫娃，少小不事人。
> 七岁续麻枲，女红不成纹。
> 十岁读女诫，婉娩学事亲。
> 早暮奉匜盥，窗下缝衣巾。
> 十三解作诗，十五能摛文。
> 修眉对镜不画蛾，长发束鬓如青螺。
> 玉肌自莹非脂泽，练裳低褰羞绮罗。
> 潜心不出闺闱外，有志愿入贤明科。
> 一朝媒妁委双币，金闺迁作十人备。
> 远驾辎軿逐后尘，那识王孙爱高贵？
> 王孙好游不过家，金卮醉尽长安花。
> 自怜贞素非世好，坐令浮尘生鬒雅。
> 挥毫□景不成画，绣阁春慵乡梦多。
> 乞身归来父母老，□□庭院生荒草。
> 百年门户属他人，南邻已富北邻好。
> 自怜不及遐萌众，长得娱亲乐耕种。
> 自怜不及负薪子，锦衣夸耀荣乡里。
> 日长闭门自织组，岂知蛾眉招众妒？
> 君不见樊姬掩鼻解惑君，野耕缺妇敬如宾。

该诗写宫中女子的悲惨命运，表达对封建社会女性的同情。诗作从侧面揭露了统治者的昏庸无道。

元朝前期诗人方回有言："怀古者，见古迹，思古人，其事无他，兴亡贤愚而已。可以为法而不之法，可以为戒而不之戒，则又以悲夫后之人也。"[①] 朱德润之吟史怀古，亦属此意。他认为，统治者的荒淫无度、

[①]（元）方回：《瀛奎律髓·怀古类》。

争权逐利、偏听偏信、昏庸无能是导致其覆没的重要原因。作者在诗中借古喻今，借史鉴今，表达了对元朝政治的关切，以及对社会强烈的忧患意识。

三 观画思史

在朱德润文集中，有一些诗作属于由画中人物生发的联想，作者对历史进行评价，表达自己的见解。如《题石崇锦障图》诗是对晋代权贵奢靡成风的批判：

> 洛阳金谷园中花，雕玉为阑绣作遮。
> 琉璃器多出珍馔，玛瑙街长行钿车。
> 椒房涂香贮歌舞，曳珠珥翠笼轻纱。
> 珊瑚扶疏三四尺，王羊贵戚争豪奢。
> 那知花淫风雨妒，古来山泽生龙蛇。
> 婵娟坠楼宝珈碎，不惟亡身亦亡家。
> 千年台榭委陵谷，月明夜半啼惊鸦。
> 晋代君臣好华靡，庶姓僭偷从此始。
> 都城百雉古难堪，锦幛何缘五十里？
> 君不见衣不曳地慎夫人，文帝弋绨风俗淳。①

石崇乃西晋权贵，曾出为荆州刺史，劫掠客商财产无数。与贵戚王恺、羊琇等争为侈靡，曾与王恺斗富，作锦布障五十里，王恺得武帝支持，仍不能敌。永康元年（300），贾后等为赵王司马伦所杀，司马伦党羽孙秀向石崇索要其宠妾绿珠不果，因而诬陷其为乱党，夷其三族。作者回顾历史，朝臣贵戚生活豪奢，争相斗富，"雕玉为阑绣作遮""玛瑙街长行钿车""椒房涂香贮歌舞，曳珠珥翠笼轻纱""珊瑚扶疏三四尺，王羊贵戚争豪奢"，随之而来的则是家破人亡。石崇家族的盛衰浮沉昭示后人，奢侈之风不可长。

《题唐明皇幸骊山图》名为题画，实为咏史。面对画卷中对唐朝史事

---

① 《存复斋文集》卷之九。

的描绘，作者的思考是冷峻的：

> 骊山西北高，万乘东南至。
> 霓旌苍翠中，阁道丹青里。
> 忆昔上林游，春寒多并辔。
> 羯鼓召花奴，黄门催力士。
> 霓裳曲未终，惊动渔阳骑。①

诗作先写画中之景。骊山高耸，万乘拥聚，绿树青山之中旗帜飘摇，出现在面前的是曲折漫长的阁道。面对唐明皇狼狈出逃避难蜀地的场景，怎能不让人联想到当初的宫廷繁华！上林狩猎，万马奔腾，春寒料峭，并驾齐驱，有花奴击鼓，有力士出征，气势是多么宏大。可叹的是随着一声《霓裳曲》，叛军忽至，满目繁华顿时化作云烟。国毁于淫，乐极生悲，不能不使后来者警醒。

同样是题画诗，《题张参政所藏太真上马图》则从另一角度揭示了唐代灭亡的原因：

> 九龄忠谏漫不省，林甫养奸滋乱基。
> 翠华杂沓惊尘蒙，剑阁西回渭水东。
> 王臣下微同列国，从此藩镇争豪雄。
> 人生富贵真迷途，倾城褒姒无时无。
> 焉知寡欲成善治，试问当年无逸图。②

《无逸》出自《尚书》，集中表达了禁止荒淫的思想。文章开宗明义："君子所其无逸。先知稼穑之艰难乃逸，则知小人之依。"这是全文的主题和论述的核心。唐玄宗开元年间，名相宋璟抄写《尚书·无逸》篇并绘成《无逸图》献给唐玄宗，唐玄宗将其置于殿内屏风上，便于经常看，警示自己勤政爱民。天宝年间，因为该图已破旧，就换上了山水画。该

---

① 《存复斋文集》卷之八。
② 《存复斋文集》卷之九。

诗意在指明，唐明皇耽于安乐，听不进忠臣直谏，致使奸贼当道、祸乱丛生。沉溺于富贵就等于陷入迷途，清心寡欲才能成就善政。

第四节 关注时事，反映民瘼

在朱德润的人生中，尤其是在归隐之后，对社会底层生活的关注，是他诗歌创作题材的一个重要部分。通过对时事的描写，反映制度腐败，揭露底层百姓生活的艰辛，揭示社会问题，表达对人民的深切同情和对现实的强烈批判，成为他诗歌创作中的重要主题。这主要体现在朱德润的新乐府体诗作中。

乐府体诗本为两汉至南北朝时期乐府机构采集或编制的用来入乐的歌诗，但自汉末建安开始，以三曹（曹操、曹丕、曹植）为代表的诗人，开始袭用乐府旧题，模仿两汉乐府民间歌辞风格来写作乐府体诗，缘事之外，多不入乐。如刘勰所说："并无诏伶人，故事谢管弦。"[1] 至唐代，先后有杜甫、元结、顾况、白居易、元稹等人大力提倡，至中唐时期形成一场以创作新题乐府诗为中心的诗歌革新运动，涌现出大批优秀的新乐府诗篇。与传统乐府诗相较，除不入乐外，"缘事而发"、书写时事、叙事写实的现实主义精神一以贯之。至蒙元时期，这一传统不仅得到发扬，而且高度繁荣。出现了马祖常、虞集、萨都剌、杨维桢、贯云石等大批新乐府诗人。朱德润的新乐府体诗亦产生于此时。面对种种社会乱象，他"有所愤切，有所好悦，有所感叹，有所讽刺"[2]，用生动的笔墨为那个时代留下了真实的缩影。如《官买田》，通过里正的经历揭露了元朝社会各方势力侵吞百姓田地的现象：

> 官买田，买田忆从延祐年。
> 官出缗钱输里正，要买膏腴最上阡。
> 不问凶荒水旱岁，岁纳亩粮须石半。
> 农家无收里正偿，卖子卖妻俱足算。

---

[1] （南朝梁）刘勰：《文心雕龙·乐府第七》。
[2] （元）戴表元：《余景游乐府编序》，《剡源集》。

> 每岁征粮差好官，米价官收仍助钱。
> 不是军储与官俸，长宁寺内供斋筵。
> 寺僧食饱毳帽红，不知农耕水旱与荒凶。
> 里正陪粮家破荡，剥肤槌髓愁难穷。
> 普天之下皆王土，赋税输官作编户。
> 春秋祭祀宗庙中，长宁僧饭真何补？
> 官买田，台不谏、省不言。
> 不知尧汤水旱日，曾课民粮几千石？①

一个掌管户口和税收的里正居然也被盘剥得倾家荡产，可见社会的黑暗。元成宗后期，一些色目官僚与皇后卜鲁罕内外勾结，淆乱朝政。当时各行省中土地兼并情况日益明显，发展到元仁宗时期更是到了威胁朝廷统治的地步。于是仁宗开始推行土地改革——田产登记，即元代有名的"延祐经理"，意在限制江南、河南富豪和诸王、寺观大量隐占官、民田产。其初愿是通过改革消灭赋役不均，达到缓和阶级矛盾、增加国家财政收入的目的，但因保守势力反对，各级官员贪污，且与地方豪强勾结抵制，执事官吏的苛暴，引起人民反抗，最终失败。此诗无疑是对当时官府及寺庙等封建势力大量兼并百姓良田的揭露与批判。

再如《水深围》，对地方官吏瞒报灾情从中渔利提出了尖锐的批评：

> 水深围，田畴荡荡如湖陂。
> 围低水深岸不立，虽有木石将何施？
> 里正申官官不允，征粮每岁归仓廪。
> 稻粱无种长菰蒲，民产赔偿官始准。
> 今春水涝忽无津，四分灾作五分申。
> 问渠何故作此弊？府州伏熟成三分。
> 吏胥入乡日旁午，二分征作陪官赋。
> 倘逢人诉熟为荒，破尽家赀犹不补。

---

① 《存复斋文集》卷之十。

因此年年怕官恼，水淹水深俱不报。
东南民力日渐穷，不愿为农愿为盗。
人生盗贼岂愿为？天生衣食官迫之。
水淹偿米或时稔，陪粮无奈水深围。①

一场水灾，使昔日田畴变成湖泊。里正申请减少赋税，但官府征税依然如故。无论灾情多大里正都不敢据实申报，原因是怕惹恼了官吏。农民难以维持生计，结果背井离乡，流离失所。作者在诗中质疑："东南民力日渐穷，不愿为农愿为盗。人生盗贼岂愿为？天生衣食官迫之。"如此下去，东南地区的百姓越来越穷，许多人被迫去做了强盗。作者揭示出的这种社会现象，也正是元末农民起义风起云涌的重要原因。失败的经济改革，使得国库空虚、物价飞涨，中原汉族反抗外族统治的民族自觉意识越发强烈，无疑是元代走向灭亡的一个重要原因。

《德政碑》是对元代社会官僚腐败的揭露：

德政碑，路傍立石高巍巍。
传是郡中贤太守，三年秩满人颂之。
刻石道傍纪德政，傍人见者或歔欷。
借问歔欷者谁子？云是西家镌石儿。
去年官差镌此石，官司督工限十日。
上户敛钱支半工，每年准备遭驱责。
城中书生无学俸，但得钱多作好颂。
岂知太守贤不贤，但喜豪民来馈送。
德政碑，磨不去，劝君改作桥梁柱。
乞与行人济不通，免使后来观者疑其故。②

据说太守十分贤良，三年任期百姓颂扬，为其立碑赞其贤德，碑石立在大路之旁。作品通过石匠之子的话，揭露了官僚的腐败。太守克扣

---

① 《存复斋文集》卷之十。
② 《存复斋文集》卷之十。

石匠工钱,挪用办学资金,这种行为,究竟是德政,还是恶政,不言自明。因此,作者说:也许,用那碑石作桥柱,给行路者以方便,才是它的最大用处。诗作以嘲讽的语气,辛辣地批判了当时社会的官僚腐败,大有《捕蛇者说》之余韵。

诗作《无禄员》是一首倡导以薪养廉的诗:

> 无禄员,仓场库务税课官。
> 尊卑品级有常调,三年月日无俸钱。
> 既无禄米充口食,家有妻儿徒四壁。
> 冬来未免受饥寒,聊取于民资小力。
> 宁将贪污受赃私,不忍守廉家菜色。
> 贪心一萌何所止?转作机关生巧抵。
> 臣闻古者设官职,俸禄养身衣食备。
> 父母妻儿感厚恩,清白传家劝子孙。
> 良史每书廉吏传,邑民常奉长官尊。
> 国家厚德际天地,禄养官曹有常例。
> 更祈恤养无禄人,免教饕餮取于民。①

很难想象,元朝有些官员连薪水都没有,但这种怪象却是事实。负责仓场库务的税课官,官府三年没有发薪水了,家徒四壁,他靠什么来养家糊口呢?为使家人免受饥寒,只好以权谋私,从百姓那里搜刮钱物。但是人的贪念一生便很难收手,他的假公济私的机谋也会愈来愈多。作者呼吁朝廷抚养那些没有俸禄的官员,不要让他们贪婪地从百姓身上搜刮钱财。这无疑是对元朝政治制度的严厉批评。

《雪姑吟》一诗借鸟喻人,言底层生活素衣寒食、孤苦无依之悲:

> 妾本江边居,小字名雪姑。
> 郡望出毛族,偶从妯娌呼。
> 天寒冰冻不归去,迎风独立杨柳枯。

---

① 《存复斋文集》卷之十。

江边女伴弄机杼，终日轧轧牵丝绪。
雪姑不缉仍不蚕，短翮低昂掠江满。
新雏渐长随雄飞，姑行摇摇何所依？
草根雪深啄食苦，翠颔盈盈空素衣。
悲鸣唧唧不高举，蓼岸芦花白鸿侣。
霜晴日暖更飞来，也胜原头鸠逐妇。①

此诗当与元顾瑛《雪姑吟，朱泽民所□□姑鸟》对读：

雪姑鹦鹉洲边住，自小无心事机杼。
一身悔嫁白头翁，日日孤栖不知处。
立傍溪头杨柳枝，春风雅舅欲相依。
不听杜鹃好言语，劝姑在外不如归。
姑不见，韩朋树上相思雀，双宿双归双饮啄。②

《外宅妇》讲述一个女子被僧人包养的故事：

外宅妇，十人见者九人慕。
绿鬓轻盈珠翠妆，金钏红裳肌体素。
贫人偷眼不敢看，问是谁家好宅眷？
聘来不识拜姑嫜，逐日绮筵歌宛转。
人云本是小家儿，前年嫁作僧人妻。
僧人田多差役少，十年积蓄多财资。
寺傍买地作外宅，别有旁门通巷陌。
朱楼四面管弦声，黄金剩买娇姝色。
邻人借问小家主，缘何嫁女为僧妇？
小家主云听我语：老子平生有三女。
一家嫁与张家郎，自从嫁去减容光。

---

① 《存复斋续集》。
② （元）顾瑛：《玉山璞稿·至正乙未》，《四库全书·集部·别集类》。

> 产业既微差役重，官差日夕守空床。
> 一女嫁与县小吏，小吏得钱供日费。
> 上司前日有公差，事力单微无所恃。
> 小女嫁僧今两秋，金珠翠玉堆满头。
> 又有肥膻充口腹，我家破屋改作楼。
> 外宅妇，莫嗔妒，廉官儿女冬衣布。①

作者借此揭露了一个金钱至上世风日下的拜物社会。为了贪图享受，不顾礼义廉耻，荣辱颠倒，价值混乱，自然是社会衰败的征兆。

《富家邻》讲述的是贫户被富家侵吞房产的故事：

> 富家邻，食缺衣单如鹄身。
> 自言本是儒家子，家世凋零二十春。
> 少时学得钟王法，长作书工佣倩人。
> 人称书好争求写，日得千钱归养亲。
> 一朝富室居邻右，构堂买屋栽花柳。
> 柳绿花红子女多，欲广宅居延好友。
> 不免令人相诱言，书生此屋宜先售。
> 生云屋乃父祖传，不忍卖之从别迁。
> 由此富家生怨恶，约连亲友来亏侮。
> 造言间谍激众怒，欲绝人间衣食路。
> 阴构凶人发祸机，官差横役时时赴。
> 贫士箕裘那可守？妻儿对泣寒窗暮。
> 悔不早从邻右言，致使饥寒无处诉。
> 富家自喜奸谋遂，密使里人相假贷。
> 年深本利逐时登，低价准房犹不迨。
> 我闻古人一亩宫，五家为比常和雍。
> 岁时吉凶相庆吊，何曾百屋容豪侬？
> 嗟哉圣王礼制久不闻，移风易俗宁无因？

---

① 《存复斋文集》卷之十。

寄语世间贫贱士，莫羡富家同结邻。①

一个穷书生，靠给人写字作文为生，与富豪为邻，富豪欲扩建宅院，便设法对书生的祖传房屋巧取豪夺。面对社会的戾气，作者不敢明说，只好用"移风易俗"的原因来解释。当代学者李天垠在《元代宫廷之旅——沿着画家朱德润的足迹》一书中认为，该诗"很有可能用于影射蒙古人入主中原后带来的崇尚武力、倚强凌弱的风俗；而中国传统的'圣王礼制'受到了破坏"②。

《前妻子》写继母对非亲生子女的虐待，对当时社会中的家庭伦理问题进行揭露和批判：

> 前妻子，能说亲母生时事。
> 母言我昔嫁来时，公姑祷祝亲祈嗣。
> 三年生得弟和兄，公姑抱向床头睡。
> 提携饮哺不暂离，短发垂衣方五岁。
> 七岁延师教读书，十三便使学文艺。
> 年逾二十便求婚，要使传家奉宗祀。
> 岂知公姑年老各归泉，亲母悲啼亦辞世。
> 父亲不忍房帏孤，再娶新人作妻子。
> 新人貌新巧语言，绸缪胜似前妻恩。
> 驱子为奴女为婢，动辄鞭棰生楚痕。
> 三牲之养犹不足，一日之间三反目。
> 后妻儿子衣绫罗，前妻子女无布絁。
> 前妻子女食藜菜，后妻儿子羹多肉。
> 亲故虽言不肯听，但使巧言相反复。
> 世间此事古来有，申生伯奇能悟君？
> 小则坏家法，大则伤天伦。

---

① 《存复斋文集》卷之十。
② 李天垠：《元代宫廷之旅——沿着画家朱德润的足迹》，第114页。

寄与人间官与民，前妻子女重须亲。①

作者用前妻子的回忆为开端，以生母在世时的幸福生活来衬托后母对其的虐待。诗人认为，这种现象"小则坏家法，大则伤天伦"，因此大声疾呼有关人士善待前妻子女。

显而易见，揭露社会制度的腐败与黑暗，反映底层民众的苦难生活，表达对劳苦大众的深切同情，是朱德润诗作中最为闪光之点。其新乐府体诗虽然篇数不多，却代表了他的最高成就。今人杨镰先生说："以《无禄员》这类作品与朱德润诗集的主流（应酬之作与闲适之音）相比，可以读到在馆阁文臣难得一见的'新乐府'诗。"② 应该说，朱德润的新乐府体诗正是对北朝乐府中反映民瘼的现实主义精神的继承。他的此类作品叙事性强，具有强烈的现实性，是真正"为君为民为物为事而作，不为文而作"（白居易《新乐府·序》）的文学创作，且语言通俗明快，抑扬顿挫，具有音乐感，因此，在元代诗歌史上亦赢得一席之地。

第五节　朱德润的诗歌技巧

就体裁而言，朱德润诗歌包括了律诗、绝句、古体、乐府歌行等诸种诗体，作者在格律中求变化，因情而发，因意择体，十分灵活。总体而言，其律诗有五言，有七言，古体、绝句以七言为多。其新乐府体诗，以七言为主，间有长短句，语言自然流畅，通俗易懂，朗朗上口，生活气息浓厚，既有古风特点，亦有乐府歌诗的韵律。就诗意而言，朱诗象以情变，意以象迁，舒卷自如，变化多端，或颂圣人之德，或缘古人之意，或呈邦国之体，或明虚无之道，或体物假像，或指事析微，或旁喻引类，或祖述论理，诗意与诗风多元而复杂。尤其值得一提的是，他在意象选取上的细致入微、生动形象堪称经典。具体地讲，表现为如下三点。

---

① 《存复斋文集》卷之十。
② 杨镰：《元诗史》，第496页。

一 写景状物,意象纷呈

朱德润不愧为写景状物的高手,他善于通过对景物细节的描绘,生动地表达出意象的特征。如《翠雨亭诗》:

> 翠树元无雨,空蒙暗湿衣。
> 林深迷远嶂,风卷杂晴晖。
> 岚润侵书几,阴凉拂钓矶。
> 苍云何处密,清晓傍檐飞。①

诗写翠雨亭之清幽湿润,赞颂自然风光之美。景物描写十分出色。"岚润侵书几,阴凉拂钓矶",一个"润"字,写出山岚入室之悄无声息;一个"拂"字,写出座下岩石的丝丝凉意。渲染出寂静之景,颇为真切传神。再如《天平岭》:

> 步出天平岭,云深草木浓。
> 农归时荷锸,寺近忽闻钟。
> 菜麦青黄间,峰树锦绣重。
> 跻攀不厌晚,足倦更扶筇。②

诗写登天平岭的所见所感。"菜麦青黄间,峰树锦绣重"句,蔬菜小麦青黄相间,山峰林树如同锦绣,多彩多姿。色彩、形状真切可见,道郊野之景甚美。"跻攀不厌晚,足倦更扶筇"句,行动细节历历可现,写登山之趣尤浓。又如《白云图》:

> 白云在山间,英英如玉衣。
> 岩峦映苍碧,草木增新辉。
> 卷舒适所寓,着物仍霏霏。

---

① 《存复斋续集》。
② 《存复斋续集》。

对此自怡悦，春辉生翠微。①

　　作者题画，状画中白云之美。它的身姿轻盈，有如飘拂的玉衣。在它透明的裙摆中，岩峦青翠，草木生辉。卷舒自然，笼盖万物，在阳光映照下，山光水色青翠缥缈。作者对云中岩峦草木光照的动态描写十分细腻，真切可触。还有《沙湖晚归》：

　　山野低回落雁斜，炊烟茅屋起平沙。
　　橹声归去浪痕浅，摇动一滩红蓼花。②

　　鸿雁落山野，茅屋起炊烟，船去波痕在，摇动红蓼花。写乡下黄昏恬静安详之景。其中，"橹声归去浪痕浅，摇动一滩红蓼花"句极具动感，小船归去，但橹声余音尚在，仍见浅浅的波痕，滩上蓼花摇曳，动中有静，令人回味无穷。

　　《西兴》一诗亦是写景的佳作：

　　八月海门天气凉，潮头如雪上钱塘。
　　斜阳更比归人急，又引轻帆入富阳。③

　　诗写黄昏钱塘秋景。天气转凉，潮水上涨，斜阳西坠，白帆远去。一片淡远而祥和的气象。"斜阳更比归人急，又引轻帆入富阳"句写黄昏时分，船帆移动之快，甚为传神。

　　又如《秋江》：

　　堤边古木风，江上飞鸿影。
　　秋江待渡人，立到前山暝。④

---

① 《存复斋续集》。
② 《朱德润集辑佚》。
③ 《朱德润集辑佚》。
④ 《存复斋续集》。

微风抚动堤边古木，江中闪动着飞鸿的倒影。有客待渡，身影与水中山影相接。写秋日江津之寂静与晴好。其中"立到前山暝"句写落日映照下山影抵达江边，与渡者相接。描写得细腻而生动。

《题令答里末御史郭熙图》是一首描写生动的题画诗：

> 云逸御史居幽燕，每爱郭熙山更妍。
> 辋川无人诗画远，熙也早得营丘传。
> 峰峦萦回壑谷驶，物象变态秋毫颠。
> 松间野人行负担，一颦一笑真天然。
> 青林暗淡烟雾杪，碧水溅扑重溪边。
> 忆昔山行芒屩底，苍岁拂面层崖丹。
> 扪萝跻磴不觉上，回顾忽若升中天。
> 白云瑗疎襟袂冷，天风吹衣毛骨寒。
> 思凡一误落尘世，蟠桃再熟今千年。①

诗咏郭熙画艺之精妙。作者生动地描绘出画中意境：峰峦回转，山壑深谷像在行走，物体形象变化的姿态都表现在画家的笔端了。松林间山民挑着担子，边走边笑朴实自然。苍翠的树林，暗淡烟雾中能看到树梢，小溪奔流浪花飞溅。白云飘拂而过，令人感觉衣薄寒冷，风从天外吹来，使人毛骨悚然……可谓如临其境，感同身受。

写景之外，作者状物亦十分细腻。如《观内厩洗马》中对骏马的描写：

> 绿骠连钱双骅骝，日光射波脂腻浮。
> 青丝脱鞚黄金钩，轻爬短刷湿未收。
> 三花剪鬣平且柔，蹑云骏气将无俦……②

从马的体态到马身上的装饰，再到鬃毛的造型，将马的形象写得栩

---

① 《存复斋文集》卷之十。
② 《存复斋文集》卷之十。

栩如生。

二 叙描结合，想象丰富

朱德润诗歌写景状物十分重视展现事物的场面效应，常常通过丰富的联想和想象，采用叙述与描写相结合的方式，生动地表现出事物的状貌和发展过程。如《居庸关雪》：

> 山前龙虎媾成台，山后神州斗极开。
> 雪意似怜天设险，卑高铺作白皑皑。①

诗写登居庸关看雪。山前风雪狂舞，如龙飞虎斗的戏台，山后则是一片晴朗星斗呈现。大雪似乎在怜爱这一天险，将卑下与高峻通通覆盖。作者联想丰富，作品意境雄阔。

朱德润不愧是写景状物的巧手，他善于通过比喻、拟人、夸张等修辞技巧，将自然之美和个人的独特感受生动传神地展现在读者面前。比如《过保定阜城县值雪》写青年时代游学途中遇雪之景：

> 昔闻燕山雪花飞，牛拳马缩如蝇痴。
> 朔风涨天行欲仆，相传南土令人疑。
> 平生强志决信史，踏雪驱车百余里。
> 寒夜烧冰过阜城，玉龙交战银河里。
> 八纮九域皆漫漫，山川有形持两端。
> 象帝之先不可辨，胚腪而后吾方观。②

诗中，作者运用夸张、拟人等手法，通过丰富的想象，将北方大雪纷飞之景写得惊心动魄。

《八月十五寓武林观潮呈武良弼太守廉御史达宣差顾仁甫邵文卿诸公》是一首观潮诗，该诗的场面描写极其精彩：

---

① 《存复斋文集》卷之九。
② 《存复斋文集》卷之十。

> 吴山吞海海水摧，越山枕江江流洄。
> 两山东环潮势急，海门一线如奔雷。
> 初看积雪起平地，顷刻玉羽横江来。
> 琉璃城阙森烂漫，水晶台榭高崔嵬。
> 军声隐地促万鼓，铣骑奏夜衔双枚。
> 奔湍直小瞿塘峡，喷薄应卑滟滪堆。
> 玉龙战罢沧溟立，平波滉漾银舒开。
> 乾坤橐钥秋色里，元气一鼓天光回。
> 人间此景真可玩，再俯落日倾金罍。①

作者通过生动形象的笔墨描绘出一幅波澜壮阔的潮涨潮落画面。既有细节，又有场面，给人以壮阔雄奇的美感。

《陪杨仲弘先生观董羽画江叟吹笛天龙夜降》中对笛声的场面描写亦令人惊叹：

> 黑云冥冥江叟出，暮泊孤舟夜吹笛。
> 怪雨盲风动地来，奔涛只欲沉江国。
> 一声吹罢关河黑，乱石随波山树侧。
> 云端夭矫见双龙，水气高寒星渐没。
> 闻声解意似相感，一曲未终人听寂。
> 吾闻应乾龙在天，潜鳞或跃藏深渊。
> 仙翁幻术偶惊世，粉图萧瑟能相传。
> 宋初董生学画龙，龙惊皇储真技穷。
> 三百年来似转瞬，空令丹臒留遗踪。
> 请君急缄卷还客，叟似欲言龙欲逸。
> 淮南赤日土欲焦，祈汝飞腾作甘泽。②

作者描述的是董羽画中老翁吹笛显龙的情节。该诗想象大胆，联想

---

① 《存复斋文集》卷之十。
② 《存复斋文集》卷之十。

丰富，作者用生动形象的笔墨，表达了对画家高超技艺的赞美之情。

三　注重细节，生动传神

朱德润诗歌擅长绘景状物，亦擅长叙事写人，常常在生动的细节描写中使人物神情毕现，栩栩如生。如《十二月腊日雪》中写晨起观雪的情景：

> 云寒气高浮，衾暖睡正熟。
> 儿童报雪飞，笑我起不速。
> 欣跃不惧寒，中庭就盈掬。
> 对此乃自笑，重裘肌生粟。
> 随风正飘摇，无声筛尘玉。
> 勿为一冷惮，已欣田家卜。
> 须臾气转和，化作雨声续。
> 雨声亦消歇，晴光在佳木。
> 天意竟周旋，下有贫民屋。①

作者叙腊日降雪之事。全诗语言自然流畅，人物动作神态形象生动，如见其人，如闻其声。诗写降雪之景甚妙。在表达上以叙代描，语言极其生动，如："儿童报雪飞，笑我起不速。欣跃不惧寒，中庭就盈掬。对此乃自笑，重裘肌生粟。"写儿童传达下雪消息的欢笑，写自己不惧寒冷一跃而起的欢欣，写在院中用手掬雪的憨态，充满了浓厚的生活气息。

再如《宿张大使书斋起画扇》中对夏夜酷暑难耐的描写：

> 关河月落星垂空，怒蚊如雷窥帐中。
> 屋头初日炎雾起，坐想冰雪撑心胸。②

诗中既有景物描写，又有人物心理活动，尤其是"怒蚊如雷"的

---

① 《存复斋文集》卷之八。
② 《存复斋文集》卷之十。

描写，烘托出一种恐惧感，而"窥"字的运用，使人物心中的恐惧又增几分。"坐想冰雪"道出酷热难耐时的心情。通过"怒""窥""想"等词的运用，生动地描绘出艰苦的生活环境和困窘的心理状态。

相似的情景还有《暑夜起坐》，作者写夏日里的生活偶感：

> 骄阳暮流西，炎气若未散。
> 暑绕四壁间，瓦砾如抱炭。
> 夜坐气未苏，挥纨倦双腕。
> 蚊螭隔绤嚌，抚之不可断。
> 平肤焦起粟，脱襟洒浆汗。
> 侧身抚桃笙，掬水复嗽盥。
> 仰视斗柄旋，亥子正相半。
> 忽云明晨热，坐以忘待旦。①

诗写暑热之感，屋瓦如在火中，双腕挥扇乏力，皮肤被蚊虫叮咬遍是疙瘩，衣服浸透汗水，手抚竹席，口渴难耐，久不能寐，只好坐以待旦。可谓作者晚年生活的生动写照。

还有《次韵王继学参政题四美人图》中的《对镜写真》也是一篇观察细腻入微的佳作：

> 千金画史托铅华，难写春心半缕霞。
> 两面秋波随彩笔，一奁冰影对钿花。
> 情怜晓月秦川雁，思逐朝阳汉树鸦。
> 不信云间望夫石，解传颜色到君家。②

诗写一位女子对着镜子在画自己的肖像，她坚信自己美丽的容貌一定能传到心上人的家中。"两面秋波随彩笔，一奁冰影对钿花"句最是传神，运用侧面描写的方法写出了女子的美貌。

---

① 《存复斋续集》。
② 《存复斋文集》卷之九。

四 乐中写忧,景中含情

朱德润的许多诗作,常爱从景写起,从事写起,先写美景与乐事,然后笔锋一转,揭示主题,有曲径通幽之美。如《立春》:

条风嘘众物,初日映千山。
夜半天杓转,春从地底还。
葭灰飞玉律,彩胜簇银幡。
南极农祥正,东郊牧政颁。
土牛迎戏仗,门贴写斓斑。
和气存吾道,人情属大官。
每看时序届,更觉世情艰。
莫惜杯中物,欢酬一解颜。①

作者先写立春日乡村之景。微风吹拂,朝阳映照,一派迎春的喜庆。劝耕的土牛尚在,春节的门贴还保留着,一派淳朴自然的民风。但每到此时,也常常让人看到了世情的艰难。"每看时序届,更觉世情艰",所以,作者以酒浇愁,"莫惜杯中物,欢酬一解颜"。诗中表达出一种观世道艰辛徒唤奈何之感。

再如《雪中观渔》写渔民不堪重负的生活:

彤云蔽天江茫茫,门前雪高一尺强。
渔人并舟鼓双棹,大罾入水瑶绳长。
老翁哺儿姑曳网,瓮头酒熟炊粳香。
醉中不脱一蓑玉,仰天叫笑鸣双桹。
自从水利美湖泺,渔盐大载需官场。
耕桑虽佳租税急,县前胥吏如贪狼。
江天四时各有象,人世反复多炎凉。

---

① 《存复斋文集》卷之八。

劝君更放雪中饵，饥鲸挂鳖江中央。①

诗作开篇写渔民劳作的情景。彤云密布，江水茫茫，大雪之后，天寒地冻，但渔民却在紧张地劳作。老翁哺儿，女子撒网，船头飘着饭香，这一举家捕鱼的场面看似温馨，实乃官家所逼造成的悲凉。"耕桑虽佳租税急，县前胥吏如贪狼。"租税沉重，官吏如狼；人世反复，世态炎凉。作者用先喜后悲的笔法写出了社会的黑暗。

《题李唐村社醉归图》也是一篇笔锋犀利之作：

村南村北赛田祖，夹岸绿杨闻社鼓。
醉翁晚跨牸牛蹄，老妇倚门见引路。
信知击壤自尧民，汉世龚黄不如古。
披图昨日过水南，县吏科徭日旁午。②

杨柳吐绿，社鼓喧嚣，老翁醉归，老妇出迎。表面上似在写乡村春日之乐，但结尾笔锋一转，"披图昨日过水南，县吏科徭日旁午"，官吏忙着征收赋税，给全诗罩上一层浓厚的惶恐与不安。一个细节，写出了元朝社会徭役的繁重。那些无法主宰自身命运的百姓，只有将希望寄托于神灵了。

宋邵雍言，人之情有七，其要在二，身也，时也。"谓身则一身之休戚也，谓时则一时之否泰也。一身之休戚，则不过贫富贵贱而已。一时之否泰，则在夫兴废治乱者焉。"③ 观朱德润诗作，其情志内容亦不出邵雍所言。然于其浮沉进退中可以观时政，于其山水田园中可以窥心志，于其凭吊古迹中可以知兴亡，于其反映民瘼中可以寓忧患，则是其诗之大焉。如果将朱氏归隐后的诗作与宋元时期的江湖派诗人相比，虽有诸多相同之处，比如喜爱古体、七绝，效仿古体乐府，追求质直平

---

① 《存复斋续集》。
② 《存复斋续集》。
③ （宋）邵雍：《伊川击壤集自序》，《四库全书·集部·别集类》。

实，诗中都有反映民瘼、指斥时弊、厌恶仕途、企羡隐逸之情等，但区别亦十分明显，即他并不像当时的江湖派诗人那样借诗表达对朝廷的不满，一味指责与嘲讽，而是忠君守正，心忧天下，有淑世改良之胸襟。与同时代的虞集、杨维桢、萨都剌等人相比，朱德润并非最有影响的诗人，然就其诗歌的时代性和独特的表达技巧而言，他应该是元代较有成就的诗人之一，应在元代诗坛占有一席之地。可惜的是因画名太盛淹没了诗名。这一点与同时代的画家倪瓒（1301—1374）颇为相似。《元诗选》初集曾选入朱氏诗作 97 首，《御选元诗》选其诗作 56 首，杨镰《元诗史》将其列入"必须论列"的百位诗人之中，称其新乐府诗在馆阁文臣中"难得一见"[①]，足见其创作在元诗中不可替代的地位。

---

① 杨镰：《元诗史》，第 496 页。

第六章

朱德润的思想

朱德润生活的时代正当元朝中后期，他的思想的形成与蒙元时期的教育有着直接的关系。此时，随着元朝政权的稳固，教育亦逐步走向正轨。早在窝阔台时，"首诏国子通华言"①，设立了用汉语教学的贵族子弟学校，窝阔台六年（1234），"以冯志常为国子学总教，命侍臣子弟十八人入学"②，忽必烈时，又设立了国子学及府路州县学和社学、书院等，中统二年（1261），"诏立诸路提举学校官"，③ 以"博学老儒"三十人充之。在此基础上，元室对学校教学内容亦进行了诸多规定，其中最大特点是将汉文化传统中的儒家学说置于核心地位。

孔子是学校教育的至圣先师。早在太祖成吉思汗时期，朝廷就建立有宣圣庙④，到太宗窝阔台时，以孔子五十一代孙元措袭封衍圣公，建孔子庙⑤。至1260年忽必烈即汗位时，依中原汉族皇帝建元改岁的传统，以儒家经典为依据，建立了大蒙古国第一个年号——中统。建元诏宣称："建元表岁，示人君万世之传；纪时书王，见天下一家之义。法春秋之正始，体大易之干元。"⑥ 至元八年（1271），又据《易经》中"大哉乾元"之语，建国号为"大元"，开中国大一统王朝以抽象字眼作为国号的先河。中统二年（1261）元月诏："宣圣庙及管内书院，有司岁时致祭，月

---

① （元）马祖常：《石田集》卷十《大兴府学孔子庙碑》，清康熙秀野草堂刻本。
② 《元史》卷八一《选举志一》。
③ 《元史》卷四《世祖纪一》。
④ 《元史》卷八一《选举志一》。
⑤ 《元史》卷二《太宗纪》。
⑥ 《元史》卷四《世祖纪一》。

朔释尊；禁诸官员使臣军马，勿得侵扰亵渎，违者加罪。"在开平（即上都）也建立了宣圣庙，甚至还创办了孔、颜、孟三氏家学，使儒人教之。

朱德润出生于至元三十一年（1294），正当元朝儒学大盛之际。他所生长的苏州，学风兴盛，据史志记载："苏之学由范文正公典乡郡捐宅为之重，以安定胡先生主教事，后之继守者莫不接踵兴起，增饰学舍，廪稍食以养之，版经籍以教之，其在属邑，莫不皆然。至若昔贤之道德功烈志操足以师表百世者，亦皆请额于朝，建立书院。虽堠圻震泽，去郡百里，皆得以义建塾。人材辈出，代不乏人。"① 当时的学校教育，无论官学还是私学，皆以儒学为宗。儒家经典成为元代科举必考经典。《元典章》卷三一《礼部四·学校》有载，当时的科举考试程序有："蒙古、色目人，第一场经问五条（原注：《大学》《论语》《孟子》《中庸》内设问，义理精明，文理典雅为中选，用朱氏章句），第二场第二道：以时务出题，限五百字以上。"正是在这种教育背景下，朱德润师从姚式学习敖继公的仪礼之学，特别是儒家经典《周礼》，对儒家思想的坚守自然随之成为他一生中的精神支柱。

纵观朱德润文集，作者并没有系统探讨思想问题的专论，但从诗赋散文的片断议论中，我们可以窥探到他对诸多观念的理解，感受到他文学创作的思想动因，这有助于我们认识他由入仕到归隐的思想基础。

第一节　执守传统礼教的道德观

礼教即礼乐之教，是中国古代治世的基础。《孔子家语》称："敦礼教，远罪疾，则民寿矣！"古代圣贤教民，让百姓懂礼、遵礼，从而"自别于禽兽"（《礼记·曲礼》），成为历朝历代的统治者相继相沿的重要内容，也是儒家文化的精髓之一。朱德润从小接受儒家思想的教育，对中国传统的礼乐思想自然深信不疑，在他的文章和诗赋作品中，处处能感受到他对礼教的推崇。

他认为纲常礼教是治世的规则，是维系人心的基础。如果没有了纲常礼教，大众就会思想混乱，像昆虫滋生危害庄稼一样，人们会浮躁虚

---

① （明）卢熊纂修：《洪武苏州府志》卷十二《学校》，明洪武十二年刻本。

伪失去淳朴的心灵，社会动乱由此兴矣。"众论蝨午兮结懵谁理？维纲常兮为道之轨。浮俗夸靡兮纯朴散徙，混沌凿兮幻语惊世。"① "天高地下，万物散殊，礼制有定，其象可模。念彼厥初，同此一善。太和块圠，庶汇万变。山川草木，发生于春。克己复礼，天下归仁。"② 他认为，人类之初，大千散而无序；自从有了礼制，世界方有秩序。犹如春天到来万物复苏一样，礼乃社会维系之根本，是达到"天下归仁"之前提。

可见，在朱德润眼中，礼乐之道并不仅仅为民所设，那些治民的官吏也应以之为准绳。"礼以节人情之过，乐以养天地之和。"他认为，古代的大学之道，首先要能读书断字，能辨义明理，"敬业乐群""博习亲师""论学取友"，直至"知类通达""强立不反"，即有坚定的理念，不为周围所动，这样才可以成为一个称职的官员，使"近者悦服，远者怀来"③。

朱德润认为，在所有的礼教思想中，忠孝观念居于首位。

在中国古代，"忠孝两全"是对一个人道德品行的高度评价。东汉马融在孔子《孝经》之后补写《忠经》，其中《天地神明章第一》把"忠"看作天地间至理至德。上至君王，下至平民，须各尽其"忠"，同心同德，因此可感动天心，各种美好的祥瑞都来相应，此乃"忠"力所致。朱德润言忠，多从人臣角度思考，倡导人们以国事为重，以济世安邦为重，忠于职守，以天下为己任，此乃为官者"德之正也"。他在《幽怀赋》中，曾自述传统的礼教观念对自己的影响："苟余心之无慊，虽众毁而何疑？岂矫世兮独立，俟同心而可为。"④ 身为睢阳朱氏后代，他有承前启后的理想和经国济民的抱负，如能为朝廷所用，即使献出生命亦在所不辞。

在朱德润心中，这种效忠国家的观念可谓根深蒂固。他的《卞将军新庙记》一文名为庙记，讲述卞将军新庙的修葺过程及建构规模，"有国有家者，非忠孝其何以立乎？⑤"实乃纪念东晋名臣卞壸而作。卞壸

---

① 《天明辞寄兀颜子中都事》，《存复斋文集》卷之三。
② 《同初铭为同同待制作》，《存复斋文集》卷之一。
③ 《送郭希哲希诚赴国子监读书序》，《存复斋续集》。
④ 《存复斋文集》卷之三。
⑤ 《存复斋文集》卷之二。

累事三朝，两度为尚书令。以礼法自居，不畏强权，意图纠正当世。后在苏峻之乱期间率兵奋力抵抗苏峻，最终战死。作者赞美卞壶坚守礼法、忠贞爱国的精神，仰慕卞氏家族的忠孝节烈。实乃借古喻今，倡导忠直守节，以昭当世。在《寿安山呈拜相》一诗中，作者写仲尼登东山，诸葛吟梁父，表达的同样是志在国家的情怀。人生苦短，应该为明主效忠，唯此才可能流芳千古："仲尼登东山，诸葛吟梁父。人生驹隙耳，忠孝事明主。曷以写勋名？丹青耀千古。"① 尽管元朝中后期已是问题重重，但他依然视之为"方今盛世"，自己虽归隐在野，依然劝人出仕，如《题张德昭藏李东原画岩居仙人图》：

> 方今盛世宜出治，山泽千年生器车。
> 岩花摇风折不得，我欲从之云水隔。
> 道妙真犹老子龙，情闲不梦庄周蝶。
> 人生会遇皆天然，披图玩史非凡缘。
> 张公素有经济术，致君尧舜承平年。②

正因为这种思想在朱德润心中已根深蒂固，所以尽管他自己因种种原因归隐于野，但在对他人的劝勉中，依然是以入仕济时为上选。正如他在《送张仲举赴集庆路学训导》一诗中所写：

> 讲帷秋冷坐经年，赋里班扬拟后先。
> 乌府早征经学士，鹭车当荐广文毡。
> 绿槐阴下朝成市，白鹭洲边晚放船。
> 莫讶金台先隗始，梅花宜在公堂前。③

作者赞美张仲举的才学，他对后学的鼓励之词依然是为国家建功立业。

---

① 《存复斋文集》卷之八。
② 《存复斋文集》卷之九。
③ 《存复斋文集》卷之九。

此外，在《南山招隐辞寄王君实左丞》中，作者认为，才德之士遭小人嫉妒，于山水之间遁世而居。可以理解，然而深山寒暑，孤寂难堪，将才德淹没于此实在可惜。作者认为隐者还是归来为宜。在《答招隐寄兀颜子中都司》中，作者以骚体形式出之，以寄友人，望其在当朝盛世，当果敢出仕，领朝廷俸禄，展宏图大业，做治世能臣，实现其志向。

"忠"德之外，朱德润亦十分重视"孝"德。

孝德理论产生于春秋战国时期。当时，随着旧秩序的瓦解，"礼崩乐坏"，孔子认为，家庭稳定是社会秩序稳定的基础，父母的权威地位十分重要，故提出了"孝"德思想。他强调"孝"要建立在对父母"敬"的基础上。"今之孝者，是谓能养。至于犬马，皆能有养；不敬，何以别乎？"① 同时，将行孝与守礼相结合，"生，事之以礼；死，葬之以礼，祭之以礼。"无论父母生前或死后，都应按照礼的规定来行孝。另外，"孝"须与"悌"相结合。"弟子入则孝，出则悌。""其为人也孝悌，而好犯上者，鲜矣。不好犯上而好作乱者，未之有也"，"孝悌也者，其为仁之本与。"② 这一切存在的哲学前提便是"仁"。仁不仅是孝的人性根源，而且是孝要努力实现的终极目标。朱德润关于孝的提倡也正是建立在这一思想基础之上的。他认为，尽孝事亲者与战死尽忠者具有相同价值。他在《跋徐孝子和传后》中说，父母恩情比天大，"宁有亲而不有身"是之谓孝。作者写道：

> 孝乎徐氏子！为人所难为。刲两股而瘳二亲，假手于人，则不可也；躬操刀则心忍焉。为军临阵，身被数枪，而人谓之忠者，敌者伤之也。忠、孝一也。或曰："刲股而瘳亲，亲存己亡，孰能养之？况临忍之际，未必能果愈其亲也。"于呼！彼徐子者，谓身存亲亡，昊天罔极，故宁有亲而不有身也。以为必如是仿者，有所为而为也。③

---

① 《论语·为政》，载《论语正义》，刘宝楠正义，中华书局2016年版。
② 《论语·学而》，载《论语正义》。
③ 《存复斋文集》卷之七。

孝子往往能做到常人难做之事，如割股疗亲之举，其勇敢超迈如同战场上尽忠的英雄一样。尽管作者对这种行为的效果并不认同，但认为其精神可嘉，孝子本着"宁有亲而不有身"的思想，令人尊敬。作者在《成庆堂记》一文中又写道：

> 人事之可庆者，孰为可庆？今夫居高官，享厚禄，子孙盈堂，是可庆矣。曰：未也。美材艺，多名誉，功高于时，泽下于民，是可庆矣。曰：未也。家千金，食列鼎，便嬖足使令，是可庆矣。曰：未也。得时行事，赏罚由己，材俊畏服，各承其意，是可庆矣。曰：未也。然则孰可庆？曰：有庆焉，非是之谓也。晏子曰："父慈而教，子孝而箴，兄爱而友，弟敬而顺，夫和而义，妻柔而正，姑慈而从，妇听而婉，礼之善物也。"是可庆焉，人莫之能也。①

人生于世，何谓可庆之事？是高官厚禄、子孙满堂吗？非也；是功成名就、泽下于民吗？非也；是家有千金、奴婢成群吗？非也；是大权在握、发号施令吗？非也。那么，可庆者谓何？作者用晏子之语揭示出本文的主题，即"父慈而教，子孝而箴，兄爱而友，弟敬而顺，夫和而义，妻柔而正，姑慈而从，妇听而婉，礼之善物也"。正因如此，作者在文中赞美王彦诚兄弟五人的美德。他们家庭和睦、乐善好施、扶人济急、忠孝齐家，实为礼仪之典范。他在《止斋铭为元亨之御史作》中又写道："止孝惟子，止敬惟臣。匪止弗安，匪安弗臻。"② 在这篇铭文中，作者由"止"字发端，考其奥义，申而论之，言孝、敬、安、臻之理，表达对斋主追求至善、厚重不迁的崇敬。从文中可见作者对儒家思想规范的诚信与维护。

《密阳朴质夫庐墓图记》是一篇倡孝之文，作者在记述高丽人朴仲刚孝心的同时，提到了历史上几位行孝的典范：

> 昔汉原涉，先庐冢三年，显名京师；唐元德秀庐墓，食不盐酪，

---

① 《存复斋文集》卷之二。
② 《存复斋文集》卷之一。

藉无裀席；夏方庐墓，猛兽循其旁；支叔才庐墓，白鹊止其上。此皆前史之所载也。①

原涉（？—24）是王莽新朝时期著名游侠。祖籍颍川阳翟（今河南省禹州市）。从祖父起移居陕西茂陵。原涉的父亲在汉哀帝时担任二千石的高级官职，任南阳郡太守，病死于任所。按西汉惯例，对死于任所的二千石官吏，可以在其任职的地域内征收一定的赋敛，作为丧官家人的丧葬安家费用。当时南阳是一个富庶的大郡，只要原涉开口，得钱千万易如反掌。但年轻的原涉不愿增加南阳百姓的负担，拒绝了南阳郡府的巨额丧葬费用，单身扶柩归葬父亲，并依古礼为父守丧服孝三年。原涉因此以廉洁仁孝名扬天下。天下士人学子、豪杰大侠纷纷以与原涉交往为荣。大司徒师丹闻原涉之名后，认为他有治乱之才，向朝廷推荐了原涉，原涉被任命为谷口县令。元德秀（约695—约754），字紫芝，唐朝河南（今河南省洛阳市）人。少孤，事母孝。举进士，自负母入京师。既擢第，母亡，庐墓侧，食不盐酪，藉无裀席。家贫，求为鲁山令。岁满去职。爱陆浑佳山水，乃居之，陶然弹琴以自娱。房琯每见，叹息道："见紫芝眉宇，使人名利之心都尽。"卒，门人谥曰文行先生。学者高其行，称曰元鲁山。夏方，西晋官员。《晋书》卷八十八："夏方，字文正，会稽永兴人也。家遭疫疠，父母伯叔群从死者十三人。方年十四，夜则号哭，昼则负土，十有七载，葬送得毕，因庐于墓侧，种植松柏，乌鸟猛兽驯扰其旁。吴时拜仁义都尉，累迁五官中郎将。朝会未尝乘车，行必让路。吴平，除高山令。百姓有罪应加捶挞者，方向之涕泣而不加罪，大小莫敢犯焉。在官三年，州举秀才，还家，卒，年八十七。"② 支叔才，唐代知名文士。定州（今属河北）人。因孝被时人所颂扬。隋末荒馑，夜丐食于野中，其母为贼所执欲杀之，支叔才告以情，贼悯其孝心，释其母。母亲得痈疽，他吸疮注药。母亲去世，他在墓旁筑屋守孝，有白鹤在他身边，人们以为是孝感所致，故支氏后人尊支叔才为支姓始祖。在朱德润看来，上述这些古代孝子是今人行孝的楷模。

---

① 《存复斋续集》。
② （唐）房玄龄等：《晋书》卷八十八《孝友》，中华书局1974年版。

在朱德润生活的时代，元朝的社会风气并不如人意，民不聊生，官不聊生，价值混乱，荣辱颠倒，作者的《外宅妇》《富家邻》《前妻子》《无禄员》等就是这种衰败现象的真实反映。正如《密阳朴质夫庐墓图记》中所言："世变风移，流俗侈鄙，生有不能致其养，死有不得谨其藏。"① 因此，作者对中国传统孝文化极其推崇，曾有多篇文章谈及这一话题。比如《招孝子辞并序》是一篇以倡孝为主题的抒情诗篇，文中的金子文遵父母命赴他乡侍奉舅父，十年未归，思亲心切，然未获父母同意，不敢贸然离开。于是作者撰文，讲孝道之理，唤其归来。《送诸葛子熙还江西》亦是一首倡孝之作，诸葛子熙回乡探亲，作者以诗相赠。开头借乌鸦反哺之典，以喻父母不易。此外还有《萱寿堂铭》，作者赞美母亲高寿，子孙为其建堂，置新装，献美酒，祝其乐而忘忧。而《送杜尧臣之京师序》一文，作者赞美的是杜尧臣的孝行懿德。

在孝与忠的关系上，朱德润认为，孝与忠同，尽孝亦应尽忠。"孝所以为忠也，人子人臣之道不殊。"② 作者对孝与忠之关系有着清醒的认识，尽孝同于尽忠。做为人子如同作为人臣，尽孝是理所应当的份内事，尽忠亦应如是。

忠孝之外，朱德润亦强调妇德的重要。他认为，妇德也是维护社会和谐与稳定的重要内容。他曾有多篇文章触及这一话题，如《贺夫人阮氏铭诗》中，作者赞美贺夫人的妇德之功："淑慎和柔，是谓妇德；慈义惠训，是谓母仪。"认为女子具有了这样的美德，可以"子孙蕃滋"。③ 再如《吴兴沈母诗序》中对吴兴沈自诚之母徐氏恪守妇道、教子成人的品德的赞美，等等。忠孝贤淑成为朱德润伦理思想中的重要内容。

第二节　清正廉明、爱民利物的为政观

廉政是中国古代官吏文化中的重要内容，朱德润有入仕的经历，归

---

① 《存复斋续集》。
② 《送枢密院宣使傅德润之京师序》，《存复斋续集》。
③ 《存复斋文集》卷之一。

隐后又与诸多在朝者有交际，因此，对为政者的人格品行有自己的思考。他认为，民风不淳，礼义便亏。奸暴不除，恶行乃施。民瘼不袪，贫病乃生。而这一切与为政者的素养有着密切的关系。一个官员的操行和施政风格直接关系到社会的清明。从他赞美的官员身上，我们可以看到他对官吏职责的认识及施政行为的思考。

在《昆山州判官边承事遗爱碑》一文中，作者所记对象为承事郎边守礼，文章通过人物的事迹揭示了一条为官之理：一个地区要治理得好，需有三善，即孔子所言："入其境，田畴易草莱，辟沟洫治，此其民尽力也；入其邑，墙屋完固，树木甚茂，此其民不偷也；至其庭，庭甚清闲，诸下用命，此其政不扰也。"而在此基础上，如果能做到"公私具举，民人怀之"，就堪称优秀了。这种素质并非一时所能，而要靠平时的素养和经验。对此，他有自己独特的认识。

第一，要做到兼听、公平、公正。作者在《太守晁侯除运使铭》中写道：

> 公田膴膴，八百其亩。侯之来吴，民思其抚。侯之去吴，民食思饇。乡土异宜，与众听之。勿信小言，小言或欺。为政在官，赋役在民，敛之劳之，高下俾均。侯之运司，邦境则邻。凡此牧养，孰非吾人？匪严弗威，匪宽弗安。宽以字良，威以戢奸。失此其中，莅事则艰。凡百有政，古式是观。①

该文乃对地方官"晁公"离任时的歌赞。文中言其赴任后能入乡随俗，博采众议，上下平等，宽严兼顾，使得经济繁荣，社会安定，是为政者之楷模。同时，亦表达出作者的为政观：一要广采众言，勿偏听偏信；二要赋税公平，勿有偏倚；三要宽严兼治，抚良戢奸。

在赞赏为政者的清正廉明时，作者也提出了广纳众言尤其是听取诤言的重要性。认为历史的悲剧往往在于君主拒谏。他在《跋明皇幸蜀图》一文中写道：

---

① 《存复斋文集》卷之一。

> 天下无事，忠臣之言轻于鸿毛，视大盗亦如草芥。及跻乱阶，谋臣、健将竭天下之力而不能救，然后知非言之轻，听之者轻也。明皇之不听张九龄而致禄山祸者，盖轻听也。噫！玄宗聪明之主也，使重其听，乘舆恐无西幸，而斯图或不见画于后人也。①

作者通过《明皇幸蜀图》中的史实发论，认为假使唐明皇当初能听进忠言，就不会有画中狼狈的逃难之景了。

第二，要将勤与理结合。所谓勤，即强调为政者要忠于职守，雷厉风行，做到身勤、眼勤、手勤、口勤、心勤，安民富民是勤政的最终目的。所谓理，就是要能客观地分析所遇到的问题，正确处理行政事务，做到无有偏颇，公正无私。作者在《送王允中赴浙东帅掾序》一文讲述元朝官吏晋升的途径和王允中被提升的原因，并赞其机敏能干，未来必有前景。其中就讲述了"勤"和"理"的为官之道，"勤所以行之，理所以折衷之"，如此方可"处事无越，而斯民称平"。如果处事犹豫不决，就很难有服人之语，亦难得众心。

第三，要以民为本，有仁人之心。民本思想是儒家为政思想中的一项重要内容。"水能载舟，亦能覆舟"已是唐以后为政者人人皆知的铭训。当统治者重视人民、爱护人民、体恤人民时，社会势必繁荣稳定，国家势必长治久安。反之，则社会危机重重，社稷不稳，江山易主。对此，饱读诗书的朱德润可谓深谙其理。他在多篇文章中谈及这一问题。比如在《送韩伯皋参政之湖广序》一文中，作者借与韩伯皋的对话，表达了自己爱民利物的为政观：

> 公之忧患盖常处也，今独无患焉。何则？湖广地近蛮蜑，其俗难制易扰。今秋以来，官剥其食，民饥其生，是用猖獗。推原其情，民之乐生恶死者天下皆然，奚独蜑俗耶？因民之情而安缉之，或者坚甲利兵，不如怀徕之善服也。今公以爱民利物之心往治兹土，来者怀之，逆者威之，其不易治乎？②

---

① 《存复斋文集》卷之七。
② 《存复斋文集》卷之四。

韩伯皋要到新地任职，作者由韩伯皋对旧衣独亲而想到执政者与民众的关系，甚为贴切：唯有"爱民利物"，方可使"来者怀之，逆者威之"，实乃为政者之箴言也。

《衢州白太守善政铭诗》是对一位具有仁人之心的太守的赞美：

> 猗欤白侯，牧伯之良。善缉其民，底于乐康。初衢之人，困于赋役。税者倍偿，劳者弗恤。民饥而号，无隙可逃。侯曰均役，毋重其徭。等甲之殊，验力以敷。遏强抚弱，养老慈孤。民教而劝，吏勤以愬。居者乐生，逋者复业。帝曰守臣，惠利我民。宠锡其章，束帛来臻。柯山苍苍，善政远扬。我作颂诗，俾民勿忘。①

作者赞美白太守为地方减轻徭役赋税、"遏强抚弱，养老慈孤"的善政。他来之前，"初衢之人，困于赋役。税者倍偿，劳者弗恤。民饥而号，无隙可逃"；他来之后，"民教而劝，吏勤以愬。居者乐生，逋者复业"。两相对照，政绩显矣。

朱德润认为，一个优秀的地方官，既要有渊博的学识，又要能体恤民情。只有这样，才能在民力困乏、百废待兴的时代，成为国家的得力人才。

如《诗美丁诚之经历书满之归》中所写：

> 欲鞶者驹，伊人之乘。食彼场苗，怀此惠政。岂无《甫田》，力民代食。千仓既盈，十亩惟役。服箱有牛，荷耒有农。农岁艰食，积者如墉。焉得赋均？同隰同畛。莫匪王土，分惠其贫。②

正因如此，作者在《善政诗序》中记述了官员苦思丁的善政，表达了作者对心怀民生大计之政的赞美。同时，亦表达了作者自己的政治理念，即为政者要有"仁人之心"，要能感同身受。体恤民生疾苦，以惠民为己任，是一个官员应该具有的"良吏之风"。在《送孙仲远经历序》中

---

① 《存复斋文集》卷之一。
② 《存复斋文集》卷之一。

讲述孙在任期间专于公务，为民造福、勤苦不怠的事迹。在《送同居仁之湖州路府判序》中对同居仁不耻下问、体恤民情、不谄不渎的品行进行了高度赞赏。从朱德润对官场朋友的赞美中，我们可以看到他以民为本的思想。

朱德润爱物利民的思想不仅涉及为政之道，而且延及其他行业。他认为，无论从事什么职业，都应该以济世为民为本，《赠医士顾叔原序》一文谈的是对从医者的看法，作者记述了顾叔原医士持贫行医的事迹，赞赏其爱民利物之心。与时下的庸医贪医相比，顾叔原实乃善医。作者由此感叹："无恻隐之心者，不可以有位，亦不可以为医。"无独有偶，《赠朱太医序》表达的亦是同样的观点，作者认为，从医如同从政，对社会具有同等重要性。但当今社会风气不正，当官的盼望百姓犯法，从医的希望百姓生病，皆利欲熏心所致，是良心缺失的表现。《赠钱刚中序》一文，通过对占卜的理解，表达了以卜济世的思想，虽然钱氏不能像古代卜楚丘之父、史苏那样出入于宫廷，以卜筮辅佐帝王，但却无碍于其慰人以藉，"为人子卜教之孝；为人臣卜教之忠"，使受者"思向之情亲、意闲、志壮，可以激志励气"，这才是占卜者的正道。

第四，政教与法治相结合。这也就是古代所说的德法并举。朱德润认为，仅靠纲常伦理和道德规范来治理国家很难实现国家富强和长治久安，唯有法治的刚性约束才能弥补其不足。因此，为政之道，德教为先。他在《送和九思之绍兴路同知任序》一文中说：

> 孔子曰："导之以政，齐之以刑，民免而无耻；导之以德，齐之以礼，有耻且格。"盖法有尽而情无穷，惟德足以感之。礼有隆杀之实，而不在于文也。国朝典章具定，而礼制或有未尽者。士之临政出治，当原人情而以法意行之，庶几德、礼之事也欤！且以婚、丧二礼，古者娶妇之家，三日不举乐，今则亲迎以乐。士子之家当先斋戒告庙，然后为酒食以会亲友，是为情文之称，而礼之实也。古者妇为姑之丧，舅在则齐衰期。今则妇为舅姑之丧，斩衰、齐衰皆三年，而饮食燕乐如常日。士子之家，当致斋敬事，三年如初。是为情文之称，而礼之实也。噫！世变风移，有不止于是者，实关邦

国之治焉。①

该文借为和九思赴绍兴路赴任送行谈为政之道，认为政治、法治皆不如德教、礼教重要。德教与礼教注重人的情感，乃法治难及也。

政教之外，法治亦必不可少。作者在《楚山图铭为兀颜子中宪佥作》中写道："六书之教，二曰象形。刻诸鼎彝，揭之旗旌。用昭宪度，以节礼刑。去古既远，风器淳漓。政繁法夥，民情愈欺。"作者认为，法治的严格是为政的基础，但必须简明，否则，政治烦冗，法律太多，会使社会充满欺骗。在《资善大夫海道都漕运万户府达鲁花赤买公惠政之碑并铭》一文中，作者赞美地方漕运官买述丁寻涉海道、汰除冗员、均役安民、抓捕海盗的事迹。在《太守师侯碑阴铭》中，作者赞美师侯的清正廉明，"贤哉师侯，弗猛弗欺。抑彼残暴，抚兹窿疲。民怀其德，久若渴饥"，认为师侯为政和善真诚，除暴安良，百姓怀念，如饥似渴。其所为，实乃为官者之典范。在《送海道镇抚莫侯北归序》中，作者赞美莫公辅到任后的清正廉明，"吏慑其明，民怀其惠，漕府亦赖其材"，等等。实际上亦是在强调法治对社会稳定所起的重要作用。

第五，倡导节俭，反对铺张。在朱德润文集中，作者对历史上的奢靡之风多有批判，比如在《题石崇锦障图》中，作者写道：

> 洛阳金谷园中花，雕玉为阑绣为遮。
> 琉璃器多出珍馐，玛瑙街长行细车。
> 椒屋涂香贮歌舞，曳珠珥翠笼轻纱。
> 珊瑚扶疏三四尺，王羊贵戚争豪奢。
> 那知花淫风雨妒？古来山泽生龙蛇。
> 婵娟坠楼宝珈碎，不惟亡身亦亡家。
> 千年台榭委陵谷，月明夜半啼惊鸦。
> 晋代君臣好华靡，庶姓僭偷从此始。
> 都城百雉古难堪，锦幛何缘五十里？

---

① 《存复斋文集》卷之四。

> 君不见衣不曳地慎夫人，文帝弋绨风俗淳。①

作者借画咏史，批判帝王及朝臣的豪奢之风，认为上行下效是国家民风好坏的前提。

同时，作者对施政者劳民伤财的礼仪形式，亦持反对态度。《临川曾氏郊祀礼序》中写道：

> 古制既远，后世繁文剩礼，以为烦民之举，而不用其质，吾于曾氏之书有感焉。说者为礼有隆而无杀，愚谓事天之礼不可杀也。凡出入仪卫、行宫、大次之礼可杀焉，百官有司荫补、锡赉之恩可省焉。虽然，世泥循习久矣，是书之出，愚犹恐夫不乐于从古者以为骇也。元明能以其宜于今者而成书，其亦可行也已。善夫！《礼》曰："时为重。"曾氏之论有合焉。②

从文中提出的"凡出入仪卫、行宫、大次之礼可杀焉，百官有司荫补、锡赉之恩可省焉"的观点中，可窥知作者对官场奢华、入仕不公的政治体制的批判。

朱德润对酒的看法，亦表现出奢靡误国的观点。他认为，如果能以"时为重"，适可而止，用得恰到好处，酒亦是一种良善之物，但过则是非至矣。他在《轧赖机酒赋》中对此有过一番论述，其中写道：

> 昔仪狄肇酝，大禹疏焉。酣歌恒舞，伊训是宣。羲和缅淫而时日废，庆封易内而国朝迁。阳竖献饮而子反去楚，灌夫使酒而徙相于燕。故古人节之以酬酢，戒之以诰誓。避酒祸于将萌，饮终日而不醉。宾主百拜，一献而始。三爵为燕享之诚，九献乃上公之礼。觚棱兕觥设于宾筵；玉瓒黄流荐之庙祀。岂予庶贱，饮不知止？倘罹骄淫，君子所耻。③

---

① 《存复斋文集》卷之九。
② 《存复斋文集》卷之四。
③ 《存复斋文集》卷之三。

文中认为，酒可以"设于宾筵""荐之庙祀"，然"倘罹骄淫"，误事误国，则"君子所耻"。羲和、庆封、阳竖、灌夫等都是这方面的典型。如果能在"时和岁丰，家给人足"时，适当酿造，节制使用，则"以之享神，神降之福；以之祈年，年登五谷。朋斯享，亲戚用睦"。

第六，学习前人经验。朱德润认为，中国古人积累有丰富的廉政经验，为政者只有向前人学习，结合当下时事，方可有正确的施政方略。在《送李明之充吴江州儒吏序》一文中，作者讲到学习与为政的关系：

> 读书所以知天下之有道，读律所以识朝廷之有法。士之出处穷达，夫古今事势，非道无以统体，非法无以辅治，于斯咸依焉。故君子必读书为吏，然后烛理，明见事果。近世士风不古，以谓学儒则悖吏，学吏则悖儒，遂使本末相乖，彼此失用。为儒则泥于变通，为吏则习于矫饰，积而至于群疑成渫，众志成怨，一关锱铢，亲故异态。南方风俗尤甚，岂非教化之所关焉！①

读书可使人知道识法，如果做官，可以判明事理，明辨因果。但由于社会风气的原因，一些人认为学儒与从政是相悖的，结果一涉及利益，许多人便忘记了大义，这正是教育失误所致。他在《映雪轩记》一文中，再次讲述了学习前人经验的重要性：

> 读书、为政，皆学也。古之君子，事君治民之迹，其声光烜赫于千载者，人知之、书记之，所存也，后之学焉者。不读其书，而求其所以似古人者，不得已。哀公问政，孔子曰："文武之政，布在方策。"则为政之要，莫不有文武之道焉，非徒法令文章也。②

作者认为，政治也是一门学问。只有多阅读古人的为政典籍，方知过往为政者的成败之因，只有树立远大的志向，具有映雪之勤，才能更好地为国家效力。

---

① 《存复斋续集》。
② 《存复斋续集》。

作者在《吴仲常太守德政碑赞》中说："封建既远，列郡置牧。汉称龚黄，文翁兴蜀。教民耕桑，衣食用足。爱修礼义，用厚风俗。"作者认为，历朝历代奉公守法的官吏都有仁厚的品德，比如汉代的龚遂、黄霸、文翁等，都是为官者的楷模。在《府判铭为冯进道作》中，作者提到了几位古代优秀的施政者比如唐代的姚崇、魏元忠。因此，如何做一个治世良臣，前人已经在行为上做出了表率。在《三爱诗》中，作者表达了对古代的政界贤达由衷的赞美："吾爱房与杜，秉国之纲维。吾爱元鲁山，冰檗每自持。吾爱李谪仙，岂特文与诗？不奉宫内宠，不受金闺羁。眼底汾阳王，所系唐安危。英材济当世，万古声光辉。古人不可见，默坐劳神思。"作者讲述自己最喜爱的几位古人：房玄龄、杜如晦、元德秀、李白。他们的品质表现在不为名利所诱，不受声色所惑，心系国家安危。他们的卓越才能可以经世致用，声名传之千古。

正是由于上述为政思想，作者在多篇诗文中表达了对心系天下造福一方的优秀官吏的赞美，如《江浙行省右丞岳石木公提调海漕政绩碑铭》一文中讲述的岳石木忠于职守、雷厉风行的为政风格，作者写岳石木到漕府任职后与幕僚的对话十分感人："漕有良规，汝择其长来告，予其从之。有慊于心，不顺乎民，予其除之。"刚直之气溢于言表，使人如闻其声，如见其人。在讲述岳石木倡导节俭之风时，作者写道："及抵昆山次舍，见供张重帟，庖膳丰美，愕然曰：'此非民力所致乎？'却之弗顾。"一个"却之弗顾"传神地描绘出他对铺张浪费、豪华接待等恶习的憎恶和拒斥。在《肃政铭为赵宗吉宪佥作》一文中，作者对赵承禧高度赞赏。赵承禧到地方任职后，镇暴安贫，访问冤屈，弥补执政者缺陷，解决庶民疾苦，给当地带来了福祉。作者认为，只有这样的官吏，才会受到人民的爱戴。在《资善大夫中政院使买公世德之碑铭》中，通过买氏的从政言论赞美其忠于职守、善谏敢言、以民生为本的品德。在《金坛县尉厅屏铭诗》中，作者赞赏金坛高县尉体恤民情、安抚贫弱、忠于职守、赏罚分明、廉洁勤政的优秀品格。同类的文章还有，如《行宣政院副使送行诗序》中对索罗帖睦尔的先祖清正廉洁的品性的赞美，《故丞相东平王拜住祭文》中对丞相拜住的忠孝义勇、廉敏公勤、爱憎分明、克继世勤、徇国忘家、君臣同德的赞美，《祭王叔能参政文》中对王克敬性情耿直、有德有言、功绩卓著、深得民心的赞美，《吴仲常太守德政碑赞》中对吴仲常性情刚直、遵奉古训、宽恕包容、勤奋敬业、深得民心的赞美，等等。从他们的身上我们大概可以窥到朱德润所崇尚的为政品格，领略到他的为政思想。

第三节 自律自适的人生观

在朱德润文集中，曾多处提到人生修养方面的内容，表现出他对人格思想的高度重视。归纳起来有如下几点：

一 修身养性，洁身自好

修身养性即陶冶身心、涵养德性、修持身性，是儒家人格修养的重要内容。在中国古代，儒家的修养标准主要在忠恕之道和三纲五常，其修身过程表现为格物、致知、诚意、正心，认为修身是本，齐家、治国、平天下是末，由此通过"反省内求"的方法，使个人行为同政治道德吻合，成为政权统治和文化统治的工具。朱德润所接受的修养之教自然也不例外，但他的个人遭际又使他有自己的思考，表现出独特的人生理念。

在《太极图赞》中，他写道：

> 三材既立，人禀独秀。有物有则，厥修在懋。万理一贯，惟心之灵。秉彝好德，罔或不承。①

作者认为，天地人中，人最重要。规律之中，人的努力最重要。应该执持常道，修养美好的品德，否则，受到蒙蔽，将难有担当。朱德润的《自警铭并示方山弟》一文比较集中地表达了他对人生修养的看法：

> 人生百年，今其已半。难得者亲，扶持患难。富贵贫贱，莫非命运。君子修身，克己安分。俭以处家，勤以治生。勿酗于酒，勿肆其情。勿道人短，毋矜自能。出言虑后，窒欲防萌。勿以毁怒，毋以誉欢。毁或造言，誉乃佞端。屯蹇忧戚，庸玉汝成。敢告吾弟，

---

① 《存复斋文集》卷之七。

兼以自铭。①

作者认为，治家须节俭，谋生当勤奋。应不酗酒，不纵情声色，不揭别人的短处，更不自以为贤能。要慎言节欲，不因受到诋毁而愤怒，亦不因获得声名而自喜。无论困顿险阻、忧患欢乐，皆泰然处之，便可在磨砺中走向成功。此可谓充满智慧的处世良方、人生格言。

朱德润认为，人生在世，以德为先。德之所存，乃道之所行。而德所包含的内容很多，在《道传图铭为柳待制作》中，他提到了善行与诚心：

> 粤稽先天，孰玄孰黄？人文既辟，图画乃彰。继善成性，由阴与阳。维彼先觉，纯一惟诚。行在天下，言在六经。如愚惟颜，一唯惟曾。何庄之辞，土苴绪余！奚荀之辨，指礼为儒。瞻复日月，云何其躅。高山景行，庶几在目。②

作者讲道之所存，对古发论。何为玄黄？古人有文字说明，有图画显示。"继善成性""纯一惟诚"乃其中要诀。六经告知人们何为正道，颜回和曾参都是行道者的典范。大道的轨迹究竟在何处？就在为道者的善行与诚心。

而要达到这种境界，作者认为首先当自律。

在中国历史上，儒家学说始终强调道德自律在"修身、齐家、治国"中所发挥的至关重要的作用。朱德润深以为然，他认为，这不仅关系到为政者的廉政品格，也与每一个人的修养相关。因此，自律亦成为朱德润人生观中的重要信条。他的《教授厅铭》乃为学馆教授厅而作，讲文学一职之历史及所需之个人修为。其中就谈到自律问题：

> 汉之校官，今郡文学。典教泮宫，横经师幄。吴邦之风，思鲁一变。律己以先，庶则人劝。言慎行修，乃式乃矜。勉兹古训，庶

---

① 《存复斋文集》卷之一。
② 《存复斋文集》卷之一。

列槐阴。①

朱德润认为，"律己以先，庶则人劝。言慎行修，乃式乃矜"。先正己后正人，为人楷模，惜羽慎行，乃教育者应恪守的古训今则。他的《知止堂铭》一文，也提到自律的问题。其中写道："人生而静，动乃其机。行必知止，履则弗危。锐焉退速，定乃神怡。安而能虑，止故弗移。事物既接，众情交功。不有知止，孰究始终。"②这里所说的"知止"，即知进退，知取舍，廉洁自律。作者在讲述冯公"奉公""善守"品行的同时，讲"知止"修养之重要，认为知止使人安宁，使人平静，从而心地坦然，志趣不移。世间万物交汇，七情涌动，如果不能"知止"，就难以理出头绪。虽为颂词，实以理出。

朱德润认为，洁身自好是自律的一种表现。他在《四言铭诗送高文海秀才游京师》中写道："愿子择游，谦以受益。烜赫贵势，勿谀以趋。华侈宴乐，勿慕以愉。徐行弗颠，慎言靡侮。"③作者嘱高文海交友要有所选择，谨言慎行，对权贵之人"勿谀以趋"，不沉溺于奢侈的宴饮欢娱。这些品行，实际上都必须以高度的自我约束能力为前提。

朱德润所说的自律，其实强调的是人的主动性。人之有德，贵在自觉，觉则悟，不觉则迷。他的《觉庵字说》④可谓是一篇关于人的主动性的论辩之文，作者借佛中人庵名"觉"字，表达了对人的觉悟的认识。庵乃物也，不能觉之；能觉之者，人也。作者以佛说佛，强调了人的主体意识的重要性。

在自我约束的过程中，朱德润认为心静致远，超凡近德。他在《心远堂铭为张清夫提学作》中提出：

> 人之虚灵，秉彝好德，一理万殊，惟心之则。心远地偏，静德之履。不远伊迩，繋心知止。⑤

---

① 《存复斋文集》卷之一。
② 《存复斋文集》卷之一。
③ 《存复斋文集》卷之一。
④ 《存复斋续集》。
⑤ 《存复斋文集》卷之一。

他认为，人的心灵要宁静冲淡、充满智慧，必当执持常道，以德为上。这是放之四海而皆准的真理。只有超凡脱俗，才可能有贞静的德行。作者在赞美堂主人心性静远的同时，也表达了对超凡脱俗生活的渴望，以及心静致远、超凡近德的道理。

在《玉京路承天寺藏经阁记》中，作者通过佛教有无生灭的理解，表达了人生修养中静修的重要性。其中有一段有趣的议论：

> 维至静可以感至动，至寡可以合至多，至无可以召至有，此物理之自然而人有未之觉者。故佛氏居深山穷谷，而土木其形骸，茑鸟其饮食，初无求于人也。而人见其土木形骸而茑鸟饮食也，于是有结庐而舍之者，捐衣而衣之者，馈食而食之者。由是至静、至寡、至无皆转而为至动、至多、至有，而人不觉焉。方其深居静默，自寡言至于无言，一佛氏也；自一言至于万言，亦一佛氏也。何哉？人见其人之趋慕之来之多也，始以利益扣之，佛不以利益自靳，而随问即答。如国王、如长者、如居士、如比丘者，皆云集，而问答愈繁，其辞愈多，乃至演为五千四十八卷也。①

作者认为，世人多不解佛家修心养性之义，往往给那些追求至静、至寡、至无者以种种资助，结果反而影响了他们的追求，变得有动、有静、有有而难达目的，可谓适得其反。文中阐述了"以至静至寡至无为佛氏之功用，以无言无相为性命生灭之理"的佛学思想，并为之感叹：人人皆能感觉到"有无生灭"，但能不为"有无生灭"所迷惑者又有几人？

二 中和用世，贵在能适

在"民风嚣淫""变诈百出"的时代，如何处世为善？朱德润提出了中和用世的观点。他的《刘大本拙庵记》② 一文即是这一思想的生动体现，作者推崇辛甲鬻子、长庐王狄、老聃诸人，认为圣人的品德在于身

---

① 《存复斋文集》卷之二。
② 《存复斋文集》卷之二。

处纲常之内而善"纳之于中",毋使其过,毋使其不及。"即父子而父子之道亲,即君臣而君臣之义定,即寒暑而寒暑之岁功成,即穷达而穷达之天理得",以致能"虚灵应物而不穷"。正如《易》中所说"居而安",即"得其序"。刘大本起名"拙庵"并非要"伏智""藏巧",而是在仰慕古人的做人之道。宋白玉蟾曾有《拙庵》诗一首:

> 笑携藜杖倚寒松,现世神仙一拙翁。冠笄投关离玉阙,天人推出镇琳官。身居星弁霞裾上,心在烟都月府中。岂是摩挲令发黑,不须服饵自颜红。百年赢得十分讷,万事算来俱是空。解织蜘蛛空结网,能言鹦鹉被樊笼。闲将世味闲中嚼,静把天机静处穷。学巧不如藏巧是,忘机不与用机同。虚空不语虚空广,造化无声造化公。六贼奈人闲不得,十魔见我懒相攻。凝神多得伴呆力,养气无非守口功。欲雨只消呼瀿沆,要雷略目召丰隆。人间若也不容住,学骑白鹤乘天风。①

该诗言身居拙庵,心远地偏,万事皆空,黑发童颜,藏巧忘机,虚空不语,造化无声,是非不沾,凝神养气,几近仙班。两相对读,诗之与世无争,遁尘避世,与朱氏文章之中和用世,境界可辨矣。

在朱德润的处世哲学中,与中和用世相联系的另一原则便是贵在能适。朱德润在《野云自号序》中,借和九思语表达了这种处世观:

> 人生于世,贵能适耳,在官则适于公,在暇则适于野,能不以利禄萦其心者,吾之志也。虽然吾闻之,有官守者有言责,黄堂紫阁,趋事计功,盖有非任适者之所能兼也。士之出处语默,苟不有素定于中,则物役随感而至,吾子奚适焉?②

"人生于世,贵能适耳"。不为物所役,不为名所牵,则"若野云舒展,为庆为祥,为霖为泽"。但从政为官者因有言责,且"趋事计功",

---

① (宋)白玉蟾:《拙庵》,载(宋)彭耜编《海琼玉蟾先生文集》。
② 《存复斋续集》。

故很难做到这一点。朱德润认为，好的修养来自人生的历练，道义来自修行。人的天性决定了其情欲之生，如果不加克制，存其所当存，去其所当去，则善难至矣。因此，他在《题成性斋》中写道：

> 成性者，天理本然之善也。人生而与物接，则情生焉。情生，则欲随而至。物欲蔽，则天理亏矣。故君子必当省察克治，所以存其所存，而复其天理之善也。故《易》曰："成性存存，道义之门。"孟子曰："操则存，舍则亡。"其以是夫？①

作者在此强调了后天修炼对天性本然之善的重要作用。

在修养方法上，朱德润对自我调养十分重视。他在《君子堂铭》中写道：

> 苞蘖之卉，拱把之木。岂若尚氏，堂高树竹。君子虚心，卑以自牧。君子厉操，节以自勖。载歌卫诗，惟彼《淇澳》。挹此岁寒，温其如玉。②

作者托物言志，借堂发微，借竹寓意，认为君子节操在于自我调养、自我勉励。而这一切都基于一个"仁"字，"大哉寿域，仁基义垣"③，仁义不仅是长寿之基，而且是社会昌明的根本。他在《生生堂后铭为豫章胡伯雨赋》中说：

> 天地成化，仁心生物。万变一理，维诚无息。五行殊功，二气实体。动静互根，那有终始。元者善长，生生相续。继善成性，中和位育。仰彼先觉，有开我蒙。图书之作，万世永功。④

---

① 《存复斋文集》卷之七。
② 《存复斋文集》卷之一。
③ 《寿域铭为吴思可左丞赋》，《存复斋文集》卷之一。
④ 《存复斋文集》卷之一。

作者述先哲经典对后世的启蒙拓智之功。认为仁心与真心、善心与中和乃文明生生相续之根本。

三 回归自然，崇尚自由

这种思想具体反映在朱德润归隐后的诗文中。比如他对仙道的向往，对田园生活的热爱，对隐者生活的赞美，都从不同侧面反映了他对人生的这种看法。他在《题长江图》一诗中写道：

> 我家世沛国，少长吴淞墩。
> 本意事耕钓，误踏京华尘。
> 行看飞骑拥名利，俯首忽忆江南春。
> 山乡二月斗草罢，枫林社鼓祈田神。
> 青裙老媪馌浆出，浊醪醉倒翁携孙。
> 揭来情绪混尘俗，画图为写长江村。
> 他时归隐芳舍下，太平鼓腹陶唐民。①

自己本来是要做隐者的，结果误入仕途，满眼都是追名逐利之人，这种生活与江南农村淳朴生活如何能比？正因如此，作者才有了"他时归隐茅台下，太平鼓腹陶唐民"之心。

再如他的《秋日送谭道者北游》：

> 秋兰生兮洲渚，舟子游兮别墅。
> 放琅琊兮观舞，薄空同之天柱。
> 揖群仙兮遨翔，身欲飞兮不羽。②

这是作者与一位道士的赠别之语。其中对道士轻松、自由、放达、欢乐的游仙生活表达艳羡之意。在他的《答招隐》③赋中，这种思想表现

---
① 《存复斋文集》卷之十。
② 《存复斋文集》卷之三。
③ 《存复斋文集》卷之三。

得更加突出，该文表达隐者山居不去之意。耕钓蚕桑，随意任性，胜过高门列戟富贵荣华的深宫侯门。因此，即使有君上相招，也不会以此易彼。

朱德润的许多诗作都表达了这种回归自然的思想，如他在《秋林平远扇图》题诗中写道：

> 碧树远林杪，西山爽气浮。
> 微官抑何绊？不及谢公游。①

诗作表达了对大自然的热爱。远方绿树依稀可见，西山笼罩着薄雾，天气一片晴朗。如此晴好的日子，自己应该像谢灵运那样徜徉于山水之间，一个芝麻小官，有什么可牵系的呢？

又如他在《次韵苏昌龄求画》中写道：

> 误落尘寰三十年，吹笙旧侣谁俦予？
> 江空岁莫知己少，苏仙忽作阳春嘘。
> 嵩高王屋竟何所？便欲呼君同结庐。
> 人生多能只自苦，鲁质不若曾子与。
> 龟燋雉翳君记取，何如浮云任卷舒？②

想想自己误入尘世已经三十个春秋，那些曾经有着共同理想的朋友还有谁和我在一起呢？眼看有才能者多有不幸，怎如浮云随意舒卷自由自在呢？再如他的《和虞先生题武当山张真人别业》诗：

> 岚雨初晴绿树新，松萝夹屋净无尘。
> 洞花幽鸟时时别，野鹤孤云日日亲。
> 红雾半窗丹火候，青山万古百年人。

---

① 《存复斋文集》卷之八。
② 《存复斋文集》卷之九。

从君更觅方平宅，玄武门前作近邻。①

诗写张三丰别墅的景色。雨后初晴，烟岚飘荡，山树挂绿，松萝几乎罩住了屋子，洁净无尘。山间花开，鸟语不断，野鹤白云一片祥和。红色的雾飘出是炼丹炉正在火候，万古青山中有百岁之人。结尾表示愿和方外之士为邻。

同类作品还有许多，像《有美人寄李溉之员外》，借美人以喻李溉之员外，赞其淡泊避世、清高自守的情操；《石民瞻山图》通过画中仙景的美好，表达自己希望远离尘嚣俗界回归自然之心；《为八扎御史作山水图》赞美山中风景使人忘记俗念，恍如坐在天姥山上，等来日放下手中画笔，定当登天而去；《陶渊明归去来图》表露出对陶渊明归隐精神的赞美；《和王继学治书韵》表达对山川本真的热爱；《题袁伯长学士画》诉说对自然山水的向往之情，等等。

四　人生有命，循其自然

生死问题是自古以来的思想家们思考的重要人生问题之一。儒家的核心观点是重视现世，不问来世。孔子说："未能事人，焉能事鬼？""未知生，焉知死？"（《论语·先进》）孔子思想的本质是要人们关注现世，重视自己的存在意义。到宋代，儒学家们批判道家提倡的"仙"的理论和佛家提倡的来世说，如张载说生是气之聚，死是气之散。对儒学中的这些理论，朱德润是认同的。他在《送马清风道人北游序》中谈到生死问题时说：

> 予闻之，天之所命于人者，性也；所赋于人者，理也；所成乎人者，气与形也。循而行之之谓道，有得于心之谓德。近而求之，不出乎日用之常，以言其精微，自非圣人莫能也已。今马君欲行其道，苟能不出乎方寸虚灵之中，斯可矣。有必欲离形去智，谢绝生死，则虽足穷万里，吾未知其遇至人于何所也……大抵人生天地间，有生则有死，若旦暮然。一气之消息也。惟其有生死，所以生生而

---

① 《存复斋文集》卷之九。

不穷，原始反终，此其道也。今马君北游，而遇异人有异说，吾弗敢知矣。因书以送之。①

马清风道人讲"性命之宗，物我俱忘，出无入有，而莫可准绳之"，认为在"物我俱忘"中会恒存长在，难以用世俗的生死标准来衡量。作者似乎不以为然。他认为人乃气形的结合，生死如旦暮，是自然常态，那种"离形去智，谢绝生死"的状态是难以实现的。正因为人有生死，人类才生生不息。这种生死观正是张载的观点，无疑是达观的。

关于生死观念，朱德润在其他诗文中亦有涉及，比如在《感古》中，作者写道："春花与秋实，代谢何相延！俯仰即今古，神仙讵长年？"② 春华秋实，新陈代谢。回首展望古今的变化与发展，就是神仙也不会长寿永恒。在《除日》中，作者写道："日行三百六十五，今夕方除岁云暮。人生忧乐百年期，又见日除当此度。养和适情宜及时，古今中寿七十稀。自非金石不可永，刀圭谁保长生期？彭宣老聃亦何之？不须更作送穷诗。客闻此辞莫伤咨，尊前且醉黄金卮。"③ 认为人生有限，难保长生，故当适情，及时行乐。在《晨起》中指出："唯天固有命，达者当从容。"④ 作者认为，名利、世情、权力、财富，皆为世俗名利，为此心劳忧虑，误人一生。富贵在天，生死有命，坦荡从容，方为直道。

第四节　情由景生、万物心源的艺术观

作为一个画家，朱德润不可能没有自己的审美理想，但他并没有专文论及，大都是通过诗文的片断表现出来的。他认为，艺术创作的核心问题是处理好人与外物之间的关系，艺术与名利无关，山水是作者心中情感的体现："丹青不关名利眼，虎头痴绝非王郎。百年有怀良可哂，还拂长松思道场。"⑤ 画家之意不在山水，而在山水之乐，此即画为心迹也。

---

① 《存复斋文集》卷之四。
② 《存复斋文集》卷之八。
③ 《存复斋文集》卷之十。
④ 《存复斋续集》。
⑤ 《王编修邀游山西海子》，《存复斋文集》卷之十。

情由景生，是文艺创作的一个规律。他在《润上人无声说》中写道：

> 物必有所激而声扬。风无声，着物而鸣；泽无物而有声，人不语无声。而嗟叹咏歌之出乎心而自鸣者，其必有激于中也，物情感于中而不能自已也。故喜怒哀乐之发而见乎辞，托于嗟叹、咏歌也，此人之所以有声也。其合于比兴，中于律吕，则其声之善者欤。至于圣人之道，无声无臭，如上天之载。天何言？而四时行、百物生，则其所以无声者，非□□孰能焉？①

表面看，该文是对字号的解释，实则讲述了无声与有声的关系。人之有歌咏，必有物情激于内始可发于外。如果"合于比兴，中于律吕"，则"其声之善者欤"。这里道出了优秀的诗歌之源泉。创作不能空想，而是触物发思，触景生情。

在此基础上，朱德润提出了大自然才是文艺创作的源泉。他在《题王参政赠画士俞伯澄序后》中说：

> 河图象数，人文一画。数以数生，象以象物。日月旌旗，山川鼎彝。垂裳作服，五彩彰施。贵为尊礼，列为民章。惠此后世，以协纲常。勖哉伯澄，肖形是图。惟理惟一，为形万殊。外形内性，丹青岂櫋？进修在学，俾复厥初。②

作者认为，天地宇宙就是一幅图画，日月为旌旗，山川为鼎彝，垂裳作服，五彩彰施。人类正是比照山川而有了礼仪纲常，山水图画往往蕴含着人文之理。因此，对于艺术创作者而言，大自然才是灵感的源头之水。他在《溥泉图赞》中又写道：

> 维天至大，惟圣则焉。五德比象，溥博渊泉。周遍其积，静深其源。言则民信，动为民先。至圣之德，如天如渊。至诚之道，其

---

① 《存复斋续集》。
② 《存复斋文集》卷之七。

渊其天。钦哉古训！绘画莫传。凡此后学，敢告勉旃。①

作者崇奉中国传统的比德说，以山水岩泉比君子五德。且言至圣之德和至诚之道如源如渊，是绘画很难表现出来的，只有真正的大自然才是道和德之源。盖造化心源之意也。正因为自然与艺术之间这种源流关系，作者能从画中体会到人间之象。他在《韩叔亨右丞山水图赞》中说：

> 天地定位，山川成形。涵泽通气，育秀孕灵。才猷之妙，匡济其能。若涉大川，舟楫具来。洽散处顺，民心攸归。民众若丘，匪夷所思。②

天地山川之所以能类比五德，就在于其位正形成，气孕灵秀，犹如舟行大川，顺流而下，"洽散处顺，民心攸归"之意尽含其中。

朱德润主张"乐天真而适兴"。他在《集清画序》中写道：

> 然于风和日明傍花随柳之时，观山川林壑远近之势，感春夏草木荣悴之变，朝清而夕昏，远淡而近浓，凭高览远，亦足以乐天真而适兴焉尔。③

在此，作者谈及画家的创作心态，"乐天真而适兴"道出艺在性情的美学观念，甚合艺术中通感作用下的审美规律。自然唯有注入人之情感寄托方有生命活力，"物有托而传，野得人而秀"④。《友山诗序》⑤中借与友人高尧臣的对话道出了山水与作家在通感作用下的审美效应，在现实生活中，平时歌舞酒茶，似乎能看到人们的热情，一旦大难来时，却不见有扶助者；而面对利益时却争夺、诋毁，嫉贤妒能，大有人在。与人相比，山则不同，它高大而有顶点，庞大而有里程，近观看不到它跟

---

① 《存复斋文集》卷之七。
② 《存复斋续集》。
③ 《存复斋文集》卷之四。
④ 《秀野轩记》，《存复斋续集》。
⑤ 《存复斋文集》卷之四。

从谁，远观看不到它疏远谁，如果以至静之心去体会，它就会与你的心灵沟通。快乐时，满山苍翠，松籁鸟鸣，与你相与为乐；悲伤时，云雾低沉，草木摇落，猿猴悲啼，好像在分担你的哀愁。推开轩窗迎接它，任由白云去与留。现实中的朋友，怎么能达到这样一种境界呢？因此，远离富贵，以云山为友，才是艺术家的最佳选择。

正因为艺术是人的情感思想受物所感触发出来的精华，因此艺术作品往往能反映出人的品格。朱德润在《送顾定之如京师序》中，赞美顾定之专心致志，其画亦非同流俗，同时提出，画品反映人品，"竹之凌云耸擢，若君子之志气；竹之劲节直干，若君子之操行；竹之虚心有容，若君子之谦卑；竹之扶疏潇洒，若君子之清标雅致。是皆定之平日意念之所及也"①。人品往往决定着艺品，"品格高而韵度出人意表"②。他在《为同初待制作山水图铭》中又写道：

> 天高地下，万物散殊，礼制有定，其象可模。月露风云，太虚成文。山川草木，发生于春。惟昔先觉，克念在诚。罔欲不窒，复礼归仁。念彼厥初，同此一善。太和块圠，庶汇万变。理与气合，情随性成。图此高深，心画用明。③

该文乃作者为自己创作的山水图所作的铭文，表达出画为心迹的艺术观。阴阳之和，使天地有变，万类有形，使万物生色。由物及人，其理亦然。作品乃作者性情之流露，品格之象征。艺术家应该具有真挚的情感和诚实的品格，如此，才可以使欣赏者产生共鸣，涵养为彬彬有礼的君子。

那么，什么样的作品才是好作品，朱德润也有自己的标准，他认为，文学创作应得天理民彝之正，方为至文：

> 诗者志之所之也，然而触于情之所感，不能见其志，故嗟叹咏

---

① 《存复斋文集》卷之五。
② 《题高彦敬尚书云山图》，《存复斋文集》卷之七。
③ 《存复斋续集》。

歌者，由情感于物也。是以比兴生焉，体制殊焉。自三百篇以下，变为骚，而为李陵、苏武之五言，由五言而加七言，则音节不外是矣。虽然体制有限，而物情无穷，亦曰得天理民彝之正者为美，岂徒月露风云之辞而已？今观黄君叔用《漫稿》，真有续风、骚之雅制者。因书以归之。①

优秀的作品，应该是"得天理民彝之正者为美，岂徒月露风云之辞而已"。显然，作者眼中的好诗乃与天理民彝相通者，而绝非"月露风云"的闲情之作。作者在《卷阿亭诗序》中又提到：

凡情感之托于物者，合于义则远传而名彰，人亦喜为之赋焉。不然，则虽崇山秀水、奇葩异木、高台宏树，适足为游观之区尔，于名义无取焉……溯思古昔盛时，君臣游歌于卷阿之上，以岂弟君子为四方之则，为四方之纲，以吉士之多喻凤凰之鸣高岗、梧桐之生朝阳，则知君子之托于昌时，身履尊荣，而材有所施也。②

作者在讲述卷阿亭的来历及含义的同时，讲述了作文与做人的道理。文章开宗明义道出自己的艺术观：托情于物，合义则传，人亦喜以此为文。否则，只是写出一些名胜美景，徒增游观之处而已，对"名义"并无多大益处。

作者在此指出了文章的载道功能，亦即文当与"名义"相关，风花雪月之文并不能给人以教益。

第五节　志存高远、殊途同归的人才观

在朱德润文集中，有多处提及人才成长与科举考试的关系，认为人才成长，非科考一途，自古以来，人们通过不同的渠道展现自己的才能，为将为相，为贤为圣，可谓殊途同归。他在《送陈诚甫下第序》中写道：

---

① 《书黄竹村漫稿后》，《存复斋文集》卷之七。
② 《存复斋续集》。

自古多英材卓荦之士，然后天下之网罗不足以羁縻之。上而负鼎割烹，下而饭牛扣角，前后相望。观其当时事业，使人千载仰慕，有非可以意料之者，而况于科目乎？西汉以来，曰明经、曰贤良、曰孝廉、孝弟力田、茂才等科，然而取士岂复有如前人者乎？其事业可方否？今之登高科、骋文字有如此者，予不得而知之矣。

嘉禾陈君诚甫领乡举、歌鹿鸣，而来会试春官者凡七人，皆不合于有司而去，得非不可以意料之否？不足以网罗之否？泛驾之材，跅弛之士，其御之也必有道。虽然昔之在官者求于人，今也求于官，予知其所以有合者难矣。嗟夫！世之事岂可以意料哉？他日有登高科、显事业而在夫七人中者，予不得而知之矣。陈君勉哉！以不讦仆今日之所云。①

作者认为，一个人能否有大事业，不单在于能否中举，有很多事情难以预料。昔日之贩夫走卒今日之王侯将相者亦大有人在，故科考落第大可不以为意。他在《送张行直下第序》中又写道：

科举取士非古也。科举之设，由天下公道之不明也。为能明之，则人之贤、不肖，求之于人得矣，将何使上之人以法拘绳其梯媒？而士以学术猜量其纲目，此古人所或不由也。夫以明经而多诈，以孝廉而冒进，则以成案图索骥、食饵小鱼之讥。由是论之，余将告进士之不得志于有司者，毋自郁郁焉。而又将励天下之不由科目者，毋自小焉。盖三代之有天下，而选于众，举皋繇、伊尹而不仁者远，夫何目哉？

嗟呼！圣贤之事远矣，而春官之选盛于周，非考之也。张君，燕人也，磊落尚气，盖非可以文字科之者。余知其必有合，而亦将以明公道形成，张君之志也。昔韩文公所谓多悲歌感慨之士，又岂得独告于董邵南哉！②

---

① 《存复斋文集》卷之五。
② 《存复斋续集》。

人的成才除了科考入选，还有许多其他方式。作者先讲科举之必要，后讲因社会人情之风盛，出现入仕不公平现象，希望落第者不要失望，更不要自惭形秽。许多成大事者都非科考中人，有大志者亦非科考所能衡量。

无论通过什么途径，人才的成长都需要有人去发现，伯乐之重要远胜于科考。在《送刘伯城之中山序》中，作者赞美刘生的天姿聪颖和勤学善问，希望有识者看中。亦表达了作者的人才观及教育观："山林高木，未遇匠石，或为樵爨而已。苟匠石顾之，良工及焉，则栋厦柱宇未晚。"高大的树木，未遇到优秀的工匠，可能只作为烧火做饭的材料；如果有能工巧匠雕琢，可能就会成为大厦的柱梁。作者还讲到学习的重要性："人学而后能，不学则徒负其为人耳。"只有通过学习才能成为有用之材。

综上所述，朱德润走向入仕的道路正是儒家礼教思想浸染的结果，官场的腐败和社会的黑暗，使他认识到了仕途的凶险，他不愿意依附权势自毁人格求得自保，又不愿意因坚持自己的人格理想而受到迫害，所以在青云直上之后，归隐田园。也许，在元朝那样一个时代，这是一个既忠直守正又向往自由的儒者的必然归途。由于他的思想中既有儒家忠孝观念的因子，也有对自由生活的向往，故其创作亦在这两端之间游移。行动源于思想，创作源于情感，朱德润人生的仕隐沉浮，正是他思想观念的体现。

附 录 一

朱德润史传资料

题识序跋

存复斋集题辞

泽民文章典雅而理致甚明，独惜以画事掩其名。然识者不厌其多能也。自兹以往，泽民当以丰于文而啬于画可也。

虞集题
——《存复斋文集》

存复斋文集序

朱泽民为童子师时，以文墨故与予交三十余年。间得许道宁画，谩尔涂抹，适臻其能。在仁庙时，沈王器其才，引对于嘉禧殿。受征东提学以归。人不知其于鞭辟近里尤用功也。艺于圣门，固曰小学之能事，然以欲观古人之象，与夫绘事后素可与言诗者推之，其于指画之形，有切近于书者。圣人于艺，以游而言，侪于道、德与仁，而四之一。以小物不遗动息有养故耳。况夫以山水言，亦仁知之所乐者。于进而吾往也，逝而不舍昼夜也。为学为道，一以体其重厚不迁，周流无间，凡得想象而求以似之。何艺非道耶？使刻意于文字，不有以载道，而追逐于月露风云之状，庸何愈于艺成而下者？此《诗》之《国风》所以出于民俗之歌谣，后儒极力无能仿佛也。泽民绩学而为文，理到而词不凡下。神会心得，有妙于斫轮不能以喻诸子者。非诩诩以求售于人，如凡近一辈也。天下之物，无影无形，难以拟诸形容者，曰惟风声。庄子噫气之论，一以可闻而不可见者之翏翏、之调调、之刁刁，曰独不闻，曰独不见。貌出天籁一节，子露无遗。则亦深于文字者，曰精于艺耳。不然，孰无一画笔能神于化工耶？泽民艺能而妙，由妙而神，神有几于天者。言之精者，为文由精而超于自得，则有配天于无言者。德艺两忘，道术无迹，神而明之，亦存乎人。泽民可与语道矣。有不合天人于一耶？登峰造极，风咏言归，圣贤气象相与往来于文字，以状出之，山立扬休，不无悠然于一见者。姑将以为序。

至正九年秋闰七月望后，合沙俞焯午翁序。

——《存复斋文集》

赠朱泽民序

睢阳朱泽民，青年甫二十，而俊气溢发，一以古人为师。诗师谪仙，笔札师逸少，画则规矩出入李昭道父子之间。吾留吴门，一日过邓静春所寓之屏，泽民时为座中小异客，俄出其长松怪石大轴二，自言前二三年手所湿绡也。又三日，以其新作一小幅见贻，山平水远，亹亹逼近前辈。遂约静春过其庐，泽民欣然，以次第展其寒具不浼之藏，佳俗识真者少，不足复怪。独恨泽民生书生家，嗜古之习甚深，而古人格力是中，不可多得。使居通都冠盖之会，长裾曳履，走朱门大第，得悉窥古人之大全，大小李将军不足多也。阆阗城故是大郡，然大年小景，……有月落乌啼、江枫渔火之寒夜，而无烟销日出、一声欸乃之潇湘；有香径弩基、玉钗金镞之荒凉，而无荆州鹤泽、呼鹰射雁之感慨；有包山洞庭、满林霜橘之点染，而无离骚清绝、澧兰沅芷之才情。纵复云岩眠松，平地偃蹇，裁一干两干而止。使泽民移其极目千里之远，揽薄游八百里之松林，岂但浓鬣老髯、千霜万雪之遒劲浩荡胸次，彼牛羊低草、天苍苍野茫茫之画卷于此捉勒一盼，固自潇洒日月也。予老矣，因泽民好尚清致，乃叙吾所见以激发之。士别三日便当刮目相待，泽民寓家吴下，能以吾言小作参请，此别三日，已非吴下阿蒙矣，况李将军乎？书以为序。

海粟老人冯子振叙

——《存复斋文集》

存复斋集序

泽民之八世祖兵部公,睢阳五老之一也。渡江后,子孙侨居吴中,清风素范,相仍不坠。而泽民兼善于画,尝出游京师,公卿贵人咸加礼遇,驸马都尉沈阳王尤爱重之,奏辟提举征东儒学,不就而归。益杜门读书,而大肆于诗文。今年秋,予以久直词林,窃禄无补,乞身而退,蒙恩召还,假馆姑苏驿,泽民不鄙,过予遗以古文一帙,曰《存复斋集》者,凡为赋若干,骚二十,铭二十有七,记十有一,序九,计其他所撰著宜不止此。富哉言乎!盖昔之善画者不必工于诗,工于诗矣又不必皆以文名于世,故虽郑虔以画、书、诗号称"三绝",而文不与焉。荀卿子谓艺之至者不两能,泽民之多能匪直今人之所难,求之古人固不易得也。顾予方迫于使命,匆匆就道,未暇三复而为之品题,姑志其岁月于篇末,以寓赞羡之私云尔。

至正九年秋闰七月十五日,金华黄溍书
——《存复斋文集》

观元之泽民画像赞

诵其诗,读其文,而不识何如其人;观其画,玩其书,而不识其人何如。古貌长身,今既获识。元之泽民,汉之陆绩。

乡后学吴宽拜赞。

——《存复斋文集》

元泽民朱先生之像其世孙文以示鏊鏊再拜而观玩为之赞曰

知君者以文而遗画,不知者以画而掩文,吾以为二者皆不足以轻重。夫君至,如书之妙、诗之神,亦何足云?独其秀杰不可灭者,终古两见。在汉有循良之政,在元有辑复之勋,犹未尽也,则发而为画与诗与文。

乡后学王鏊拜赞
——《存复斋文集》

存复斋续集跋

涵芬楼既校印《存复斋集》,缪艺风秘监言藏有抄本《存复斋续集》,

其名不见于诸家簿录，极为罕秘。许录副借印。续集不分卷，与前集复出者数首为抽去之，计得诗文一百四十首。朱氏之文，明初有刊本者，一名《成德性斋集》，一名《存复斋集》。传本皆微，今《存复斋集》既有新刊，又得此续集，久埋之宝，一旦重显于世，能勿重拜秘监之嘉惠欤？抄有伪脱，不得别本，未敢辄改，兹仍其旧云。己未春仲无锡孙毓修跋。

——《存复斋续集》

睢阳五老图
元·柳贯

《睢阳五老图》，今藏姑苏朱氏。朱氏故兵部郎中讳贯之裔，盖郎中在五老中其次四，作图时年八十有八矣。其孙后以金兵追逐，渡江侨居姑苏。闻毕氏世传是图，遂以地入毕氏，而易得之。图为朱氏物，数世尚宝藏无恙。而其曾孙德润复以艺文游缙绅大夫间，世泽之滋于是乎在。

自两河失守，弃家南徙是不一姓，问其系绪，且吃吃莫能道，况望其宝有先世遗像而尚论其世如吾朱氏者哉！

——《柳待制文集》卷十九

蔡氏五庆图诗序
元·柳贯

自养老引年之礼不见于庠序，而家自为政，人自为俗。虽以君子庶人之老，贵富有于其身者，曾不得随年为品，以享夫贰膳常珍之奉。则徒行徒食，犹为限于力制不获已然也。至于与之疑年而辱之泥涂，抑岂先王示慈惠训孝弟意哉！夫以五十始杖而不从力征，八十与之杖而复其子，九十就问焉而复其家，所为引户校年隆礼备养而优游于佚道之中者，或不能得之于上，而子孙燕私之际，乃能时其凉燠，蚤莫之节，适其肥甘轻暖之宜，乐其志以不违其心，则亦一家之曾闵、一乡之四代而已。学者谓其有仁义之施焉。录而著之，固亦纲维世变之一机也。

浙东廉访使者治吾婺，自予归里，亟闻其掾蔡君君美之贤，间虽一二见，终未悉其所以贤也。今年夏，忽以书致吴郡朱泽民所为作《五庆图》要予序。盖君美世家绵竹，而侨居云间。大母徐，九十犹在养。父桧岩翁，亦且逾乎楚莱儿戏娱亲之岁矣。于是君美复有三子二孙，兰菲芝晔，服和袭顺，每时节上寿，五世一堂，陈馈羞者休有令仪，天之顾绥蔡氏厚矣。而君美又能不薄其厚，既托之绘事以写夫不可名言之盛，复求能言之士声之咏歌，流之管弦，以章兹一门休显之符。诗曰："孝子不匮，永锡尔类。"又曰："乐只君子，遐不黄耇。"然则天之厚君美者，宁独其身，而诸君子之所以为君美厚者，又宁独于其一人一家哉！顾令养老引年之礼失于庠序者如彼，而得于燕私者如此，则孝弟仁义之端断自君美发之，木铎采焉，彤笔书焉，若画与诗与夫不腆之言，则亦未为无征乎尔。

——《柳待制文集》卷十七

游虎丘图诗序
元·陈基

至正十年秋，翰林待制宣城贡公泰甫奉使江南。明年春，使还过吴，而闻国子司业之命，遂避传舍，寓白鹤之真馆。不终日而吴门之大夫君子修容于下执事者冠盖相属。于暮之春，风日柔畅，相与登海涌峰，俯剑池，坐生公之台，据小吴之轩，览长洲之故苑，抚姑苏之台榭，而瑶林绿甸川鱼云鸟之出没飞动者，皆在栏楯之下。于是却匏竹，进翰墨，酬歌淋漓，竟夕忘返。公既嘱睢阳朱泽民氏笔之为图，复用泽民壁间旧题五言四韵为诗以倡之。而苕溪郏九成、沈自诚，新安胡茂深，赤城郑蒙泉，公之婿张士恭、甥阮文锐，余伯氏敬德，咸属和焉，总凡若干首。寻以首简授予曰："子宜为序。"

公以经济之学，为天子顾问之臣，雄文硕望，师表儒林，海内之士仰乔岳、瞻景星之日久矣。吾党徒用区区文艺，乃得接余论于山水间，不亦盛乎！且会合之不可常，昔之人盖有当欢而悲者矣。今环桥门而望公者，殆百谷之于甘雨也。吾徒未能脱鳞介、生羽翰，又安得久从公游乎！虽然，唐杨少尹之归自朝廷也，好事者夸其饯之盛，谓其绘以为图，而当时君子又嘉其去，既类汉两疏作为文章，荣耀千载。今公之司业成均，杨少尹之职也，而其功名事业，人且望其等两疏而上之，则异日请老而归也，尚能从君于某丘某水以观都门祖帐之图，而为公赋之也。至正十一年夏四月朔旦序。

——《夷白斋稿》卷十三

师子林十二咏序
明·高启

师子林，吴城东兰若也。其规制特小，而号为幽胜，清池流其前，崇丘峙其后，怪石嶙崟而罗立，美竹阴森而交翳，闲轩净室，可息可游，至者皆栖迟忘归，如在岩谷，不知去尘境之密迩也。好事者取其胜概十二，赋诗咏之，名人韵士属有继作，住山因公裒而为卷，冠以睢阳朱泽民旧所绘图，而请余叙焉。

夫吴之佛庐最盛，丛林招提，据城郭之要坊，占山水之灵壤者，数十百区。灵台杰阁，甍栋相摩，而钟梵之音相闻也。其宏壮严丽，岂师子林可拟哉！然兵燹之余，皆萎废于榛芜，扃闭于风雨，过者为之踌躇而凄怆。而师子林泉益清，竹益茂，屋宇益完，人之来游而记咏者益众，夫岂偶然哉！盖创以天如则公愿力之深，继以卓峰立公承守之谨，迨今因公以高昌宦族，弃膏粱而就空寂，又能保持而修举之，故经变而不坠也。由是观之，则凡天下之事，虽废兴有时，亦岂不系于人哉？

余久为世驱，身心攫攘，莫知所以自释，闲访因公于林下，周览丘麓，复以十二咏者讽之，觉脱然有得。如病暍人入清凉之境，顿失所苦。乃知清泉白石，悉解谈禅，细语粗言，皆堪入悟。因公所以葺理之勤而集录之备者，盖为是也。不然，则饰耳目之观，赏词华之美，皆虚幻事，岂学道者所取哉？是则来游而有得者，固不得而不咏，因公亦不得而不编，既编则余又不得而不序也。洪武五年秋七月渤海高启序。

——《凫藻集》卷二

题朱泽民《山水》
元·虞集

积雪山阴道，嵯峨笔底生。
云门见童子，禹穴阅蛟精。
高卧人何在，幽情几咏成。
杜陵空想象，晚饭栧楼晴

——《道元学古录》卷二八

题朱泽民画
元·虞集

松外浮云过眼空,前瞻无际后无终;
几番白云经行地,数尺苍髯俯仰中。
健笔只今韦偃老,吟诗谁似杜陵穷;
悠悠无限沧洲兴,问取骑驴傲兀翁。

——《道园遗稿》卷三

奉朱泽民提学山水歌
明·危素

朱子平生妙毫素,开卷令人心目注。
千盘万折各有殊,所向自得天然趣。
画师纷纷何乃俗!骅骝凋丧空凡肉。
朱子客京师,真作无声诗;
想当盘礴经营时,胸中正有丘壑奇。
别来会吴门,唐宋不足论;
长风高浪太湖雪,叠嶂重峦天目云。
我家云林在何许?一笑烦君指其处,就买扁舟赋归去。

(天历元年初夏书于姑苏郡斋)

——《云林集》卷三

雪姑吟朱泽民所□□姑鸟
元·顾瑛

雪姑鹦鹉洲边住,自小无心事机杼。
一身悔嫁白头翁,日日孤栖不知处。
立傍溪头杨柳枝,春风雅舅欲相依。
不听杜鹃好言语,劝姑在外不如归。
姑不见,韩朋树上相思雀,双宿双归双饮啄。

——《玉山璞稿·至正乙未》

题朱泽民所作《段吉甫应奉别业图》
元·贡师泰

远山何盘桓，近垄亦连属。
潜飙薄阴崖，鲜云荡阳谷。
飞楼表层巅，石梁跨悬瀑。
参差众树丹，夭矫双松绿。
谁与契佳宾，雅会谐所欲。
临流引霞觞，拂石罗野蔌。
开图对华轩，聊以慰贞独。

——《玩斋集》卷一

朱泽民画
元·郑元佑

窈窕溪桥路，阴森枫树林。
岸随青嶂转，家在白云深。
画史分明意，山人去住心。
劳形何日已，于此欲投簪。

——《侨吴集》卷四

朱泽民《山水》
元·郑元佑

吹箫江浦秋，舟荡碧云幽。
拟溯岩松下，诗盟订白鸥。

——《侨吴集》卷六

朱泽民《山水》
元·郑元佑

楼观参差山涧坳，渔舟远啸出林梢。
白云度尽千峰碧，礨石幽人始定交。

——《侨吴集》卷六

题朱泽民《山水》
元·杨维桢

鸡林道人落笔奇，笔迹远过李咸熙。
不画射洪雪织丝，澄心一匹光琉璃。
丹崖碧嶂开参差，古木麻立交樛枝。
崩流千尺昼夜飞，练带不受山风吹。
仰见招提出林薄，俯瞰略彴横弯碕。
碧桃洞深花落处，长松树杪云生时。
便从天姥发夜梦，况复曲水招春嬉。
苦无浇笔酒千鸥，忽落晓窗神坐驰。
吁嗟！我家山阴正如此，山阴道上归何迟。

——《铁崖诗集》丙集

朱泽民画
元·杨维桢

白云白如太古雪，青山青似佛头青。
何时约客山头去，春日题诗锦乡屏。

——《铁崖诗集》庚集

题朱泽民画《山水》
元·黄镇成

与客浮湘水，琴书共一舟。
云间双树晓，天外数峰秋。
指顾销尘虑，栖迟发榷讴。
未知身是画，明月满沧州。

——《秋声集》卷三

谢睢阳朱泽民提学为画《六和塔前放船图》
元·王逢

青城丹邱旧所贤，画图曾惹御炉烟。

一官归老天宫里，为写浙江秋放船。
六和塔前江水流，天清无云风始秋；
夕阳半落锦万顷，著我一个登仙舟。
舟行两岸萍花供，吴山越山作驺从；
乘壶美酒鲈十头，只少桓伊笛三弄。

右是歌逢丁亥秋所作也。越一纪，君访逢吴门，偶见而叹咏久之。翌日，逢谒君天宫坊寓，隐案间笔砚沉沉然，徐示图曰："烽烟良阻，子其意游乎？"逢喜而持归，敬题绝句。青城、丹邱谓虞、柯二公，旧推重君者。君名德润，尝受知英宗，寻远引云。

——《梧溪集》卷一

题朱泽民提学《山水》
元·王逢

英宗皇帝潜邸时，沈王荐君坐讲帷。
天机复得画肯綮，不但怪怪还奇奇。
大山高寒并王屋，细路萦纡入斜谷。
却分李靖鬓瓢浆，幻出匡庐水帘瀑。
一时清气千里会，两贤中居古冠带。
檐暝微笼焙茗烟，溪声远合鸣秋籁。
东西飞阁群林皋，神往恍惚如生猱。
何从今日老此境？便当上界官仙曹。
君兮君兮吾旧识，青骡一去无消息。
好在灵岩爽翠间，荐把冰绡泼酣墨。

——《梧溪集》卷四

《席帽山先陇图》诗
元·王逢

山本黄山东峰之别名，距江阴城北六里，与马鞍山相属。曾祖昌谊先生、大父潜昭居士、大母徐氏、先君库使、妣李氏讳靖真墓东西相望焉。至正乙未冬，不肖逢不幸避乱于外，浸五年矣。顾烽烟辽隔，不得以时祭扫，因托江东提学睢阳朱泽民为图，浙江分省郎中天台陈基为序，仍自赋一章，示儿掖、摄、拊，用永其孝思焉。

（诗略）

——《梧溪集》卷四上

朱泽民《双松图》，为夏老画题于绿阴清昼堂
元·王逢

江东提学古韦偃，手写落落双树松；
深根本托夏氏社，高节肯受嬴人封。
苍然秀色入野阔，势擘蛟龙欲飞活；
白日风雨从震凌，青阳造化先回斡。
散樗灌木不敢齐，恍有仙鹤时来栖。
杜陵九原如可作，拭目清晨应重题。

——《梧溪集》卷五

风雨怀朱泽民
元·谢应芳

一天风雨夜漫漫，独为先生发永叹；
杜甫数椽茅屋破，郑虔三绝坐寒毡。
莺花紫禁回头梦，烟树青山抱膝看；
最忆旧游诸阁老，别来零落汉衣冠。

——《龟巢稿》卷三

奉题朱泽民先生画《山水图》
元·李祁

洞庭之南湘水东，来山奕奕蟠苍龙。
云阳峰高七十一，欲与衡岳争为雄。
我家近在云阳下，来往看山如看画。
十年尘土走西风，每忆云阳动悲咤。
吴中胜士朱隐居，笔精墨妙天下闻。
画图画出湘江水，青山上有云阳云。
云阳山高湘水绿，十年不见劳心目。

只今看画如看山，万里归情寄鸿鹄。

——《云阳集》卷一

朱泽民画
明·苏伯衡

朝朝谋隐地，忽见好山川。
雄丽皆衡霍，幽深别涧瀍。
羊眠松下石，虹挂屋头泉。
便欲抽簪去，依崖结数椽。

——《苏平仲文集》卷十五

题朱泽民为良夫作《耕渔轩图》
元·倪瓒

寂寂溪山面碧湖，轻舟烟雨钓菰蒲。
晓耕岩际看云起，夕偃林间到日晡。
《汉书》自可挂牛角，阮杖何妨挑酒壶。
江稻西风鲈鲙美，依依蓐食待樵苏。

——《清閟阁集》卷六

朱泽民《小景》
元·倪瓒

朱君诗画今称绝，片纸断缣人宝藏。
小笔松岩聊尔尔，道宁格律晚堂堂。

——《清閟阁集》卷八

朱泽民《山水》歌
元·虞堪

江山青青江水绿，市上何人吹紫竹。
避暑宫前不见春，落花满地游麋鹿。
千古江山列画图，朱侯解写咫尺烟模糊。
扁舟依然在洲渚，应可自此归五湖。

昔人去者今有无？昔人去者今有无？

——《希澹园诗集》卷一

题朱泽民《书钓图》
元·虞堪

泛轻船兮钓渚，歌沧浪兮自取。
不知所读何书，竟相忘于鱼水。

——《希澹园诗集》卷二

观朱泽民所画《山水图》有感
明·袁凯

朱公画图爱者众，声价端如古人重。王公巨卿数见寻，往往闭门称腕痛。我时挟册游郡城，朱公爱我诗律精。时时沽酒留我宿，共听西窗风雨声。清晨起来忘洗盥，短衣飘萧临几案。太行中条眼底生，岩岫冥冥气凌乱。禹凿龙门疏泺水，根入黄河源不断。南及衡阳抵桂林，东入会稽连海岸。是中置我一亩宫，正如浮萍在江汉。溪流蜿蜿石齿齿，夹岸桃花途远迩。原头烟雾散鸡犬，屋里诗书杂童稚。扁舟远来知是谁，岂是昔日鸱夷皮？五湖虾菜殊可乐，千古功名何足奇。只今四十有三载，公竟不归画图在。世间好手岂易得，终日纷纷劳五彩。感时念旧心独苦，况我头颅白如许。呼儿卷却不忍看，白发高堂泪如雨。

——《海叟诗集》卷二

题朱泽民《荆南旧业图》
明·高启

睢阳醉磨一斗墨，梦落荆南写秋色。
大阴垂雨尚淋漓，哀壑回风更萧瑟。
枫林思入烟雾清，湖水愁翻浪波白。
溪上初逢野老航，山中远见先生宅。
秋田半顷连芋区，茅屋三间倚萝薜。
僧来看竹乘小舆，客去寻岑借高屐。
任公台下石可坐，周侯庙前路曾识。

虎迹时留暮台紫，蛟气或化秋云黑。
城郭当年别已久，风尘此日归不得。
落日书斋半壁明，图画卧对空相忆。

——《高太史大全集》卷十

题朱泽民临李营丘《寒林图》
元·柯九思

高林曾记旧黄昏，下笔生春昼掩门。
剑器低昂动山岳，翠蛾谁解忆王孙。

——《草堂雅集》卷一

题朱泽民《山水》
元·陈基

东曹兴逐秋风起，长揖齐王归故里；
托言鲈鲙与莼羹，远害全身良有以。
神交海上陶朱公，遭世虽殊心则同；
读书把钓松江尾，仰看浮云行太空。
八月严霜下乔木，万里青冥眇飞鹄；
为谢长安马上郎，世间何物为荣辱。

——《草堂雅集》卷二

题朱泽民《秋江独钓图》
元·郑东

山川无微云，万物粲可数。
长江秋气至，美人在中渚。
凉风吹兰舟，木叶下如雨。
鲂鲤岂必多，书卷良可咀。
初非与世殊，聊以乐空屡。

——《草堂雅集》卷十

题朱泽民《山水》
元·剡韶

洞庭南下水如天,篷底看书白日眠。
我亦怜君爱山色,直须买酒过秋船。

——《草堂雅集》卷十二

题王朋梅为朱泽民画《水阁图》
明·王世贞

孤云夙世一画师,丹青自结元君知。
行逢镇东两斗奇,泚笔为写无声诗。
檐牙四绾天棘丝,角影倒插寒涟漪。
空青排闼月满卮,醉睡不记东君谁。
二仙仙去亭何之,有图仿佛犹堪追。
即令此图垂亦隳,是水可亭亭可居,不朽况有诸贤辞。

——《弇州四部稿》续稿卷九

碑铭谱传

朱宜人吉氏墓碣铭
奉训大夫秘书少监蜀虞集撰文
中议大夫秘书太监康里巎书丹
中奉大夫岭北湖南道肃政廉访使邓文原篆题

征东行省儒学提举朱德润,常为集言其母吉宜人之孝也,祖母施夫人甚爱之。至元甲午十二月,吉宜人将就馆,而施夫人疾病,叹曰:"吾妇至孝,天且赐之佳子,吾必及见之。"既而疾且亟,治后事。其大父卜地阳抱山之原,使穿圹以为藏,施夫人曰:"异哉,吾梦衣冠伟丈夫来告云:'勿夺吾宅,吾且为夫人孙。'"既而役者治地深五尺许,得石焉。刻曰:"太守陆君绩之墓。"别有刻石在傍,曰:"此石烂,人来换。"石果断矣。其祖命亟掩之。而更卜兆。施夫人又梦伟衣冠者复来曰:"感夫人盛德，真得为夫人孙矣。"德润生，其大父字之曰"顺孙"，而施夫人没。人以为孝感所致。

吉宜人不惟妇道成于家也，而又好施。大德丙午之饥，吴民多以子女易食者。吉宜人闻其邻之有此也，脱簪珥易以归而食之者数人。及岁熟，其人亦稍成大，悉以归其父母，女子择善良嫁之。

吉宜人又以其家之素从兵也，尝恐其子不事儒学，则常诲之曰："惟朱氏睢阳五老兵部公之后，门户不轻矣，非学其何以自立乎？"今德润起家为提学使者，稍足以慰宜人之志。

延祐丁巳之三月，宜人没而不及见今十有一年矣。悲夫！因又请曰："大人亦知德润之于先生有一日之从也，命德润曰：'盍图尔母之不朽者乎？敢以铭请。'"吉宜人，睢阳人。其大父处仁故宋淮西兵马提督官，其父受始家于吴，而宜人归廷玉氏。子四人：德润、德宁、德懋、德玄。女□人。铭曰：

积善在门，有子孔文。不延其躬，以待吉逢。吁嗟乎幽宫！

今俛俛依

伯生先生命抄录一过，愿并请

先生书之庶永传也

夔敬告

泽民提学足下

——《存复斋文集》

有元儒学提举朱府君墓志铭
资政大夫、江南诸道行御史台侍御史鄱阳周伯琦撰并书篆

君讳德润，字泽民，朱姓，其先睢阳人。九世祖贯，宋朝议大夫、兵部郎中，寿八十余，与杜祁公等为睢阳五老会，有诗传于世，赠司农少卿，子孙因官江南，遂著籍于吴焉。司农之五世，宋太学录大有，学录生宋秘书省检阅文字应得。秘书生琼，仕国朝为长洲县儒学教谕，娶吉氏，君之父母也。君身长八尺，秀异绝人，读书一过，辄能记。每以诗文自喜，善书札，尤工画山水人物，有古作者风。天得也。当延祐之末，年廿五，游京师。吴兴赵文敏公子昂荐之，驸马太尉沈王以闻，仁宗皇帝召见玉德殿，命为应奉翰林文字同知制诰，兼国史院编修官。明

年,正旦日食,越三日受朝,君从沈王再见,上注视久之。廿一日,宫车晏驾,三月,英宗嗣位,会沈王以忤中贵人斥外,太皇太后命驰芗于鄞之天童寺,君遂与偕,表授镇东行中书省儒学提举。又明年二月,大雪,上猎柳林,驻寿安山,以近臣言召见,君献《雪猎赋》,累万余言,奇之。国家用浮屠法,集善书者以金泥写梵书,有旨命君综其事,盖旌其能书也,及成而英庙陟配矣。君语其友曰:"吾挟吾能,事两朝而弗偶,是宰物者不吾与也。其归饮三江水,食吴门莼乎?"旦日,买舟而南。是时,中朝贤公卿若康里文献、公子山、蜀郡虞文靖公伯生、四明袁文清公伯长辈无不留之,而君弗听也。既归,杜门屏处,讨论经籍,增益学业,不求闻达,垂三十年,声誉弥著。至正十一年,汝汴弗靖,蔓及江淮,郡县多失守。明年,江浙行中书省平章政事三旦八统兵东征,起君为江浙行中书省照磨官,实参军谋。君慨然曰:"四方震扰若此,忍坐视乎?"遂出应命,进言于平章曰:"民不识兵将百年矣。变生不虞,宜以安集为念。凡掷兵来附者,皆平民胁从诖误者,请一切贷之,庶克有济。"平章韪之。三军用命,出杭之凤口,而湖、而广德,所指风靡,不再月而杭,定郡二、州三、县九、镇一者,君之谋居多。湖守一子被害,诸将欲歼其党,君力争之,止诛其渠。初,遣裨将韩邦彦取广德,或言:"邦彦世戍其地,父兄子弟党寇未便。"平章属君觇之,君谕以大义,其人沥酒,誓无他心。还,具白其情,乃行,遂下广德,出其父而杀其兄弟焉。江东人至今道其事。既而,君以选摄守长兴,至州则市无一人,乃郊召父老,告之以其故,仍印号给其民,以识别于寇,且曰:"汝所怖者,官军尔,佩此则官军不汝犯。"于是甿庶麇至,未竟月,籍户得万四千八百九十九。居一载,代者至,稚耋涕泣,遮留之不得,因以病免归。其后,浙省两试乡贡士,皆尝聘君,不起。至正廿五年岁次乙巳六月十七日,微疾,终于正寝。享年七十有二。七月辛酉,葬吴县阳抱山之先莹次。配于氏先君卒。子男四:长曰元吉,蚤亡;次复吉、逢吉、蒙吉。女一,适陈复亨,亦蚤世。孙男二:曰孝孙,曰关关。

初,君之大母施夫人疾亟,其大父秘书君卜窆于阳山之原。施夫人夜梦一衣冠伟丈夫告云:"勿夺吾宅,吾且为夫人孙。"明日,役者凿地深可五尺,得小石碑,刻曰"太守陆君绩之墓"。旁有小石,刻曰"此石烂,人来换"。石果断矣。秘书君随命掩之,而更卜焉。施夫人复梦伟衣冠者曰："戴感盛德，吾真得为夫人孙矣。"是夜君生，人以为厚德所致。具见于蜀虞公所撰吉宜人墓志。

君性果，孝事亲，先意承志。其父尝疾，君忧惧钵心，一夕鬓斑白。手治饮膳，医药必尝而后进。居丧以哀戚闻。君固贫守义，室如悬磬，处之裕如。游咏文艺，有干辄应，人服其精。平生述作有《存复斋集》十卷。予始识之吴兴公座上，及持节中外，便道必会。最后分省于吴，日久，屡与君剧论古今成败，若守备施设之要，如导江河，如陈蓍龟，习而有征。于是益叹君有用世之学而不见用于时也。

惜哉！复吉能世其家，具状泣请曰："先子将属纩，犹张目自言其出处之概，且曰：'汝必为我求吾侍御公之文，以图不朽，则九原无憾矣。'"予与君交将五十年，知君者莫我若也。永诀之托，哀哉！铭曰：

惟圣有言，不试故艺。懿兹朱君，材良气厉。受知两朝，宠遇荐被。飞不尽翰，隐然名世。间出遗余，凋瘵以济。或晦或显，一质以义。索居食贫，有介其植。彼哉窜膰，孰愚孰智？陆守在汉，践履卓异。曰孝曰贞，君亦何愧？去之千年，清淑复萃。旁薄两间，屈信一气。曰予不信，视此伟器。勒铭墓门，慰君之志。

——《存复斋文集》

仲子复吉、季子蒙吉始末

仲子复吉，字仲阳。少颖悟，书无不读，善属文，尤邃于诗，元由科目授湖州路学录，国初为翰林典籍。太祖皇帝命廷臣编制律令，学士危太朴素重公，荐公与其事。擢工部照磨，调汉阳经历，以事谪戍西夏。庆王闻其名，召入侍左右，讨论经史，讲贯性理之学。无何，有诏边戍慎选贤才，边将以公应召。王曰："仲阳之道德文学，吾欲以为依归。今其行也，俾吾失所师，隳所学矣。"因请为府僚。上允其请，除伴读，升纪善，有董、贾之风焉。

公在西夏，家传《睢阳五老图》，至公已三百余年。恐流落殊方，间关万里携归，嘱付其弟户科给事中蒙吉藏之。今图在蒙吉所。号□□，有集传于世。年七十六岁卒。二子：长珪，业儒，精医。次璠。孙铎，授丘县儒学教谕。出《家乘》。

季子蒙吉，字季宁。洪武中以才德荐，除户科给事中。时粮长稽违勘合，皆坐死，公悯之，上言："勘合虽违，而税粮已足，罪宜减死。"诏可其奏，悉宥之。有胡蓝逆党，诛戮殆尽，犹有滥及善良者，公率诸给事奏其冤妄。翌旦，钦谕廷臣，深加奖美，自是告者遂息。有织文绮衣之赐，转中书舍人，除翰林侍书，升湖广按察司佥事，鞫疑狱，伸冤滞。太宗文皇帝登极，复中书舍人。奉敕题高庙神主，眷赏特厚。年八十一而终。

公清修苦节，嗜学好文。居常则谨守礼度，居官则谨奉职业。尝诵朱子猛省味腴之句。与人交不尽欢，以竭忠行。有不得，反求诸己。己所不欲，勿施于人。至若亲友负租抵罪，则鬻书以赴其急。馆人去难遗粟，则覆藏以待其还。其为侍书也，制诏之传于四方，书札之赐于勋旧，多公书之。出入禁闼，殆将十年，忠诚慎恪，始终一致。可谓细行不遗、全德无颇之士者矣。所著有《三畏斋稿》。子定安，泰安阳信县儒学教谕。永安。出《昆山志》。

——《存复斋文集》

朱德润

元·夏文彦

朱德润，字泽民，官至征东儒学提举。画山水学郭熙，其合作者甚佳。

——《图绘宝鉴》卷五《元朝》

朱德润

明·张景春

朱德润，字泽民，昆山人。为睢阳五老贯之九世孙也。当元延祐末游燕京，吴兴赵孟頫荐于仁宗，召见命为国史院编修官。明年，英宗嗣位，授镇东儒学提举以归。至正十一年，浙省平章辟为参谋军事，后摄守长兴，招徕流离，政绩居多，寻以病免。德润博古有文，尤工绘事，故虞文靖公序其所著《存复斋稿》有云："泽民文章典雅而理致甚明，独惜以画事掩其名，然识者不厌其多能也。"其详见周左丞撰墓铭。

——《吴中人物志》卷七

朱德润
明·卢熊

朱德润，字泽民。自幼诵书一过辄能记，且工为诗若文，往往见称于人。间得许道宁画，试加涂抹，遂臻其妙。延祐末游燕京，吴兴赵文敏公荐于仁宗，召见，命为编修。明年，英宗嗣位，授征东儒学提举以归。若康里巙子山、四明袁伯畏皆友善。至正十二年，浙省平章辟为参谋，补益军政居多，后以摄守长兴而招徕流离稍众，寻以病免。盖其平昔才学见于施为，辄有可观。毋独以画史目之可乎？故太史虞伯生题其制作曰："泽民文章典雅而理致甚明，独惜以画事掩其名，然识者不厌其多能也。"其详又载于侍御周伯温所撰墓志。平生有《存复斋稿》十卷。

——《洪武苏州府志》第三八卷

朱吉
明·张景春

朱吉，字季宁，德润子。洪武中，以才荐授户科给事，太宗即位复转中书舍人，奉敕题，高庙神主眷赏特厚。年八十余终。所著有《三畏斋稿》。

——《吴中人物志》卷四

朱定安　朱永安
明·方鹏

朱定安，字士隆，中书舍人吉之长子。精楷法，尤工古篆，得周伯琦笔法。尝积其书草瘗之，名"篆冢"。叶文庄公尝云："昆山旧族，尚论文献，必推朱氏。吾所识者有士隆兄弟。虽出处不同，而其清修苦节，不坠家声则同。为士大夫所重。"其为名公推许如此。弟永安。

朱永安，字士常，后以字行。尝从王文靖公汝玉游。博学工诗，为文专，主性理，又善真草书，得晋人笔法。平生于物无所嗜好，惟古今书籍购蓄甚富。所著有《尚志斋稿》。

——《昆山人物志》卷之八

朱夏
明·方鹏

朱夏，字日南。父永安，别有传。夏性重厚谨言，不妄交际。以家世业儒，刻志励行，思继前人。甘于韦布，不求仕进。喜作诗，尤精书法。负气尚节，有祖父风。家藏法书名画及先世手泽多所散失，悉心力购，完之为家乘十卷，富室争延至于塾，师范卓然，乡邑以为仪表。吴文定公表其墓曰"清修隐德"之碣，且云："时人漫称隐士，名实不副，惟日南无愧云。"子文，由进士任监察御史，方严整肃，励志行饬风纪。仕终按察御史。

——《昆山人物志》卷之五

宋兵部郎中朱贯五世孙子荣
明·方鹏

宋兵部郎中朱贯五世孙子荣，徽钦时南奔渡江，年甫六岁。初抵瓜步，舟人需渡钱，无有，因以竹篙拄坠江津。俄而舟至丹阳，子荣亦登岸。舟人惊问之，曰："吾拊柁来。"众皆叹异。同渡僧允谦携以至吴，谒郡守贾青。青故庆历相魏公孙，实与朱氏世契，乃托居史元长家。及长，好学，仕至朝奉郎、直秘阁。此昆山朱氏之始也。又汴人龚犄以殿中侍御史扈从高宗南渡，道经昆山真义，折银杏一株插地祝曰："若此枝得活，吾于是居。"其枝长茂，遂成大树，如瘿如乳者凡七十余颗。相传为其子孙嗣世之数。此昆山龚氏之始也。二事实相类云。

——《昆山人物志》卷之十

元儒学提举朱德润
明·方鹏

元儒学提举朱德润。至元甲午，其母吉宜人将就馆，祖母施夫人病亟。祖父秘书君上窴阳抱山之原，欲穿圹以为藏，施夫人夜梦衣冠伟丈夫来告云：'勿夺吾宅，吾且为夫人孙。'"明日役者凿地深五尺许，得一石碑，刻曰："郁林太守陆君绩之墓。"别有石刻在傍，曰："此石烂，人来换。"石果断矣。秘书君命掩之，而更卜兆。施夫人复梦伟衣冠者曰：

"感夫人盛德，真得为夫人孙矣。"是夜，德润生。其子孙聚居昆山至今，为衣冠巨族。

——《昆山人物志》卷之十

朱德润
清·柯劭忞

朱德润，字泽民，平江人。父环，长洲儒学教谕。德润工诗文，善书，尤长于绘事。

延祐末，游京师，赵孟頫荐之驸马沈王以闻，仁宗召见，授应奉翰林文字、同知制诰，兼国史院编修。英宗嗣位，出为镇东行中书行省儒学提举。又明年二月，大雪，上猎于柳林，驻寿安，献《雪猎赋》累万余言，上奇之。未几，英宗遇弑，德润谓人曰："吾挟所长，事两朝而不偶，是命也。其归饮三江水乎。"旦日，遂弃官归。

至正十二年，江浙行中书省平章政事三旦八起为行省照磨，乃进言于三旦八，请贷胁从，以携贼党。既而，选为长兴尹，以病乞归。卒年七十二。

——《新元史》卷二百三十七《列传》第一百三十四《文苑上》

朱提学德润
清·顾嗣立

德润，字泽民，九世祖贯，为睢阳五老之一，其后世渡江为吴人。德润好诗文，善书札，尤工画山水人物。赵孟頫荐之，驸马沈阳王以闻仁宗，召见玉德殿，命为应奉翰林文字，兼国史院编修官。未几，沈阳王斥外，表授镇东行省儒学提举。又明年二月大雪，英宗猎于柳林，召见，献《雪猎赋》，累万余言，留京师。英宗晏驾，遂归。杜门屏处者三十年。汝颍兵起，江浙行省平章三旦八统师东征，起为行中书省照磨官，参军事，慨然应命。进安集之策，遂定杭湖二郡。摄守长兴，一岁移疾免。以至正十五年卒，年七十三。有《存复斋集》十卷，合沙俞焯称其"理到而词不凡，非谝谝以求售于人"者。蜀郡虞伯生尝曰："泽民文章典雅，惜以画事掩其名，自兹以往，泽民其丰于文而啬于画可也。"盖讽之云。初,泽民之大母施病,卜圹于阳抱山之原。梦一衣冠伟丈夫来告曰:"勿夺吾宅,吾将为而孙。"既而治地五尺许,得一石,刻曰"太守陆君绩之墓"。别有刻在旁曰:"此石烂,人来换。"石果断矣,亟掩之而更卜兆焉。复梦伟衣冠者来曰:"今真得为夫人孙矣"。是夜遂生泽民。泽民卒,葬于郁林太守之墓旁。今其墓石尚在,可考也。

——清顾嗣立《元诗选》(又名《元百家诗选》)初集·己集

附录二

朱德润族谱资料

昆山朱氏族谱

朱柏庐（1627—1698），名用纯，字致一，自号柏庐。昆山玉山人。明诸生。居乡教授学生，潜心治学，以程、朱理学为本，提倡知行并进，躬行实践。著有《删补易经蒙引》《四书讲义》《困衡录》《愧讷集》《春秋五传酌解》《毋欺录》等。其《朱柏庐治家格言》，世称《朱子家训》，自问世以来流传甚广，被历代士大夫尊为"治家之经"，清至民国年间一度成为童蒙必读课本之一。据杨无咎先生所作《朱柏庐先生传》及彭师求所作《朱柏庐先生墓志铭》，朱氏的祖先是唐朝时被誉为孝友的朱仁轨，他从亳州（现安徽省亳州市）迁徙到睢阳（现河南省商丘市）。又据《康熙县志稿》，在北宋时的祖先是被称为"睢阳五老"之一的兵部郎中朱贯。而确切迁居吴郡昆山的始祖是朱子荣，因此，该族谱由此记述。

一世祖朱子荣，在北宋靖康年间因金军入侵而南渡长江，当时年仅六岁。被一同渡江的僧人允谦携带到吴郡（今苏州市），吴郡郡守贾青把他寄养在史元长家。他长大后爱好学习，官至朝奉郎直秘阁。

二世朱环，长洲县儒学教谕。有个儿子名叫朱德润。

三世朱德润（1473—1556），字泽民，平江人（今苏州）。从小就诗文工整，精通书画。元祐末年，被赵孟頫举荐为国史编修，英宗时授官镇东儒学提举；至正年间起用为浙省平章参谋、长兴太守。所到过的地方留下好的名声，又因为书画而闻名天下。有《秀野轩图》、《林下鸣琴图》、《松溪放艇图》等传世。著有《存复斋集》十卷，附一卷。

四世朱吉，字季宁。原名逢吉，皇帝朱元璋为他改名朱吉。他学习圣贤，谨言慎行，做人表里如一。在张士诚占领苏州时，当时的知识分子有很多跟随他，而朱吉却不是这样。当时昆山州判官徐石麟把女儿嫁给他做妻子，于是就把家从苏州迁居昆山。洪武年间被荐授户科给事中，当时稽查到赋长违反戡合的法律，皇上震怒，命令廷臣要处死他们，没收他们的家产。他上疏说，戡合的办法本来是验看执照，看看每年的皇粮是否完纳，如果使每年的皇粮到了限期，即使戡合也不过查验虚文，现在拿获的各省粮犯，但稽查戡合并不缺少正粮，请求赐予昭苏，以弘恩宥，皇上听从了他的建议。洪武二十二年（1388），有诏旨要肃清胡蓝逆党，波及很多无辜的人，出现了很多冤假错案。他又因为这种情况而上疏皇帝，后来皇帝特地嘉奖他，给予织文绣衣的赏赐。翌日，钦谕廷臣，深加奖励。不久，因为文章写得好而改为中书舍人，升迁为侍书。在皇帝身边度过的时间有十年之久，外放为湖广按察司佥事，理冤释滞，不可殚述。恰逢遇到诖误关入监狱很久。永乐年间大赦群臣，再次召为中书舍人。奉敕题写高庙神主，皇帝眷赏特别深厚，不久，谢政回家。书箧中只有法书名画。路上遇到老朋友负欠田租而抵罪，辄卖掉自己的东西来帮助偿还。享年八十一岁去世，有三个儿子：定安、泰安、永安。

五世朱定安，字士隆，精通楷书，尤其精通古代篆籀学，很得周伯琦的笔法。相传玉峰山前有"篆冢"就是他埋葬的。翰林吴均、王洪曾经为他写墓志铭。

朱泰安，字士栗，永乐三年成为举人，翌年礼部考试中乙榜，授内黄教谕历调安仁安吉阳信三学，所至条教必以尊传，造就人才很多。再满三考，坚决请求回家，杨文贞、杨文定慰留他，还是坚持回家，赁屋教学生。有人告诉他官府中有名有利的事情，默不作声，就好像没听见一样。逍遥终身，不谈官府事务，活到了九十三岁。儿子名叫朱寿。

朱永安，字士常。年少的时候跟随王汝玉学习，博学多才，喜欢积蓄古今的书籍，行书、草书都写得很好，就像晋唐时候的书法家写的一样，当时号称"三杰"。年龄未到五十就去世了，死后追号为"尚志"。侍郎叶盛曾经说："县中文化望族必定推选朱氏，泰安兄弟出生时间不同而'清修苦节，并为乡里仪表'。"他有两个儿子，分别是朱春和朱夏。

六世朱寿（1419—1492），字符龄，号古直。生于永乐己亥（1419）三月十日，死于弘治壬子（1492）五月二十日。他为人忠厚，性格直爽，孝顺父母，友爱兄弟。当父亲朱泰安在阳信县做教谕时，家中人口众多，仅靠俸禄无法养活。他虽然年龄很小，但却奋然承担起养家的责任，为父亲解忧；在父亲致仕回家后，让他悠然自得生活了三十多年；在父亲死后，他用尽自己的财物来独立埋葬，不和其他兄弟计较。平生喜欢读书，懂得医药，由于早早从事做生意而到很多地方去，没有发大财，仅有一百多两银子。在旅馆住宿时，老板多付十两银子，发现后就送还店主。有一个儿子名叫思诚。

朱春，字日东。他性格刚强耿介，因为眼疾，有一只眼睛瞎了。但却非常孝顺，在父母死后，行走三千多里找到父亲的老朋友请求写墓志。中年之后，在康宅建筑房屋，教学度日，直到死前。

朱夏，字日南。立下自己远大的志向，砥砺自己的节气，不追求做官，喜欢作诗写书法，尤其精通书法，负气尚节有祖父风，家藏法书名画及先世手泽多散失，他尽力购买，使之完备。他授徒讲学，师范卓然，巨族争相延请来教自己的子弟，晚年曾经组织斯文会，尚书吴宽在他的墓志铭上写道："清修隐德之碣"。年龄活到七十一岁才去世。他摹刻的《睢阳五老》，后流入申时行家很久。曾著有《家乘十卷》。

七世朱文，字天昭，由昆山迁居当时的府城苏州吴趋里。他自幼就喜爱学习，兼修《易》《诗》《春秋》，后被补为府学生员，与吴县王鏊齐名。成化十二年（1476）丁酉科举人，成化甲辰（1484）成为进士。1489年授予都察院理刑。1490年升授云南道监察御史。后历官福建巡按、经筵讲官、湖广副史等。死时年龄六十八岁，生有七子：希周、希召、希韩、希花、希富、希吕、希冯。

朱质，字天存，号拙轩。朱夏次子，官苏州卫指挥佥事。

朱彬，字天成，号半山。官至沂州判官。两个儿子：稀曾、稀阳。

八世朱希周，字懋忠，号玉峰。他仍以昆山籍起家，在十四岁时就成为昆山县学的廪生。弘治丙辰年成为进士，廷试得第一名状元。授予修撰的官职，纂修《会典》，升任侍读，充当经筵讲官。宦官刘瑾厌恶他疏远自己，假借皇帝的名义革掉他的侍读，又做修撰。后来参与纂修《通鉴纂要》《孝庙实录》，又恢复了侍读的官职。庚午年主持应天乡试。

后历官学士，晋升礼部侍郎。恰逢出现"大礼议"，他坚持自己的意见很顽强，忤了皇帝的旨意。明升暗降为南京吏部尚书。后来很多人再举荐他，他却也不去做官了。在家居住期间，更加廉洁，别人赠送的东西，一概不接受。不喜欢办置产业，不养姬妾。衣着庄重，即使在大暑天也要衣冠整齐。同里的少年，想干坏事，最害怕被他知道。在阳抱山（今阳山）祖墓旁边建了一个草庐，每天以读书自娱，年龄活到八十四岁才去世。大臣为他向皇帝报告，后赠太子太保，予祭葬，给"恭靖"的谥号。

朱希召，官都事，墓在阳抱山（今阳山）祖墓东。

朱希吕，官县丞，墓在离阳抱山（今阳山）祖墓一里远的地方。

朱稀阳，字懋功。官职为两浙运河判官。因为有干局而告归家乡，晋升为奉议大夫。

朱稀曾，曾为江右宁州判官。子朱景升

九世朱景固，以荫官太常典簿，终南京都督府都事。

朱景运，字际甫，好学有文，为伯父朱希周所器重、赞许。参加诸生考试就位列高等，很久都没有考中举人，后以太学选授浙江按察司知事。当时战争刚停，诸曹多按成例办事，唯独他提出五条意见给上级，试用有效。他办案神速，为冤假错案平反，升迁为广州府经历。不久就回家，居住在马鞍山南的宾玉堂，常年足不出户，只和老朋友谢绍庆、张栋、归子慕等来往。县令樊玉冲非常尊重他。死时八十三岁。

朱景升，官职为唐府审理，子家佐。

十世朱衍，字藩卿，以吴县籍登隆庆庚午举人，出宜兴教谕，迁房山知县。

朱家佐，被尊称为筑岩公，以孝顺、友爱著称。筑岩公服侍他的继母夏太夫人，抚养年幼的弟弟钦叔，醇厚笃实，亲密无间，临死的时候，把集璜叫到床前，告诫他说："你一定要好好对待你的父母，不然的话，我死不瞑目。"

朱鈘，字威卿。因为孝顺友爱恭谨著称。

十一世朱集璜（1597—1645），字以发。家住玉山镇通阛桥东，有观复堂。明崇祯二年（1629）入复社。三十岁时，成为诸生。崇祯八年（1635），因为特恩贡给朝廷。一生主要以教书为业，教授弟子数百人，学行为乡里推重。清顺治二年（1645）率众弟子守昆山城抵御清军，城破，投东禅寺后河自尽，弟子随他起义而死的有孙道民等五十余人。其墓在昆山县沙葛村，乾隆四十一年（1776）奉旨入祀昆山县忠义孝悌祠。

他少年时家庭贫困，刻苦学习，为人清介，平易近人。与同县的陶琰关系很好。陶琰，字圭雅，居住在鸡鸣塘，为人端方谨慎，成为当时学习的楷模，因为对待母亲非常孝顺而出名。两人情谊融洽，互相砥砺，以理学、名节作为自己终生奋斗的理想。

明朝末年，朝政日益腐败，集璜为国事忧愁，因此特别留意国家的经济要务，对兵刑、水利、赋役等方面的书籍，没有不竭尽全力研究的。乡先达顾锡畴、徐汧非常推重他，说："朱先生不是一般的经生啊！"

他非常热心地方上的公益事业。当时朝中大臣议论嘉定、崇明两县仍旧应当转漕，后来，又议定两县输直，昆山、太仓、长洲、吴县四县输米代之。昆山当时输米要一万两千四百余石，百姓受到很大的困扰。集璜就上书州县的缙绅先生为家乡的百姓请命，于是四个县的负担得到减轻，而其他两县也不转漕。

昆山县东部有一条河叫夏驾河，是户部尚书夏元吉所修浚治理过的。很久没有治理，几乎成为陆地，左右几十里路都长满了茂密的草木，而不能耕种。崇祯十六年（1643），知县杨永言开浚夏驾河，南自吴淞江龙王庙，北至小瓦浦。当时，正值天气大旱，土地、农田大都荒芜了。杨永言认为没有朱先生不能做好这件事。朱集璜慷慨地答应下来，亲自步行到河查看，测量深浅，测量远近，组织劳力，确定开工的日期，并定下章程。又延请诸生张谦、孙道民来帮助办理，辛劳了六个月终于完成了工程。

他的著作有《观复堂稿》二十卷、《山行日记》一卷，藏于家。

十二世朱用纯（1627—1698），字致一，号柏庐。崇祯十六年（1643），年方十七岁就成为苏州府学生员。清顺治二年（1645），他的父亲朱集璜在保卫昆山县城的时候遇难，他就弃去生员的功名，潜心治学，不仕清朝，一生以教书为业，却做出了不平凡的事业。朱柏庐先生很有气节，面对国破家亡，他敬仰晋人王裒攀柏庐墓之义，故自号"柏庐"。清康熙十八年（1679）他坚辞不应博学鸿儒科，后又坚拒地方官举荐的乡饮大宾。终生不与清朝合作，在临终前，还叮嘱弟子："学问在性命，事业在忠孝，勉之。"

朱柏庐先生孝顺父母，尊宗敬族。父亲死难，他昼夜恸哭，痛不欲生。当时他的弟弟用白、用锦尚幼，从商遗腹未生。他上侍奉老母，下抚育弟妹，到处流浪，非常艰难。生活稍稍好转，就设置祭祀用的祭田和赡养族人的义田，修葺祖先的祠堂，平时和几个弟弟十分友爱，亲密无间。

在与人交往方面，严于律己，胸怀宽广。对当时愿和他交往的官吏、豪绅，以礼自持，轻易不到他们的住宅拜访，也不因自己的私事请托。他的朋友对他很是尊敬，即使有人和他意见相反，也没有恼怒的神情。朱柏庐还是一位善于教导的老师。在教育学生的时候，他往往动之以情，晓之以理，取得良好的教育效果。他在《与吕德焕》这封信中，告诫弟子，做学问要在做人上下功夫，要正确对待别人的过失，强调"盖当以学问见己之过，不当以学问见人之过"；做学问还要对性情品格等方面增加自己的修养，才能做出有益于社会的学问。居乡教授学生，以程、朱理学为本，提倡知行并进，躬行实践。他深感当时的学者空话连篇，故写了《辍讲语》，反躬自责，语颇痛切。还曾用精楷手写数十本教材用于教学。他对行书和楷书非常精通，有亲自书写的《孝经》，门人后来把他书写的《孝经》刻在了石头上。

他除了被称为理学家，还被认为是文学家，著有《删补易经蒙引》十二卷、《愧讷集》十二卷、《毋欺录》三卷、《柏庐外集》四卷、《未刻文稿》三卷、《春秋五传酌解》、《四书讲义》、《困衡录》、《朱柏庐先生治家格言》（《朱子家训》）等，《朱子家训》精辟地阐明了修身治家之道是一篇家教名著，通篇意在劝人要勤俭持家、安分守己，至今仍有实用价值。

朱显宗，字闇生，号澹庵，又号西管。朱夏六世孙。他未满二十周岁就被补充为诸生，恰逢外祖父侍御周元暐因为写书触犯了忌讳被逮捕下狱。他毅然请求动身，亲历患难，事情得到处理，还给了外祖父的清白。因为是贡生，被授予丹阳训导的教职。南明福王时补为浙江西安训导，南都失陷后奉鲁王的命令代理县令的职务。翌年，升迁为衢州府推官。不久，弃官归家。顺治辛卯年夏天发大水，老百姓非常饥饿，大吏不让皇帝知道，照常催科，他率领次子昱跟随县令一起到北京。给事中姚文然认为他很有高义，就向皇帝上疏，结果诏许蠲除。有五个儿子：晟、昱、昶、旦、晨。

朱维宗，字新卿，是礼部儒士，壮年时没有儿子，以显宗的儿子朱旦为子。不久，又生子朱晔。乙酉年昆山城被攻破时，他和弟弟耀宗都一起投水而死。

朱耀宗，字潜卿，庠生。本来在乡下训蒙，后因兵乱把家迁进昆山城内。乙酉年昆山城被攻破时，他投水而死。

十三世朱晟，字与升。年幼时风姿奇异，垂髫时就补为诸生。每天都勤于读书，好义且注重信守诺言。乙酉年昆山守城时，为里中的饥民按人口给予粮食，清兵到来，把他拥到学舍前，他厉声叫骂而被清兵杀死。

朱旦，字与明，出为叔父维宗后。乙酉年昆山城被攻破，当清兵来到跟前，手持长戈登屋，与清兵格斗而死。朱晔同时也被杀。

朱晨，字孝升，诸生，随父亲在衢州任上，战乱之际，奉母叶氏躲避在衢州南乡。听说父亲处于危机之际，冒险前往舜山，遇到父亲，一同回归家乡。后来因为哭母而去世。

朱喦，原名是，字去非，朱显宗的侄子。年幼的时候发奋学习，成为诸生。顺治乙酉年城池陷落，背着父母泗水避难。用金钱把舅舅的儿子赎回来延续母亲家族的祭祀。康熙初年以恩贡，在廷试时考第一，需要去谒选州佐，他不去。后来造就了好多学生，其中有不少人成为显贵。尤其注重敦厚风俗名教，每年祭祀的时候，一定要到祖墓前跪拜，不因为年迈就废礼。年八十余岁去世。

十四世朱谧，年仅十岁，被清兵俘获，后逃归。因父亲遇难而痛哭不已，不到三个月就死去了。

朱普，字册韩，少年时遭遇战乱，过了壮年才开始读四子书，后来补为诸生。平生言语行动必定要按照礼法。与朱用纯勤于探讨宋儒理学，为后来的人所师从效法达四十年。直至临死还是岁贡生。其后有李宗灏，他是用纯的弟子，坚持学习老师的训导，言行端正，为士林所重。

附表：昆山朱氏世袭表

一世　朱子荣

二世 朱环
三世 朱德润
四世 朱吉
五世 定安 泰安 永安
六世 朱寿 朱春 朱夏
七世 思诚 文 质彬
八世 希周 希召 希韩 希花 希富 希吕 希冯 稀曾 稀阳
九世 朱景固 朱景升景运
十世 朱衍 朱家佐 朱釴
十一世 朱集璜
十二世 用纯 用白 用皡 用商 显宗 维宗 耀宗
十三世 导诚 晟 昱 昶 旦 晨 暠
十四世 直曲 直衡 谧普

（引自昆山文化发展研究中心相关文章）

沛国系新息祖孝友堂朱氏族谱

本支朱氏沛国萧人，披阅史册与夫邑乘家谱，览及姓氏系出邾武公之裔，传至秺公去邑为氏，居沛国萧邑相村，今遗址尚在。汉中邑侯朱进祖居于萧邑，乡贤朱公新息侯，讳浮，字淑元，卒后葬于萧邑之西小湖山之巅，今陵墓尚在。盗墓者肆意，损坏严重。北周大象年间太子洗马祖朱君建、隋睢阳太守朱僧宁之弟朱昌宁古代乡贤碑，原立于萧邑朱氏宗庙，年久失修，毁于一旦，现存于萧邑博物馆。

隋时，萧名临沛，隶河南。祖讳仁轨，谥孝友先生。及弟敬则公为唐宰相，谥元，入永乡贤。萧城永城之间有村曰“大回村”，大回村东南有曰“宰相林”，乃两位先祖安息之地。明嘉靖四十一年，先生后裔刑部侍郎朱景贤重修宰相林，“文革”间被破坏，今无存，仅存残碑数块，现存于萧邑朱氏宗祠。先生之后十世，《新唐书》有载，世系清楚。唯未见唐末县丞心斋公系出何支？

公之子，五代后梁郡将朱元礼，青口之战遇难。子朱汉宾，字绩臣，承其爵，历任滋、磁、滑、宋、亳、曹五州刺史。赠太子少傅，清泰二年卒，年六十四，谥贞惠。子四，长崇勋、次谔、两子失讳。

谔子能，因天书事件连累父、母、弟、子。皆黥面，配牢城。

崇勋：官任左武卫将军，子贯，字道贯，宋兵部郎中致仕，偕杜、祁公燕中睢阳，为五老会。宋人图之。

明初始祖朱谅公之曾孙讳朱镇，字邦杰，墓志铭记载："其先贯。"贯子乔年，以国子监直讲进郊舍令，卒年五十六。子椿年。

椿年：字崧之。金天德中，海陵王南征，尽有淮蔡之地。大定中，公以选试经义中格，授国子校勘文字。三年转太常寺检讨，因议封事不合，乞归田里。十年将有事南郊，起复为太常丞，上所撰郊祀礼书。其略曰："人主事天，所以崇报本也。若币帛、牺牲、仪卫、音乐过奢。则烦民而渎神，所费甚广矣。古者扫地而祭，蒲藁越席，陶器匏尊，而能格神祈天者，以尽诚敬故也。后世礼文滋多，而诚敬甚阙，盖非报本之义也"。世宗纳之，寻转掌国史判院事。卒年七十三。子源。

源：字昌本。介洁不群，尝闭户读书，数月不交人事。出谓人曰："吾所学者，古贤人事，何暇与若辈言，稍出。"复闭户如初，然少婴疾。金承安中，卒，年三十五。子子荣。

子荣：字公显。晚号信庵。少机警，对人似不能言。金泰和中，淮蔡扰攘，公年甫六岁，从居人南奔，至扬子西津，舟人需渡金，无有，因为竹篙挂堕江津。俄而舟抵丹阳，公跃而登焉，舟人惊讶，问得渡意。公徐曰："附桅来矣。"众皆嗟异，同渡僧允谦奇之。携诣吴郡守贾青，得寄育于史元长家。及长，好读书，贫无以为养，时贩缯自给。宝庆初，诣行在所，上书言时政，授从政郎、江州文学。又言："方今边隅之臣常受制于总领官，或不谙军旅者，经画之际，辄成龃龉。自今已后，朝官虽带总领，亦须谙练军事，庶几调度合宜，况边庭之上，民情未浃，险阻未知，而辄易守臣，此皆措置失宜也。"书再上，时相难之，不报。三年转左藏提辖，进直秘阁。咸淳中，因论事忤贾似道，送大理寺问，得秘书。家铉翁力辨免。然犹以归正人，安置淮西。至元十三年，江南归附，公归。卒于吴，年八十三。子大有。

大有：字应之。性严毅，虽盛暑冠带不裸。景定中，游艺乡校，赴部，用黄甲免试。授太学录。上书言："方今川口、襄阳、淮阳三镇粮草不继，而兵多疲弱，宜遣沿边州郡递送粮草。使持重之人，深沟高垒，收丁壮，为守御计。设有北军至坚壁不动，则远来之众，前进则有后顾之虑，退保则不能久，势自解矣。"书上，贾似道以为切己，不报。既而似道谓曰："汝贾门婿也，何言事若此。"公答曰："某故贾魏公昌朝孙婿也。"由是，似道益衔之。竟诬以事，籍其家，送大理寺问。得秘书家铉翁力为之辨，遂以归正人安置淮西。至元十三年，王师驻维阳，扬公即着青衫，乘白马。径诣军前。伯颜丞相以为宋探马，俾引至前。公具言似道误国失信，忮害忠良，故某得至此。时平章尤公亦在，因曰："朱某宋名士，遂坚欲爵之，公辞以仕宦非所愿，但得正名义，归田庐，足矣"。南服既定，丞相以尤平章至吴城，凡宋所籍朱某家产悉还之。由是，颇营业为隐居计。晚爱内典与阮登炳、何处尹等结华严会。大德三年冬，忽说梵纲曰："予其逝矣，熏沐危坐，中宵合掌脱去。"年七十七。子应得。

应得：字仁仲。聪敏，有才干。事亲至孝，定省之暇，议论古今，父子自为知己。咸淳庚午，以上舍生会试，授秘书省检阅文字，再授太学正。以父言三镇事忤，贾似道安置淮西。至元十三年，江南归附后，复吴中隐居。儒司以学，校废荐起提调学事。改营庙学，祀孔子，使诸生游歌诗经，邑子伟之。学既成，即复归隐。或劝之仕曰："烛之宝，巴之声，中牟之刍，遇未遇，彼何心哉"。又曰："人生一梦，水齐而汨，火尽而传，天得也。"大德五年，卒，年五十四。子琼。

琼：字廷玉。襁褓中随父祖间关淮楚，得复归吴。年二十五，儒司荐为无锡县学教谕，又调长洲学谕。岁余，谓人曰："今世仕禄不足养廉，将学而取诸人乎，抑自营以资其生乎。"遂闭门与诸生讲授，三十年不出城府。专经之暇至百家、子史、阴阳、卜筮之书，靡不周览。闻人有能学如不及，穷老益坚，至弗遑暇食。遂与世事日薄，一室馨然，陶器琴书外无长物，岁久人持去，亦不较。性疏坦，每游林泉佳处，遇樵人牧子即与忘情谈笑终日，清贫晏如也。三山刘宗师，赠号明复先生。晚究易传，作先天、后天、八卦、互属之图。明动静，隐显屈伸之理，占岁时丰荒、雨旸、祥祲，悉有征验。至顺元年岁庚午秋，积雨后屋岸崩，忽谓德润曰："明年岁在辛未，干金支火，火弗胜水，民其灾乎。然吾大限亦与，岁君并吾其弗支矣。曰来儆汝，高材博学，身之劳也，令闻广誉，忌之招也。谦之象曰'人道恶盈而好谦'。节之象曰'节以制度，不伤财、不害民，凡人欲之过者，本于奉养之厚也。先王制其本，以节之，复天理也'。然久于其道者，其惟恒乎。以之修身，其惟复乎。汝其志之。吾家世儒冠，先世渡江以来，遭家多故，不绝如线。百年丘陇，汝其保之。汝母兆，在坐甲向，庚前望有水。在艮之坤，有剥复之象焉。顺而止之，所以观象，七日来复，利有攸往。若顺而守之，其有复兴者乎。但垄抱阴，防阴险忌，然吾择之审矣，宜弗踰此。噫！造物者生我，我亦与造物游耳。葬祭之礼，汝其勤之。"德润泣拜曰："敢不惟大人之言是听。"至冬得寒疾，明年春正月，卒，年五十八，子三，长德润（幼名方寸）、次德宁（名子中）、三子德懋（名方山）。

德润（1294—1365）：中国元代画家，诗人。字泽民，号睢阳山人。睢阳（今河南商丘）人，其先祖跟随宋室南渡，居昆山（今江苏），遂为吴人。书画诗文盛名一时，尤工山水。先后得到元仁宗和元英宗之赏识，官至行省儒学提督。元英宗死后，失意归家闲居近三十年。与当时许多著名文人和书画家交谊甚深，故朱德润曾遍请天下名士墨客为《睢阳五老图》作题跋和观识。先后有赵孟頫、虞集、段天佑、张翥、俞焯、柳贯、周伯琦、泰不华等二十四人。子四，戡、存复、复吉、复渚。

戡：字符吉。《存复斋文集续集》记载：为杜义方先辈作寿山图。"某弱冠时，尝侍先子于义方先生杜公座下。时公为郡司理，先子每从谈论，终日情眷弥笃，而真意洒然，今先子弃去将一纪，而公康强如昔，神采焕然"。戡乃萧、丰之始也，子二，实、名。

实：子关。

关：字日明。武略将军副千户，子二，真、兴。

真：字邦杰，武略将军、武毅将军飞骑尉海宁守业副千户致仕，景泰元年卒，年八十三，有墓志铭。子五，谦（幼名洪）、辉（幼名能）、腾、祥、安。长子谦（幼名）官至抚宁伯，景泰三年卒，子永，字景昌，以功封抚宁侯，弘治九年卒。子晖，字东阳，官至保国公加为太保，正德六年卒。晖生麒，麒生岳，岳生岗，岗生继勋、继宗，继勋生国弼、国栋。二子辉（幼名能），官都指挥。子瑄，字廷壁，都御史巡抚南直隶。瑄生琏，琏生钦，钦生廷相、廷举，廷举生永昌。三子腾，未仕，生子良。其世系未有联系，待考中。

兴：关之次子，武略将军，官至指挥同知，江苏丰县、桐山朱氏之祖，二子贵、得。贵生瑛，瑛生浚，浚生成宗，成宗后裔玉省、仕省。玉省字怀瑾，官文林郎御史。四子栋、槐、松、柏，仕省生权、其珍。其世系载在《徐淮朱氏宗谱》中。

名：字怀山，戬之次子。元末太祖起兵淮甸，公响应从之，策公行赏，以功升明威将军百户，至正二十七年十月，太祖北伐中原，公随大军攻开封。至正二十八年八月攻大都，江西行省左丞郑文辉留守河南，公镇守永城、萧邑，永乐元年调盖州卫，三子，黻、谅、荣。

黻：字子绅，户部主政，黻子景安，孙溪、宽。

谅：字日章，名之次子。官漳州豹韬卫指挥，永乐十八年抽调各省豹韬卫精锐留守南京，公奉旨调南京广洋卫，官升豹韬卫都指挥佥事，负责漕运押送仓米进京。成化四年卒。五子雄袭职。子五人，士荣、时荣、嗣荣、宽、雄。士荣三子礼、智、信。时荣三子仁、义、敏。嗣荣生子睿。宽生纲，纲生钦、镇。镇字邦杰，生二子，良臣、良弼。良臣生三子延德、延能、延口。雄四世孙登俊，登俊生二子文炳、文炯。文炳生五子。曾孙十九人，年、辙、真、辅、珍、辂、辇、轮、輗、辐、軏、惠、军、兴、相、载、钦、镇、失讳。其世系载在《古萧朱氏家谱》中。

荣：金吾卫千户，子五，能、信、善、两子失。

——《族谱录·萧县朱氏族谱》

参考文献

朱德润文集类

（元）朱德润：《存复斋文集》，明成化十一年项璁校刻本。

（元）朱德润：《存复斋文集》，周叔弢校并跋清抄本。

（元）朱德润：《存复斋文集》，涵芬楼秘籍本影印清周氏抄本，商务印书馆民国十二年版。

（元）朱德润：《存复斋文集》，金氏文瑞楼抄本。

（元）朱德润：《存复斋文集》，《四部丛刊续编》影印明项璁刻本，商务印书馆民国二十三年版。

（元）朱德润：《存复斋续集》，《涵芬楼秘籍》第七集影印旧刊本。

古籍类

（元）孛术鲁翀：《菊潭集》，缪荃孙辑《藕香零拾》本。

（元）陈基：《夷白斋稿》，《四部丛刊三编》本。

（元）陈深：《宁极斋稿》，文渊阁《四库全书》本。

（元）程钜夫：《雪楼集》，文渊阁《四库全书》本。

（元）贡奎：《云林集》，明弘治三年刻本。

（元）贡师泰：《玩斋集》，清乾隆南湖书塾刊本。

（元）顾瑛：《草堂雅集》，中华书局2008年整理本。

（元）顾瑛：《玉山璞稿》，《读画斋丛书》本。

（元）郝经：《陵川集》，摛藻堂《四库全书萃要》本。

（元）何中：《知非堂稿》，《北京图书馆古籍珍本丛刊本》影印清抄本。

（元）胡助：《纯白斋类稿》，文渊阁《四库全书》本。

（元）黄镇成：《秋声集》，北京图书馆藏清抄本。

（元）李祁：《云阳集》，北京图书馆藏清抄本。

（元）李祁：《云阳李先生文集》，《北京图书馆古籍珍本丛刊本》影印清抄本。

（元）李士瞻：《经济文集》，文渊阁《四库全书》本。

（元）柳贯：《柳待制文集》，《四部丛刊》本。

（元）卢琦：《圭峰集》，文渊阁《四库全书》本。

（元）倪瓒：《清閟阁集》，清康熙刊本。

（元）欧阳玄：《圭斋文集》，《四部丛刊初编》本。

（元）宋褧：《燕石集》，《北京图书馆古籍珍本丛刊本》影印清抄本。

（元）苏伯衡：《苏平仲文集》，《四部丛刊》本。

（元）苏天爵：《滋溪文稿》，文渊阁《四库全书》本。

（元）苏天爵：《元文类》，《四部丛刊》本。

（元）汤垕：《画鉴》一卷，《说郛》本。

（元）夏文彦：《图绘宝鉴》五卷，《津逮秘书》本。

（元）王逢：《梧溪集》，《知不足斋丛书》本。

（元）王恽：《秋涧集》，《四部丛刊》影印明弘治本。

（元）谢应芳：《龟巢稿》，《四部丛刊三编》本。

（元）许衡：《鲁斋遗书》，明万历二十四年怡愉江学诗刻本。

（元）许有壬：《至正集》，《北京图书馆古籍珍本丛刊本》影印清抄本。

（元）许有孚：《圭塘欸乃集》，《艺海珠尘》，清乾隆吴省兰辑刊本。

（元）杨维桢：《东维子文集》，《四部丛刊初编》本。

（元）杨维桢：《铁崖诗集》丙集、庚集，《诵芬室丛刊》本。

（元）杨载：《杨仲弘诗集》，《四部丛刊初编》本。

（元）耶律楚材：《湛然居士集》，摛藻堂《四库全书荟要》本。

（元）余阙：《青阳集》，文渊阁《四库全书》本。

（元）虞集：《道园学古录》，《四部丛刊》影印明景泰本。

（元）虞集：《道园遗稿》，陶氏涉园影元刊本。
（元）虞堪：《希澹园诗集》，文渊阁《四库全书》本。
（元）袁凯：《海叟诗集》，清宣统三年江西石印本。
（元）郑元佑：《侨吴集》，明弘治刻本。
（元）周伯琦：《近光集》，文渊阁《四库全书》本。
（元）朱晞颜：《鲸背吟集》，文渊阁《四库全书》本。
（明）方鹏：《昆山人物志》十卷，明嘉靖刻本。
（明）冯从吾：《元儒考略》，文渊阁《四库全书》本。
（明）高启：《凫藻集》，《四部丛刊》本。
（明）高启：《高太史大全集》，《四部丛刊》本。
（明）卢熊：《洪武苏州府志》，洪武十二年初刻本。
（明）宋濂等：《元史》，中华书局1976年版。
（明）宋绪：《元诗体要》，文渊阁《四库全书》本。
（清）陈邦彦等编：《历代题画诗类》，文渊阁《四库全书》本。
（清）陈梦雷：《古今图书集成·考工典》，中华书局、巴蜀书社1984年影印本。
（清）顾嗣立编：《元诗选》（二集），中华书局1987年整理本。
（清）陈元龙编：《历代赋汇》，清康熙四十五年刻本。
（清）沈辰垣等编：《历代诗余》，文渊阁《四库全书》本。
（清）文廷式：《元代画塑记》一卷，《广仓学宭丛书》本。
（清）张廷玉等：《明史》，中华书局1977年版。
（清）张豫章等编：《御选元诗》，文渊阁《四库全书》本。

著作类

白寿彝主编：《回族人物志·元代》，宁夏人民出版社1985年版。
陈高华：《元代画家史料》（增补本），中华书局2015年版。
陈衍辑：《元诗纪事》，上海古籍出版社1987年版。
符海潮：《辽金元时期北方汉人上层民族心理研究》，中国社会科学出版社2016年版。
高居翰：《中国绘画史》，台北雄狮图书股份有限公司1986年版。
李天垠：《元代宫廷之旅——沿着画家朱德润的足迹》，故宫出版社

2015年版。

李修生主编:《全元文》,凤凰出版社(江苏古籍出版社)1997年至2005年版。

栾贵明:《四库辑本别集拾遗》,中华书局1983年版。

秦新林:《元代社会生活史》,河南大学出版社1997年版。

杨镰:《元诗史》,人民文学出版社2003年版。

论文类

宫力:《岂有绳墨之可量哉——元代朱德润〈浑沦图〉绘法考》,《中国艺术》2016年第1期。

李灿朝:《祖骚与非屈——元代屈原接受史片论》,《云梦学刊》2003年第1期。

刘中玉:《试论高丽王王璋与元中期时政及其与文人画家朱德润之交游》,载《欧亚学刊》第5辑,中华书局2005年版。

刘中玉:《元代江南文人画家逸隐心态考察》,《内蒙古大学艺术学院学报》2007年第1期。

邱雯:《以画为寄,以画体道——松树入画及元人画松研究》,《中国美术学院》2013年第4期。

申丽君:《李齐贤的中国之行》,《文教资料》2013年第27期。

孙丹妍:《朱德润与曹知白:元代李郭传统山水画与文人画风》,《紫禁城》2005年第1期。

孙国彬:《试论朱德润与〈浑沦图〉》,《美术研究》1990年第4期。

吴应骑、叶潜:《论元代李郭画派的时代风格与个人风格》,《重庆大学学报》(社会科学版)2005年第3期。

叶潜:《朱德润研究》,博士学位论文,重庆大学,2005年。

张梦新:《元代散文简论》,《杭州大学学报》1990年第4期。

朱宝镛:《古人笔下的蒸馏酒——从朱德润的〈轧赖机酒赋〉看元代的蒸馏设备与工艺》,《黑龙江发酵》1982年第5期。

后　　记

　　此书萌生于笔者对《朱德润集》的校注。

　　两年前，校注稿杀青，按说该喘口气了，但感于校注的局限性，对于朱德润集，总有一种言犹未尽之感。

　　朱氏文集，成就在文学一端。文学之有力度，在才学，在阅历，更在作者对社会人生的反省与批判。情感的浓度来自思想的深度，思想的深度来自对世态炎凉和世道人心的体察。对此，朱氏诗文，可作注脚。朱文崇古典奥，尚理适意，朱诗遣志抒情，烛照现实，字里行间渗透着深厚的济时经世思想，这种创作实践是值得肯定的。但由于朱德润以画名世，以致画名掩盖了文名，加上抄本残缺，自元至明及清，人们对其文学成就少有关注。这不能不说是文学史的一个遗憾。

　　拙著《朱德润集校注》旨在正本清源，基本上解决了朱氏作品文字阅读上的障碍，但如何评价其作品，则需要具体深入的个案分析，这也是本书撰写的一个重要原因。与前者不同的是，校注工作枯燥繁冗，需要大量的工具书支持和文献资料支撑，很难有个人发挥，而此书的撰写过程倒有几分难得的审美愉悦。朱德润诗文虽有尚理倾向，但整体看叙事生动、抒情感人、状物优美、论理典雅，读之有一种别外的欣喜。尤其是他的乐府体诗歌，通俗易懂，犀利深刻，是难得的好诗。再如他的游记散文，简洁的叙述，精致的白描，与同时代的散文名篇相比，毫不逊色。走进朱德润文集，可以看到一个画家的文学世界，看到他对生活的讴歌，对自由的向往，对社会丑恶的批判，对人生浮沉的感悟，以及对现实问题的诸多思考，从而感受他的心灵，观照他生活的时代，领悟他独特的文学魅力。

因此，可以毫不夸张地说，一部朱德润集，是作者生活时代和思想情感的记录，它真实地反映出元代的社会现实，也让我们看到了作者矛盾复杂的儒者心路，渴望报国拯民的文人心志，及贫贱不移四顾茫然的隐者心迹。当然，还有其卓越的文章技巧和诗赋才华。可以说，朱德润是元代儒者人生遭际的一个写照，朱德润文集是元代文人性灵良知的一片灯影。

衷心感谢河南大学的张大新先生，先生在百忙中审读了拙稿，不仅对书稿的撰写给予了充分肯定，并且欣然作序，令小书陡然生色。感谢中国社会科学出版社的顾世宝先生，他在编辑过程中提出了许多十分中肯的意见，令拙著内容更加完善。感谢书法家刘颜涛先生，热情地为小书题签，感谢杨景龙、慈明亮、符海潮诸位先生在本书付梓过程中给予的关心，同时感谢我的夫人杨玉娥女士对我的精心照料，没有他们无私的关怀，本书是很难顺利面世的。

由于水平所限，本书呈献出来的仅为一得之见，还请方家不吝赐教。

陈才生

2021 年 11 月 10 日

于殷都淡泊斋